T0178861

CUITLÁHUAC

HISTÓRICA

TLATOQUE 9

SOFÍA GUADARRAMA COLLADO

CUITLÁHUAC
ENTRE LA VIRUELA
Y LA PÓLVORA

El papel utilizado para la impresión de este libro ha sido fabricado a partir de madera
procedente de bosques y plantaciones gestionadas con los más altos estándares ambientales,
garantizando una explotación de los recursos sostenible con el medio ambiente y beneficiosa para las personas.

Cuitláhuac
Entre la viruela y la pólvora

Segunda edición en Penguin Random House: noviembre, 2021

D. R. © 2014, Sofía Guadarrama Collado

D. R. © 2021, derechos de edición mundiales en lengua castellana:
Penguin Random House Grupo Editorial, S. A. de C. V.
Blvd. Miguel de Cervantes Saavedra núm. 301, 1er piso,
colonia Granada, alcaldía Miguel Hidalgo, C. P. 11520,
Ciudad de México

penguinlibros.com

ISBN: 978-607-380-910-8

Impreso en México – *Printed in Mexico*

Luego que los mexicas tomaron posesión del lugar, edificaron una capilla a su dios Huitzilopochtli... En contorno de este santuario fabricaron sus humildes chozas de carrizo y enea por carecer de otros materiales. Éste fue el principio de la gran ciudad de Tenochtitlan, que un día llegó a ser la capital de un grande imperio y la mayor y más bella ciudad de todo el nuevo mundo.

FRANCISCO JAVIER CLAVIJERO

Sobre esta saga

LA HISTORIA DE MÉXICO TENOCHTITLAN se divide en tres periodos. El primero consiste en la peregrinación de las siete tribus nahuatlacas —mexicas, tlatelolcas, tepanecas, xochimilcas, chalcas, tlaxcaltecas y tlahuicas—, su llegada al valle del Anáhuac, la sujeción de los mexicas, entre otros pueblos, al señorío tepaneca y su liberación. En el segundo periodo se lleva a cabo la creación de la Triple Alianza entre Texcoco, Tlacopan y México Tenochtitlan, el surgimiento del imperio mexica, su crecimiento, conquistas y esplendor. El tercer periodo trata sobre la llegada de los españoles al continente americano, su trayecto desde Yucatán hasta el valle del Anáhuac y la caída del imperio mexica.

El objetivo de la saga Tlatoque es novelar ampliamente la vida de los gobernantes del Anáhuac, los *tlatoque*, plural de *tlatoani*, que significa "el que habla". Acamapichtli, Huitzilíhuitl y Chimalpopoca, pertenecen al primer periodo; Izcóatl, Motecuzoma Ilhuicamina, Axayácatl, Tízoc y Ahuízotl, pertenecen al segundo periodo; y Motecuzoma Xocoyotzin, Cuitláhuac y Cuauhtémoc al tercer periodo.

Esta colección está dividida en esos tres periodos, de los cuales ya se han publicado *Tezozómoc, el tirano olvidado* (2009), *Nezahualcóyotl, el despertar del coyote* (2012), *Tlatoque, somos mexicas* (2021), *Mocte-zuma Xocoyotzin, entre la espada y la cruz* (2013) y *Cuitláhuac, entre la viruela y la pólvora* (2014).

Cabe aclarar que Tezozómoc y Nezahualcóyotl no fueron tlatoque de México Tenochtitlan —el primero era de Azcapotzalco y el segundo de Texcoco—, pero era imprescindible narrar sus vidas para comprender el surgimiento del gran imperio mexica.

Aunque no es necesario leer los primeros volúmenes de esta saga, se recomienda hacerlo (antes o después, como el lector lo desee) para complementar la información.

TÍTULOS DE LA SAGA TLATOQUE

Tlatoque I, *Tezozómoc, El tirano olvidado* (2009)
Tlatoque II, *Nezahualcóyotl, El despertar del coyote* (2012)
Tlatoque III, *Tlatoque, Somos mexicas* (2021)
Tlatoque IV, *El castigo de los dioses* (por publicarse próximamente)
Tlatoque V, *La reina mexica* (por publicarse próximamente)
Tlatoque VI, *Esplendor y terror* (por publicarse próximamente)
Tlatoque VII, *La perfección del imperio* (por publicarse próximamente)
Tlatoque VIII, *Moctezuma Xocoyotzin, Entre la espada y la cruz* (2013)
Tlatoque IX, *Cuitláhuac, Entre la viruela y la pólvora* (2014)
Tlatoque X, *Cuauhtémoc, El ocaso del imperio* (2015)

1

Año Dos Pedernal (30 de junio de 1520)

S e oye un lamento...
Es la agonía de mi pueblo. La voz desahuciada de un canto que se apaga. Cae la noche y los sonidos ya no son los mismos. Se escuchan detonaciones, trotes, relinchos, y ese ruido inconfundible de los trajes de metal y los largos cuchillos de plata. Se respira el hedor de la tortura: tripas podridas, mierda, pólvora, humo, leña ardiente, carne quemada, sangre chamuscada.

Los templos han perdido su esplendor. Las casas ya no tienen calor. Las flores que adornaban la ciudad ahora están marchitas. Del canto de las aves ya poco se escucha. Han buscado otros lugares para anidar. Las sonrisas de los niños se han desvanecido.

¡Basta!

¿En qué nos equivocamos?

En todo...

... y en nada.

Era inevitable. No se puede detener o desviar el curso de la vida. Este encuentro entre los hombres blancos y nosotros tenía que ocurrir algún día. Maldita la hora en que encontraron el camino. Malditos aquellos que nos traicionaron. Malditos todos. Maldita, palabra que vine a aprender de esta lengua.

Se oye un lamento...

Hemos permanecido toda la noche, en absoluto silencio, frente a la entrada principal de Las casas viejas, «El Palacio de Axayácatl». Somos alrededor de cinco mil soldados, todos con macahuitles —garrote de madera con cuchillas de obsidiana—, lanzas, arcos y flechas en mano. Cientos de mujeres caminan entre nosotros y nos entregan alimentos y bebidas, que muy pocos reciben. Llevamos más de doce horas sin atacar a los extranjeros. Ha lloviznado desde ayer en la tarde, por lo cual resulta casi imposible mantener encendidas las antorchas y las fogatas.

En la penumbra surge una silueta. La sombra de la muerte se extiende sobre el piso. Sale de Las casas viejas un hombre con la cabeza soslayada. No carga penacho, ni joyas, ni macahuitl; tan sólo un calzoncillo. Desde lejos se nota su tristeza. El motivo de su desconsuelo es el mismo por el que hemos estado llorando todos los pobladores de Meshíco Tenochtítlan* desde el atardecer. Viene a anunciarnos que mi hermano Motecuzoma Shocoyotzin ha muerto.

Sabíamos que hoy —después de permanecer preso doscientos veintiséis días— moriría... porque así lo decidió. Así me

---

* Aunque estrictamente estas palabras no deberían llevar tilde al ser castellanizadas, hemos tomado esta decisión para auxiliar al lector en su pronunciación. [N. del E.]

lo ordenó antes de que Malinche, el dueño de Malintzin, me liberara. Motecuzoma sabía que jamás saldría con vida de esa prisión, irónicamente, la casa donde vivimos nuestra infancia, el palacio de mi padre, el huey tlatoani Ashayacatl.

Mi hermano llegó al final de su vida como un esqueleto. Desde que vinieron los barbudos disminuyó su alimentación a porciones mínimas, hubo días que únicamente bebía agua. Su preocupación era tanta que casi no dormía. Siempre fue un hombre delgado, fuerte y ágil, pero nunca el debilucho que acabó siendo. Jamás encontré tanta amargura en su rostro, ni vi su aspecto tan deplorable, como en los últimos meses. Motecuzoma iba a morir tarde o temprano. Él lo sabía, el tecutli[1] Malinche lo sabía, yo lo sabía...

1 Los españoles confundieron la palabra «tecutli» —que significa señor, y en cuya fonética el sonido de cu casi no se escuchaba o no se entendía para el oído castellano, dando un sonido de u— por la palabra «teul». Al preguntar por el significado de la palabra «teul» los mexicas que les dieron la traducción creyeron que se trataba de «teotl», que designa a un dios. Entonces los conquistadores creyeron que los nativos los habían confundido con dioses, escribiendo en sus crónicas que les llamaban «teules», lo cual es completamente falso pues cuando ellos llegaron Motecuzoma y todos los mexicas ya sabían que no eran dioses.

Año Diez Conejo (1502)

Qué calor hace aquí adentro —dijo Aztamecatl mientras se limpiaba el sudor de la frente con el dorso del brazo derecho.

—Vamos a tomar un poco de aire —Cuitláhuac se dio media vuelta y caminó entre el gentío aglutinado en la habitación real, donde se velaba al huey tlatoani Ahuízotl, quien, en sus dieciséis años de gobierno, había emprendido más guerras que cualquier otro tlatoani, con lo cual convirtió a Meshíco Tenochtítlan en la ciudad más poderosa de toda la Tierra. Llevaban diez días y diez noches entregando solemnes y extensos elogios al difunto.

—Esto se debería hacer en la sala principal del palacio y no en la habitación real —repuso Aztamecatl con escozor y caminó a un lado de Cuitláhuac por un pasillo largo y oscuro en algunos tramos—. Los sudores de doscientas personas, el hedor del cadáver y el humo del copal hacen esto insoportable.

—Usted podría cambiar eso —Cuitláhuac siguió caminando sin mirar al hombre que lo acompañaba.

—¿Yo? —sonrió con un modo cándido y la flama que bailoteaba en una antorcha de los muros le iluminó el rostro y su penacho de plumas rojas—. No se burle de mí. Bien sabe que yo no puedo ser tlatoani.

Aztamecatl era uno de los miembros del Tlalocan, Consejo formado por doce altos dignatarios civiles, militares y religiosos encargados de elegir al nuevo tlatoani, y Cuitláhuac sabía perfectamente que estaba bromeando.

—Se acercan tiempos difíciles —Cuitláhuac alzó la mirada y cerró ligeramente los párpados.

—¿Por qué lo dice? —Aztamecatl sabía de qué estaba hablando Cuitláhuac, pero decidió indagar un poco más.

—Por todo. Usted sabe que siempre que muere un tlatoani alguno de los pueblos vasallos se rebela contra nosotros. Incluso podría ser uno de los aliados: Tlacopan o Acolhuacan.

—¡Qué cosas dice! —Aztamecatl exclamó sonriente—. Tlacopan no tiene el poder político ni bélico para levantarse en armas. Y Acolhuacan... —se encogió de hombros y liberó una risotada burlona.

—¿A qué se refiere? —Cuitláhuac se detuvo y volteó la mirada con seriedad hacia su interlocutor.

—Nezahualpili no tiene ambiciones —expresó despreocupado—; y el rencor que podría sentir hacia el pueblo meshíca ha quedado en el olvido. Jamás le ha interesado vengar la muerte de su abuelo y el sufrimiento de su padre.

Cuando los meshícas fundaron su ciudad en el año Dos Casa (1325), el poder lo ostentaban los acolhuas, pero al morir

Techotlala —padre de Ishtlilshóchitl, abuelo de Nezahualcóyotl y bisabuelo de Nezahualpili—, en el año Ocho Casa (1409),
Tezozomoctli, señor de Azcapotzalco, reclamó el trono con el
argumento de que era descendiente de los acolhuas y mayor
que Ishtlilshóchitl. Meshíco Tenochtítlan, además de ser un
pueblo sumergido en la pobreza, era vasallo de Azcapotzalco,
por lo que estuvo obligado a acudir a la guerra contra los
acolhuas en el año Trece Conejo (1414), en la que murió Ishtlilshóchitl en el año Cuatro Conejo (1418), y por lo cual Nezahualcóyotl se vio forzado a vivir prófugo por casi una década.

—Yo no estaría tan seguro —Cuitláhuac negó ligeramente
con la cabeza—. El rencor y el dolor suelen ser mudos como
los volcanes.

—Nezahualcóyotl obtuvo su venganza y supo... perdonar
a los meshícas —respondió Aztamecatl con la misma tranquilidad de siempre; y a veces insoportable para quienes lo
escuchaban hablar.

—¿Querrá decir negociar?

Tezozomoctli murió en el año Trece Caña (1427), dejando
como heredero a su hijo Tayatzin, quien fue asesinado, antes
de ser jurado supremo monarca de toda la Tierra, a manos de
su hermano Mashtla. En el año Uno Pedernal (1428), Meshíco
Tenochtítlan y Acolhuacan se aliaron con más de treinta
pueblos para derrocar a Mashtla en una guerra que culminó
en el año Tres Conejo (1430) y con una alianza entre Meshíco
Tenochtítlan, Acolhuacan y Tlacopan.

—A usted lo que le preocupa es la sucesión —Aztamecatl
señaló con el dedo índice y sonrió con un gesto burlón—. Tal
vez debería poner atención en los hijos de Ahuízotl —sugirió.

Aquellas palabras le ahorraron un largo preámbulo a Cuitláhuac que justo en ese momento infló el pecho con suavidad y exhaló de golpe.

—Tampoco debería descartar a sus hermanos —Aztamecatl alzó las cejas al mismo tiempo que caminaba.

Incluyendo a Cuitláhuac y Motecuzoma, en total eran nueve los hijos legítimos de Ashayacatl y más de cuarenta bastardos.

Llegaron a una de las salas de descanso del palacio donde los sirvientes estaban ofreciendo chocolate y pulque a los invitados, entre los que se hallaban los señores principales de Azcapotzalco, Colhuacan, Shochimilco, Chalco, Cuauhnáhuac y otras ciudades más lejanas.

—Ahuízotl fue un gran tlatoani —se escuchó en una de las conversaciones cercanas.

—Supo traer justicia a Tenochtítlan —dijo otro.

—El nuevo huey tlatoani tendrá una tarea muy difícil.

—Estoy seguro de que elegirán a Tlacahuepan.

—¿Usted qué opina? —preguntó Aztamecatl con ironía a Cuitláhuac, quien no respondió. Había perdido la atención—. ¿Qué opina de lo que están diciendo ellos? —insistió.

—Disculpe...

—Dicen que Tlacahuepan será el próximo tlatoani —dirigió las pupilas hacia el grupo que se encontraba a su izquierda—. ¿Qué opina?

—Elegirán al hombre más sabio y justo para nuestra tierra —respondió disimulando la incomodidad que le provocaba aquella plática; luego carraspeó, observó discretamente al grupo que se encontraba a su lado y preguntó en voz baja a Aztamecatl—. ¿Cuántos votos tienen garantizados Motecuzoma, Macuilmalinali y Tlacahuepan?

—¿Garantizados? —Aztamecatl miró en varias direcciones, evitando la obviedad y luego bajó el tono de voz—. Usted sabe que en eso no hay garantías.

Cuitláhuac arrugó los labios, se acercó a su interlocutor y le habló muy cerca del oído.

—Usted sabe que sí...

Aztamecatl liberó una sonrisa tan disimulada como fugaz.

—No se altere —abrió los ojos fingiendo descaradamente un temor que ambos sabían inexistente. Luego se enderezó y miró en varias direcciones cuidándose de que no los estuviesen escuchando—. Tlilpotonqui está buscando a alguien que esté dispuesto a continuar con... nuestras tradiciones.

Tlilpotonqui, era el cihuacóatl e hijo de Tlacaeleltzin, quien anteriormente ostentaba ese puesto tan privilegiado en el gobierno meshíca.

—Dígale que puede poner toda su confianza en mí.

—Por supuesto que él también quiere... garantías. A estas alturas todos prometen hasta lo imposible.

—Dígame una cosa, Aztamecatl. ¿Quién es el preferido de Tlilpotonqui?

—El cihuacóatl no tiene preferidos. Pero quizá le interese saber que hasta el momento seis de los miembros del Consejo están dispuestos a otorgarle su voto a Tlacahuepan.

Ambos caminaron a la salida de la sala.

—¿Eso lo incluye a usted?

—Usted sabe que tiene mi voto... —se acercó y cerró los ojos un poco para enfocar mejor—. Porque tengo su promesa, ¿verdad?

—Mi honor ante todo. Le he prometido que me casaré con su hija y...

—Eso ya lo sé. Lo que quiero saber es...

—Lo otro... Por supuesto. Y podría triplicar la oferta si usted me ayuda a conseguir más votos.

—La oferta... —Aztamecatl negó con la cabeza y sonrió ligeramente demostrando que la palabra le provocaba gracia—. En estos tiempos las ofertas son abundantes.

El semblante de Cuitláhuac se tornó desafiante.

—Confiaré en que, para usted, mi palabra tenga más valor que las ofertas —se alejó sin despedirse.

Al caminar por uno de los pasillos se cruzó con su hermano Macuilmalinali, un hombre alto, fornido, de piel oscura y cabellera muy larga. Además era el hijo mayor de Ashayacatl, y estaba casado con la hija de Nezahualpili. Ambos se saludaron con las miradas sin detenerse. De pronto Cuitláhuac advirtió que su hermano se dirigía a la misma sala donde se encontraba Aztamecatl. Dejó a Macuilmalinali seguir su rumbo y fingió caminar en dirección contraria. En cuanto se perdieron de vista, Cuitláhuac salió por uno de los pasillos y rodeó por afuera del palacio hasta llegar a la misma sala, donde descubrió a Macuilmalinali y Aztamecatl hablando en el otro extremo de la sala.

—Mi señor —dijo una voz a su espalda.

Cuitláhuac miró por arriba de su hombro y se encontró con uno de los sirvientes, un hombre un par de años mayor que él.

—¿Qué quieres?

—Sólo vine a preguntar si se le ofrecía algo de beber —dijo el sirviente con humildad.

—No —volteó apurado para no perder de vista a Macuilmalinali y Aztamecatl. De súbito volvió la mirada hacia el sirviente que ya se alejaba—. Espera —dijo, casi en forma de susurro. El sirviente se dio media vuelta y caminó hacia él.

—Ordene.

—¿Cómo te llamas?

—Ehecatzin.

—¿Ves a esos dos hombres? —señaló discretamente con el dedo índice.

—Sí.

—Quiero que camines muy cerca de ellos y escuches su conversación. Y luego que vengas aquí y me lo cuentes todo.

—Pero... ¿Y si me descubren?

—Solamente finge que estás trabajando. Atiende a la gente que los rodea. No te alejes de ellos. Te pagaré muy bien.

Ehecatzin asintió y entró a la sala sin preguntar más. Mientras tanto, Cuitláhuac caminó por el jardín para evitar sospechas. En ese momento, vio que su hermano Motecuzoma estaba en el fondo del jardín platicando con alguien. Intentó reconocer al otro individuo pero fue imposible. Entonces, el sonido de la caracola anunció que en cualquier momento sacarían el cuerpo del difunto tlatoani para llevarlo ante el pueblo en el Recinto sagrado. Cuitláhuac dirigió su mirada hacia el sirviente que seguía parado a un lado de Macuilmalinali y Aztamecatl. Luego, buscó con la mirada a Motecuzoma pero éste ya se había retirado. La ansiedad comenzaba a invadirlo. El sonido de la caracola era cada vez más insistente. Cuitláhuac, por ser uno de los sobrinos del difunto, estaba obligado a participar en la marcha fúnebre.

—¿Estás esperando a alguien? —dijo una voz masculina a espaldas de Cuitláhuac, quien se giró un tanto nervioso.

—¡Tlacahuepan! —no pudo encubrir su asombro.

Era un hombre muy delgado y una barbilla tan prominente que era imposible no reconocerlo a la distancia.

—Una vez más estás espiando a alguien —dijo con altanería.

—¿De qué hablas? —fingió—. Estoy descansando un poco. Las próximas horas serán muy extenuantes.

—Por supuesto —respondió su hermano, restándole importancia a lo que acababa de escuchar—. Vamos, nos están llamando.

Muy a su pesar, Cuitláhuac caminó al lado de Tlacahuepan, quien, además de ser dos años mayor que él, era uno de los pipiltin «nobles» con más poder en el gobierno, después del tlatoani, el cihuacóatl y los miembros del Consejo.

—Quiero hablar contigo cuando termine el funeral —dijo Tlacahuepan con la afinación de un mandamás.

—¿De qué? —Cuitláhuac comenzó a irritarse.

—Tengo muchos planes para ti.

—¿Para mí? —se detuvo de súbito y frunció el entrecejo. Tuvo la certeza de que su hermano ya había asegurado los votos de todos los miembros del Consejo.

—Quiero que seas tlacochcalcatl —gran general— cuando yo sea elegido tlatoani.

—¿Por qué estás tan seguro de eso?

Tlacahuepan infló el pecho y siguió su rumbo.

—Lo sé; y eso es lo que importa.

Apenas llegaron a la habitación real se acercó a ellos el encargado de la ceremonia fúnebre, un hombre flaco con un bigote ralo y largo. Llevaba puesta una túnica blanca y un penacho de plumas cortas y negras.

—¡Vengan por este lado! —se dirigió en voz alta a Cuitláhuac y Tlacahuepan y les señaló el sitio donde debían formarse—. ¡Ahora sí, pongan atención!

Motecuzoma y Macuilmalinali se acercaron en ese momento.

—Ya llegaron todos los señores principales invitados, en compañía de toda su nobleza y centenares de tamemes —cargadores— con las ofrendas correspondientes —explicó el encargado de la ceremonia fúnebre—, las cuales han sido colocadas en la habitación real.

Todos ellos sabían que en el funeral se crearía una inmensa hoguera en la que se incineraría el cuerpo del tlatoani —previamente ungido con el betún divino y vestido con sus mejores prendas, cadenas y brazaletes de oro, piedras preciosas y un magnífico penacho de plumas azules, verdes y rojas, y una pieza de jade en la boca— con el oro, piedras preciosas, mantas, plumas y decenas de esclavos que los señores principales le habían llevado como regalo.

—Colocaremos el cuerpo de Ahuízotl sobre las andas —continuó el encargado de la ceremonia—, y lo llevaremos en hombros, seguidos de los músicos, por los ciento ocho barrios y las tres calzadas de la ciudad: la de Tlacopan al oeste; la de Tepeyacac, al norte; y la de Iztapalapan, al sur. Después marcharemos al Recinto sagrado, donde estarán esperándonos todos los miembros de las tropas, con sus mejores atuendos, escudos, arcos, flechas y macahuitles. En cuanto se escuche la caracola, los sacerdotes se acercarán al cuerpo del tlatoani y lo incensarán hasta cubrirlo con el humo. Después ustedes lo llevarán, muy lentamente, hasta la cima del Coatépetl —Templo Mayor—, lo depositarán sobre los troncos de madera aromática que ya se encuentran acomodados ahí, se dirigirán a las orillas y esperarán en silencio hasta que los danzantes terminen su acto. Ustedes no se pueden mover de sus lugares, por ningún motivo. Más tarde se apagarán todas las hogueras excepto el fuego en el que arderán los cuerpos del tlatoani y los esclavos, enanos, corcovados, doncellas y sacerdotes que lo acompañarán en su camino.

Todas sus instrucciones se cumplieron cabalmente. Los que debían ser sacrificados esa noche subieron en silencio los ciento veinte escalones del Coatépetl, donde cinco sacerdotes los cargaron de los brazos, piernas y cabezas y los colocaron sobre el fuego, al mismo tiempo que se escuchaban el estruendoso ¡Pum-pum-pum-pum, pum-pum! de los huehuetl —tambores— y teponaztli —troncos huecos—, el grueso silbido de las caracolas, los miles de cascabeles que hacían sonar los danzantes con cada brinco que daban.

—¡Ay, ay, ay, ay, ay!", gritaban por todas partes.

Las llamas ardieron voraces toda la noche ante un viento vigoroso y una luna que no desapareció hasta el amanecer. Al día siguiente —sin que nadie se hubiese retirado— los sacerdotes recogieron las cenizas y las guardaron en una olla de barro que luego enterraron en el cuauhxicalli —jícara de águilas.

Al final todos quedaron tan agotados que apenas si se hablaron entre sí antes de retirarse a sus casas. Los señores principales de los pueblos invitados fueron hospedados en las casas de los pipiltin —nobles— mientras cientos de macehualtin —plebeyos— limpiaron toda la ciudad. No importaba cuán intensa era una celebración, Meshíco Tenochtítlan siempre debía mantener una limpieza absoluta; y para ello barrían la ciudad todos los días y a todas horas. Fue hasta entonces que un grupo de macehualtin encontró un cuerpo flotando en uno de los canales, entre unas canoas. En cuanto lo sacaron, lo colocaron bocarriba y descubrieron que su garganta había sido degollada.

—Debemos informar de esto al huey tlatoani —dijo uno de ellos lleno de temor.

—¡El tlatoani está muerto, idiota! —respondió otro con enojo.

—Entonces... —miró a su compañero en cuanto comprendió lo que acababa de decir— al cihuacóatl, o, ¡al comandante de las tropas!...

El grupo de hombres y mujeres que habían estado limpiando alrededor se acercaron a ver. Pronto el cadáver quedó rodeado por más de veinte personas. Todos murmuraban. Se escucharon las voces de aquellos que pronosticaban malos augurios. Dos de ellos cargaron el cuerpo y lo llevaron hasta el palacio real, donde fueron recibidos por la guardia. Hubo un instante en el que nadie habló, sólo se miraron entre sí.

—Lo encontramos en uno de los canales —dijo finalmente uno de los macehualtin.

Nadie logró reconocer al cadáver hasta el momento.

—Llamen al capitán —ordenó el soldado que en ese momento estaba al mando de la guardia.

—¿Quién lo encontró?

Todos voltearon a ver a los hombres que lo habían hallado.

—Fuimos nosotros —dijo uno lleno de temor.

—Pero ya estaba muerto —respondió el otro con la voz estremecida.

—Nosotros no le hicimos nada...

—¡Ya cállense! —el soldado les respondió con desprecio.

Minutos después llegó el capitán de la tropa con el semblante saturado de cansancio y fastidio.

—Más les vale que sea importante —dijo mientras caminaba a la salida del palacio—, porque de lo contrario se van a... —se quedó boquiabierto al reconocer el cuerpo putrefacto de Aztamecatl.

3

MUCHAS VECES le dije a mi hermano que no recibiera a los extranjeros en Meshíco Tenochtítlan; le advertí de los riesgos que corríamos. Discutimos incansablemente sobre el peligro de tenerlos en nuestra ciudad. Para salir o entrar a pie tenemos únicamente las tres calzadas, divididas por puentes de madera levadizos, que permiten el libre flujo de agua y que llevan a Iztapalapan, Tlacopan y Tepeyacac. Como siempre, las opiniones de los pipiltin estuvieron divididas. Unos aseguraban que con los extranjeros dentro de la ciudad sería mucho más fácil dominarlos; los otros, entre los que yo me encontraba, teníamos la certeza de que era considerablemente peligroso. La evidencia estaba en los ataques ocurridos en distintas ciudades, entre ellas Kosom Lumil, Ch'aak Temal, Chakan-Putún, Tabscoob, Cempoala, Tlashcalan y Chololan.

Todos creíamos tener la razón pero lo cierto es que ninguno de nosotros imaginaba lo que estaba por suceder. Malinche insistía en que traía un mensaje de su tlatoani Carlos V y que debía entregarlo personalmente. Motecuzoma sabía, pues era un hombre con muchísima experiencia en el gobierno, que ya no tenía otra opción más que recibirlos de forma pacífica. Provocarlos precipitaría lo que estamos viviendo en este momento. Malinche avanzó de pueblo en pueblo con gran facilidad, sin importar el recibimiento. Por las buenas o por las malas, logró entrar y derrocar a las tropas enemigas. Aunque mi hermano le envió oro y plata en grandes cantidades (pues era lo que los barbudos pedían para curar la enfermedad de su tlatoani Carlos V), jamás fue suficiente; siempre pidió más y más.

—Algo nunca antes visto en estas tierras —decían los embajadores al volver ante Motecuzoma—. Ni las mantas, ni las figuras de barro, ni las plumas, provocaron tanta euforia en los barbudos como las cargas de oro y plata.

Cuando llegaron a Tlashcalan —nuestro mayor enemigo—, supimos que ya no habría forma de detener a Malinche y sus tropas. Jamás hicimos una tregua (lo cual hubiese sido nuestra salvación), pues las diferencias entre Meshíco Tenochtítlan y Tlashcalan eran ancestrales; y a pesar de eso, hubo un momento en el que ambos gobiernos coincidimos en algo: no queríamos a los extranjeros en nuestras tierras. Los tlashcaltecas igual que los meshícas estaban informados de las guerras que habían ocurrido en otros pueblos. Además creían que nosotros éramos aliados de Malinche, y por tal razón, no estaban dispuestos a recibirlo. Motecuzoma dejó a los extranjeros llegar a Tlashcalan creyendo que no pasarían de ahí, pues sus tropas eran tan grandes y sus aliados tantos como los de los meshícas. Estábamos casi seguros de que los aplastarían.

Luego de muchas batallas, los tlashcaltecas se rindieron y aceptaron aliarse con los extranjeros, lo cual representaba una

seria amenaza para nosotros. Motecuzoma le envió embajadores a Malinche para intimidarlo con el argumento de que
los tlashcaltecas lo traicionarían en cualquier momento, pero
éste no le dio importancia. En Chololan ni siquiera hubo batallas. Los extranjeros fueron recibidos a pesar del disgusto de
los cholultecas. Malinche fingió que se marcharía y solicitó un
encuentro con los señores principales en el Recinto sagrado, el
cual estaba amurallado. Ahí mataron a la gran mayoría de los
nobles y a cientos de tamemes. Luego marcharon a Meshíco
Tenochtítlan con más de seis mil aliados. En caso de que los
atacáramos, tenía garantizado el auxilio de más tropas. Y por
si eso no era suficiente, el nieto de Nezahualcóyotl, Ishtlilshóchitl, el joven, también le ofreció su ejército. No había mucho
qué hacer. Estábamos en las peores condiciones de la batalla.
Por primera vez todos nuestros enemigos y antiguos vasallos
estaban aliados para destituirnos. Eran demasiados. No había
manera de hacerles frente.

Mi hermano jamás aceptó la rendición. Esperó de pie al
tecutli Malinche. Y lo recibió a finales del año Uno Caña
(8 de noviembre de 1519), con los mismos honores con los que
se recibe a un tlatoani. Muchos piensan que debió atacarlos, pero eso ya no era posible. Los aliados podían llegar en
canoas por todas partes. Y nosotros en medio del lago éramos
vulnerables.

Apenas entraron a Meshíco Tenochtítlan, se les hospedó en
Las casas viejas, se les alimentó y se les dieron regalos. Mote-
cuzoma los llevó a conocer el Recinto sagrado, los teocalis de
Tlatilulco, el bosque de Chapultepec, los jardines y el zoológico.

Ocho días después, Motecuzoma les pidió que volvieran a sus tierras. Malinche prometió marcharse a la mañana
siguiente. No le creímos. Esa noche tuvimos una reunión en

Las casas nuevas —El Palacio de Motecuzoma— en la que discutimos sobre las acciones que tomaríamos al día siguiente.

—Alistemos nuestras tropas —dijo uno de los capitanes del ejército—. Quitemos los puentes de las calzadas y ataquemos.

—No. No podemos arriesgar a tanta gente. Quedaríamos acorralados —respondió Motecuzoma—. Los escoltaremos hasta las costas.

—¡Eso es absurdo! —exclamó uno de los pipiltin.

—Estoy seguro de que tienen una celada en el camino —añadió otro.

—No nos queda otra salida —dijo uno de los sacerdotes—. Debemos confiar en su palabra. ¿O quieren que se queden más tiempo?

—¿Piensas darles más regalos? —pregunté.

—Sí —respondió Motecuzoma—. Es lo que querían. Iremos por ellos a Las casas viejas y de ahí caminaremos con ellos hasta las costas. Malinche teme que en el camino lo ataquen otros pueblos.

—¡Que los maten!

—No. Eso sería traición. Le di mi palabra de que llegarán a salvo hasta las costas.

Al amanecer, Motecuzoma y los miembros más importantes de la nobleza (incluidos los sacerdotes y capitanes de las tropas) fuimos a Las casas viejas. El lugar hedía a mierda y orines, pues sus venados gigantes y sus perros permanecían en el patio la mayor parte del tiempo. También nos acompañaban Cacama, tecutli de Acolhuacan, Totoquihuatzin, tecutli de Tlacopan, Itzcuauhtzin, tecutli de Tlatilulco, algunos hijos e hijas de mi hermano y de varios miembros de la nobleza, más ciento cincuenta mujeres y más de doscientos tamemes que les llevarían hasta las costas el oro, plata, piedras preciosas, joyas, plumas, mantas de algodón, animales y agua que Motecuzoma les había regalado.

Hasta el momento Malinche se había comportado con mucha amabilidad, siempre sonriente, siempre dispuesto a platicar, siempre todo lo contrario a lo que era en realidad. Él creía que nosotros éramos idiotas; estaba seguro de que éramos una raza inferior. Pero nos temía. Jamás quitaba la mano del puño del largo cuchillo de plata que llevaba en la cintura. Nunca se quitaba (ni él ni sus hombres) los atuendos de metal. Tampoco comían si el huey tlatoani no probaba el alimento.

Siempre que hablaba tenía que traducir al maya un hombre al que llamaban Jeimo Cuauhtli —Gerónimo de Aguilar—, cuyo nombre no podíamos pronunciar pues según él decía que su apellido significaba lo mismo que Cuauhtli. Luego una jovencita de quince años llamada Malintzin traducía al Náhuatl.

Según lo que nos dijo la niña Malintzin, Malinche prometía volver un día con su tlatoani Carlos V. Todos estábamos ansiosos porque salieran de Meshíco Tenochtítlan y de nuestras vidas por siempre, pero Malinche no se callaba. Habló mucho más que en los días anteriores. Insistió en que debíamos dejar de adorar a nuestros dioses pues eran de un tal Demonio. Decía que su dios, colgado de una cruz de madera, era el único, pero ellos mismos adoraban a otros dioses y diosas.

—Es hora de irnos —lo interrumpió Motecuzoma—. Debemos caminar todo el día.

No sé qué nos ocurrió. No nos percatamos del peligro. Caímos en la trampa de Malinche. Lo tenía todo preparado. No advertimos que estaba hablando mucho para hacer tiempo, para que sus hombres y sus aliados tlashcaltecas pudieran cerrar las salidas de Las casas viejas. Nos tenían en sus manos. Ése era el momento en el que teníamos que estar en guardia, preparados para cualquier ataque, y no nos dimos cuenta. Malinche no respondió cuando Motecuzoma le dijo que ya era hora de salir. Mi hermano tampoco notó que nos habían tendido una trampa. Le dio la espalda y caminó a la salida, mientras Malinche daba instrucciones con la mirada a sus hombres de que nos bloquearan el paso.

En ese momento, muy tarde, por cierto, lo comprendimos todo. Los hombres de Malinche nos estaban apuntando con sus arcos de metal y sus palos de humo y fuego. Nosotros estábamos desarmados. Las tropas nos esperaban afuera. En algún momento alguien (pudo ser Malintzin o Jeimo Cuauhtli) le dijo a Malinche que cuando atacábamos a un pueblo enemigo y ganábamos la guerra nos llevábamos como rehenes a algunos familiares del huey tlatoani a nuestra ciudad para evitar una venganza. En Meshíco Tenochtítlan vivían decenas de rehenes. No estaban presos; vivían cómodamente en Las casas viejas, en Las casas nuevas y en otros palacios. Era una estrategia que funcionó por muchos años. Y ahora Malinche estaba haciendo lo mismo: nos estaba haciendo sus rehenes y nadie, absolutamente nadie se atrevería a atacarlos, mientras la vida del tlatoani estuviese en riesgo.

—Déjenos salir —dijo mi hermano conteniendo su furia.

Según las palabras de la niña Malintzin, su dueño Malinche dijo que Motecuzoma le había mentido, que le había dicho que estaba enfermo y que por eso no los podía recibir. Lo cual era cierto: mi hermano había inventado eso. También reclamó que el tlatoani le hubiese preparado varias emboscadas. Y con eso justificó lo que estaba haciendo. Insistió en que ni él ni sus hombres podían creer en los meshícas; que estaban seguros de que les teníamos preparada una celada.

—¿Qué quieres? —preguntó mi hermano, mirando a Malinche directamente a los ojos.

Entonces acusó a Motecuzoma de haber mandado matar a varios de sus hombres que permanecían en las costas totonacas. Mi hermano no entendía de qué lo estaban acusando. Malinche explicó que habían sido atacados en un pueblo que él había bautizado como Almería, lo cual provocó más confusión.

—¿De qué pueblo estás hablando? —preguntó Motecuzoma.

—Nauhtla —explicó Malintzin.

—Dile a Malinche que vaya a preguntarle al tecutli de ese pueblo: se llama Quauhpopoca —respondió Motecuzoma.

Todos comenzamos a perder la paciencia. Muchos hablaron sin el permiso del huey tlatoani. Otros agredieron verbalmente a los soldados de Malinche, quien insistía en que no nos dejaría libres hasta que quedara claro quién había atacado a sus hombres. A pesar de todas las propuestas que hizo Motecuzoma ninguna fue suficiente para Malinche, quien inhalaba y exhalaba lentamente, al mismo tiempo que jugaba con sus dedos. Finalmente se cruzó de brazos, negó con la cabeza y caminó alrededor de Motecuzoma. Dijo que no nos dejaría libres hasta que se solucionara aquel mal entendido. Argumentó que su tlatoani Carlos V le preguntaría por los dos hombres asesinados y que debía informarle quién era el responsable.

—Sólo así podré decirle al rey Carlos V que vos en verdad queréis ser su amigo y no pretendéis engañarle.

Malinche demostró a partir de ese momento su capacidad para cambiar las versiones y los puntos de vista. Aunque, por supuesto, ni Motecuzoma ni los pipiltin le creíamos.

—¿Vos no queréis que Vuestra Majestad se moleste y mande a todo su ejército? Son alrededor de quinientos mil soldados, todos con armas de fuego y caballos.

Iba con gran facilidad de la amenaza al melodrama.

—Yo no quería que esto sucediera. Pero obedezco órdenes —suspiró con la mirada agachada, casi al borde de las lágrimas—. También quiero que sepáis que vos no estaréis preso. Seguiréis siendo tlatoani y el gobierno continuará bajo vuestro mando. Lo único que os pido es que comprendáis mi situación y que esperéis a que traigamos a ese Quaquapo. Decidme cuál de las habitaciones del palacio queréis y haremos que la limpien para que puedas dormir. De igual forma todos los nobles tendrán los mismos privilegios de siempre. Incluso mis hombres estarán aquí para serviros y obedeceros. Y el que no lo haga yo mismo lo castigaré, incluso con la muerte.

Motecuzoma intentó negociar de diferentes maneras —ofreció dejar varios rehenes, le prometió más oro y plata, entre otras cosas—, pero Malinche no cedió. Jamás lo haría.

Éramos más de cincuenta pipiltin, los más importantes. Sin nosotros nadie tomaría decisiones afuera. Entonces algunos de nosotros perdimos la paciencia y reclamamos en voz alta. Motecuzoma ordenó que nos calláramos, pero lo desobedecimos.

—¡Déjanos salir, Malinche! —gritó uno de los capitanes del ejército.

Varios pipiltin intentaron empujar a los barbudos. Motecuzoma les dejó hacer su esfuerzo. Entonces Malinche gritó. Mientras Jeimo Cuauhtli y Malintzin traducían, los otros seguían forcejeando y dándose de golpes.

—¿Me estás dando órdenes a mí? —respondió Motecuzoma para entretener a Malinche, pero él ya no le respondió; le gritó a uno de sus hombres, lo cual evidentemente era la orden de que hicieran estallar sus palos de humo y fuego.

Apenas se escuchó la explosión todos nos replegamos. Fue difícil acostumbrarnos a esos sonidos y al efecto de esas armas. Para muchos era aterrador, pues aún no habíamos visto sus efectos. Nos habían informado que cuando había un disparo se esparcía el pánico, el caos, las huídas multitudinarias, las estampidas. Uno de los miembros de la nobleza cayó al piso y Motecuzoma enfureció.

—¡Mira lo que hicieron tus hombres! —le gritó a Malinche.

Nosotros también nos recuperamos del susto y volvimos a insultar a los barbudos mientras otros atendían al que había caído. Malinche gritó algo que ninguno entendió. De pronto hubo un silencio. El que creíamos que había resultado herido se levantó y se revisó el cuerpo.

—Debemos tranquilizarnos —dijo Motecuzoma—. Lo mejor será esperar. No queremos correr con la misma suerte que los cholultecas. No nos queda más que aceptar las condiciones de Malinche.

4

A COSTADO PECHO ABAJO, el rostro de lado e inmerso en una voluptuosa cabellera femenina, Cuitláhuac dormía fatigado en una de las habitaciones del palacio de Ashayacatl. Su mano derecha —en cuyos dedos un mechón se enredaba como culebra— descansaba sobre la espalda desnuda de una joven de piel morena y suave, mientras su pierna derecha yacía sobre la nalga izquierda de ella. Un hilo de luz entraba por el borde de una gruesa cortina de algodón. De pronto, una voz masculina llamó a la entrada de su habitación y ambos despertaron con pereza.

—¿Qué ocurre? —preguntó con hastío, sin levantarse.

—¡Aztamecatl está muerto! —explicó el sirviente—. ¡Lo mataron!

Cuitláhuac abrió los ojos, suspiró en forma de lamento y se llevó la mano derecha a la frente y se quedó pensativo; luego se paró rápidamente, se puso un mashtlatl (taparrabo) y un tilmatli (un manto para cubrir el torso, amarrado por encima

del hombro izquierdo y pasando por debajo de la axila derecha) y le dio instrucciones a su concubina de que se marchara.
Ella se levantó, caminó desnuda en busca de su huipilli y al
encontrarlo se vistió y salió.

—¿Quién lo mató? —Cuitláhuac movió con la mano derecha una fina cortina de algodón que colgaba en la entrada y
se asomó—. ¿Cómo? —volvió a la habitación para terminar
de vestirse.

—Apareció muerto en uno de los canales.

En cuanto Cuitláhuac se puso un penacho de plumas rojas
y unos brazaletes de oro salió de la habitación dando zanca-
das. El otro hombre lo seguía apresurado.

—¿Dónde lo tienen?

—En el Cuauhxicalco —La casa del águila.

—¿Quién está a cargo?

El hombre se quedó con la boca abierta.

—¡Tú qué sabes! —dijo negando con la cabeza y siguió
su camino—. ¡Ustedes nunca saben nada! Sólo sirven para
cumplir una orden a la vez.

La preocupación de Cuitláhuac se intensificó a cada paso
que daba. Se preguntó quién y por qué habría matado a Aztamecatl. Sabía que tenía que ver con la elección pero, ¿por qué
asesinarlo a esas alturas? ¿Habría algo más? Seguramente el
Consejo lo investigaría, aunque, por lo mismo, todo podría
quedar en el olvido. Sabía perfectamente que en cuanto había
cambio de gobierno, no sólo en Meshíco Tenochtítlan sino en
cualquier otra ciudad, muchos asuntos quedaban sepultados,
la mayoría por conveniencia del nuevo tlatoani o por solicitud de alguien importante.

—¡Vergüenza! —alcanzó a escuchar en cuanto llegó a la
sala principal.

El cihuacóatl —un hombre de sesenta años y esquelético— se encontraba rodeado de todos los miembros de la nobleza.

—¡Ahí estás! —exclamó con ironía en cuanto vio a Cuitláhuac, quien únicamente miró a los ojos a algunos de los presentes—. ¡Debería darles vergüenza! —continuó con su rapapolvo—. ¿Creen que no me di cuenta? Todos ustedes estaban más interesados en ganar votos que en llorar la muerte del huey tlatoani. El pueblo entero se dio cuenta —hubo un breve silencio—. ¡Se trataba del funeral de Ahuízotl! No era una fiesta. Su deber, no sólo como pipiltin sino también como familiares cercanos, era permanecer en la habitación real todo el tiempo.

Ninguno de los presentes se atrevió a defenderse de las acusaciones del cihuacóatl, quien en ese momento caminaba, con las manos en la cintura, de un lado a otro como animal enjaulado. Miraba a cada uno de los presentes a los ojos, en busca de alguna señal, algo que le ayudara a descubrir al responsable de la muerte de Aztamecatl.

—Debemos mantener esto en absoluto secreto.

—Eso es imposible —dijo uno de los pipiltin—. Lo encontraron los macehualtin y ya no hay forma de evitar que se sepa en todos los pueblos vecinos. Además, hay muchos extranjeros hospedados en la ciudad.

Tlilpotonqui asintió frunciendo el ceño y agachó la cabeza en forma de lamento.

—Existen personas interesadas en quebrantar el gobierno meshíca, dentro y fuera de la ciudad —se enderezó y se dio media vuelta—. Podría ser el señor principal de alguno de los pueblos vasallos o alguien de la Triple Alianza, o los mismos miembros de la nobleza tenoshca.

Muchos se sintieron injuriados.

—Existen cientos de posibilidades —se defendió uno de los pipiltin—. Incluso podría tratarse de un simple ajuste de cuentas. Los miembros de la nobleza también tenemos problemas personales con familiares y amigos, y en muchas ocasiones con amantes.

Tlilpotonqui había acumulado a lo largo de su vida una gran cantidad de conflictos relacionados con mujeres.

—¿Quiénes de ustedes hablaron anoche con Aztamecatl? —el cihuacóatl hizo todo lo posible por mostrarse indiferente ante aquella insinuación.

Uno de los hijos de Ahuízotl respondió primero:

—Lo saludé poco antes de la formación de acompañamiento.

—¿Iba solo?

—Sí. Pero no se dirigía a la habitación real ni al Recinto sagrado.

—Yo estoy seguro de que lo vi hablando con Macuilmalinali —dijo uno de los hijos de Tízoc.

—Sí, habló conmigo —respondió Macuilmalinali con molestia—. Pero eso no tiene nada que ver con su muerte.

—Yo sólo mencioné que lo vi hablando contigo —le respondió el otro.

—¡Pero lo dijiste como acusación!

—¡Ya basta! —dijo en voz alta Tlilpotonqui—. Esto no es un juicio. Estamos aquí para averiguar.

—También habló conmigo —intervino Cuitláhuac.

—¿Cuándo? —preguntó el cihuacóatl.

—Poco antes de que hablara con Macuilmalinali.

—¿Y tú cómo sabes eso? —preguntó Macuilmalinali con exaltación.

—Los estaba espiando —intervino Tlacahuepan de forma jactanciosa.

—¿De qué estás hablando? —se defendió Cuitláhuac—. Yo estaba en los jardines.

—Yo sólo comento lo que vi.

—Entonces también estaba espiando a Motecuzoma y al señor de Chalco y al señor de Tlatilulco —lo confrontó de frente—. ¡O no, espera! ¡Te estaba espiando a ti! ¡Y ellos también —señaló a todos los presentes— te estaban espiando!

—¡Ya cállense! —gritó el cihuacóatl—. ¿Y ustedes son los que aspiran a ser sucesores de Ahuízotl?

Los que habían estado discutiendo se agacharon avergonzados. Hubo un largo silencio.

—Así no vamos a solucionar esto. Tenemos que tranquilizarnos. No se trata de culparnos unos a otros. Ahora debemos nombrar al miembro del Consejo que reemplazará a Aztamecatl y llevar a cabo la elección del nuevo tlatoani.

—¿Vamos a elegir a un nuevo tlatoani sin saber quién es el responsable de la muerte de Aztamecatl? —preguntó indignado uno de los pipiltin.

—No nos queda otra.

—Sí, claro que hay otra forma de hacer las cosas: bien. Primero debemos hacer justicia y luego nombrar al nuevo miembro del Consejo y después elegir al tlatoani.

—¿Y mientras tanto qué se supone que vamos a decirle a todos los pueblos vasallos? ¡Señores, no tenemos tlatoani, es momento de revelarse contra nosotros, vengan!

—Si antes elegimos un tlatoani, jamás tendremos la certidumbre de que se le haga justicia a Aztamecatl.

—¿Por qué no?

—¿Y si el tlatoani electo fue quien mandó matarlo?

—Usted tiene toda la razón en eso. ¿Pero qué haríamos entonces si jamás descubrimos la verdad? ¿Nos quedaremos sin tlatoani?

Hubo un breve silencio y un reconcomio colectivo. El cruce de miradas era apenas llevadero. Había poco tiempo para discutir y demasiados asuntos impostergables. El futuro de Meshíco Tenochtítlan dependía de la elección del tlatoani.

—Yo recuerdo a un sirviente muy sospechoso, cerca de Aztamecatl. Me dio la impresión de que lo estaba vigilando —dijo uno de los hijos de Tízoc—. Fue justamente cuando nos llamaron para dar inicio a la ceremonia.

En ese momento Cuitláhuac recordó al sirviente al que había pedido que escuchara la conversación entre Aztamecatl y Macuilmalinali. Tenía grabado el rostro de aquel hombre pero por un instante no pudo recordar su nombre.

—Traigan a todos los sirvientes que estuvieron anoche en el palacio —ordenó el cihuacóatl.

Mientras tanto, hubo un receso. Se formaron pequeños grupos en los que se discutía de todo: algunos aseguraban que se trataba de una conspiración y otros únicamente mostraban su interés por la elección. Cuando por fin juntaron a todos los sirvientes los formaron frente a los pipiltin para que identificaran al que había estado cerca de Aztamecatl la noche anterior, pero ninguno era el que buscaban.

—¿Ustedes son todos los sirvientes? —preguntó el cihuacóatl.

Todos ellos se miraron entre sí y negaron con las cabezas.

—¿Quién falta?

—Faltan treinta y cuatro —dijo uno de ellos.

—¿Y por qué tantos?

—Se fueron a sus casas. Sólo estaban aquí por el funeral.

—Quiero una lista de los nombres —finalizó Tlilpotonqui y después les ordenó que se retiraran.

Los miembros de la nobleza comenzaron a murmurar. El cihuacóatl se sintió incómodo ante su actitud y se dirigió a ellos manteniendo la misma serenidad de siempre.

—Lamentablemente no podemos continuar con esto por el momento —explicó el cihuacóatl—. Les prometo que haremos todo lo posible por solucionarlo después de elegir al nuevo tlatoani.

Una vez más comenzaron los murmullos y los reclamos.

—Lo siento mucho —insistió Tlilpotonqui—. Debemos proseguir con...

Cuitláhuac se encontraba pensativo en ese momento. Finalmente había recordado el nombre del sirviente: Ehecatzin. Y se preguntaba dónde estaría, por qué no había acudido al llamado y si estaría involucrado con la muerte de Aztamecatl.

—...que sea Acolmiztli —escuchó Cuitláhuac cuando volvió su atención a la conversación.

—¿Qué? —preguntó a la persona que se encontraba a su lado—. ¿De qué están hablando?

—Del nuevo miembro del Tlalocan.

—Pero él es...

—¿Qué?

Cuitláhuac no respondió pero estaba al tanto de que Acolmiztli era uno de los hombres más cercanos a su hermano Tlacahuepan.

—Si no hay objeción por el nombramiento de Acolmiztli entonces hoy mismo comenzaremos la sesión para elegir al nuevo huey tlatoani. Tomaremos un receso y comenzaremos después de mediodía.

Una tercera parte del grupo permaneció angustiada en la sala y el resto salió con tanta tranquilidad que parecía que habían olvidado la muerte de Aztamecatl. Cuitláhuac tuvo dificultad para decidir si salía o se quedaba: los que lo habían hecho intentaron convencer al cihuacóatl de que cambiara su decisión con respecto a la elección de Acolmiztli, lo cual en cualquier momento involucraría a Cuitláhuac; si no lo hacía resultaría peor. La mayoría de los que salieron iba platicando de trivialidades. Tampoco sintió deseos de seguirlos. De pronto pensó en ir en busca de Ehecatzin, pero sabía que el tiempo era insuficiente. Además sentía muchísimo cansancio y hambre. Optó por ir a comer a su casa y dormir una siesta, aunque fuese breve, pues la sesión en la que elegirían al nuevo tlatoani podría durar todo el día y toda la noche.

Apenas llegó a su casa dio un grito para exigir a su concubina que le sirviera de comer. Acaualxochitl acudió a su llamado con la misma sumisión de siempre. Sin levantar la mirada, puso un plato de comida sobre una gruesa estera tejida de palma y tendida sobre el piso —cuya altura apenas les llegaba a las rodillas— y escuchó atenta las quejas de Cuitláhuac.

—Acolmiztli es el nuevo miembro del Tlalocan —comió apresurado—. Tlilpotonqui no quiere investigar la muerte de Aztamecatl —siguió masticando—. Por lo visto elegirán a Tlacahuepan...

—¿Qué te hace estar tan seguro de que lo elegirán a él?

—Espero que no sea así —dejó de comer.

—¿A quién te gustaría que eligieran?

—A mí —se enderezó—, por supuesto.

—¿Y si no fueras tú?

Había muchos candidatos. Cuitláhuac sabía que más de la mitad estaba descartada pero existían posibilidades para que algunos resurgieran de la nada. Los candidatos más fuertes eran los hijos de Ahuízotl y los de Ashayacatl. A pesar de las envidias y el distanciamiento, a Cuitláhuac le convenía que el poder recayera en alguno de sus hermanos.

—Motecuzoma —respondió.

—¿Crees que gane?

—No lo sé. A veces lo dudo.

—¿Por qué?

—Es un guerrero valiente, un sacerdote que conoce a la perfección la historia de nuestros dioses y un poeta muy respetado por los más grandes pensadores de toda la Tierra, pero es muy callado. Demasiado —Cuitláhuac hizo una pausa y miró detenidamente los ojos de Acaualxochitl—. Para ser gobernante se necesita el poder de la palabra —luego bajó la mirada como si se sintiera avergonzado.

—Tú mismo me has dicho que cuando habla los deja a todos callados.

—Sí, lo sé —afirmó con la cabeza y luego negó—, pero eso no basta. Se necesita más carácter. Llevar el gobierno no es fácil.

Acaualxochitl dejó escapar una sonrisa mordaz.

—Hablas como si supieras gobernar.

—No necesito ser tlatoani para entender lo difícil que es representar a un pueblo —Cuitláhuac alegó con disgusto.

—Como tú digas.

—Quería dormir un rato pero ya me espantaste el sueño —se paró y se fue sin despedirse.

—¡Espera! —ella dio unos cuantos pasos detrás de él—. ¡Termina de comer!

Frente a la casa de Cuitláhuac había un canal donde siempre había decenas de canoas circulando. Caminó sin reparar en la gente que aún limpiaba las calles. Por un instante se convirtió en el centro de atención, pues todos sabían que esa tarde él o alguno de sus hermanos podría ser electo tlatoani.

Al llegar al palacio real, se encontró con casi todos los que asistirían a la elección. Había mucha tensión entre ellos. El sigilo en las conversaciones era tan abundante como cínico. Su hermano Motecuzoma se acercó, se paró a su lado derecho y sin mirarlo le habló:

—Alguien te vio platicando con un sirviente anoche.

Cuitláhuac se mostró indiferente.

—Era el mismo que estuvo espiando a Aztamecatl —agregó Motecuzoma en voz baja.

—¿Debo tomar eso como una amenaza?

—No; como una muestra de solidaridad. Cuídate, hermano.

Ambos se miraron a los ojos.

—¿Cómo estás? —preguntó Cuitláhuac mirando a todos los que se encontraban en la sala principal del palacio.

—Cansado...

—¿Dormiste?

Motecuzoma negó con la cabeza.

—¿Sabes algo sobre la muerte de Aztamecatl? —preguntó Motecuzoma.

—Nada. ¿Y tú?

—Tampoco.

—¿Quién era el sirviente con el que estabas hablando ayer?

—No sé, sólo le pedí que escuchara una conversación entre Aztamecatl y Macuilmalinali.

—¿Y qué te dijo?

—Nada, porque en ese momento llegó Tlacahuepan a molestarme. Y luego nos llamaron para iniciar la ceremonia fúnebre.

—Y lo peor es que muchos dicen que él tiene muchas posibilidades de ser electo.

—Nos vamos a joder.

En ese instante entró el cihuacóatl y observó a todos como si los estuviera contando. Había más de doscientos pipiltin, incluyendo a los candidatos y los señores principales de los pueblos aliados. Aunque tenían derecho a presenciar la ceremonia, les estaba prohibido intervenir en la elección. Sólo los doce altos dignatarios del Tlalocan votaban.

—Comencemos —dijo y se siguió hasta el centro de la sala—. Miembros del Consejo —todos se apresuraron a sus sitios asignados—, ha llegado el momento de elegir al nuevo huey tlatoani, al hombre que nos guiará y protegerá de los peligros que asechan a nuestro pueblo —en ese momento entraron Tlacahuepan y dos hijos de Ahuízotl—. Todos ustedes saben que para dicha elección tienen preferencia los hermanos legítimos del difunto huey tlatoani, pero debido a que ya todos han muerto deberemos seleccionar a uno de sus hijos legítimos o sobrinos. Recuerden que no podemos poner los ojos en aquellos que sean niños, adolescentes, ni de edad avanzada. Mencionaré primero a los siete hijos del difunto tlatoani Tízoc...

—¡No! —había una intriga en contra de ellos, por lo tanto los doce miembros del Consejo se negaron acuciosamente. A nadie extrañó que el cihuacóatl no hiciera el más mínimo intento por persuadirlos de lo contrario.

—Los hijos del difunto Ahuízotl —continuó Tlilpotonqui.

La respuesta de los miembros del Consejo fue completamente distinta. El cihuacóatl nombró a cada uno de los hijos de Ahuízotl y sus virtudes. Luego de un largo rato llegó el momento de mencionar a los hijos de Ashayacatl:

—¡Macuilmalinali! —se escuchó.

—¡No! —intervino Nezahualpili, lo cual sorprendió a todos—. No ha demostrado ser apto para un cargo tan importante.

El hijo mayor de Ashayacatl enfureció en ese momento; no obstante, permaneció en silencio ante la mirada de todos.

—Cuitláhuac —uno de los miembros del Consejo rompió el incómodo instante en el que se encontraban.

—Es un gran guerrero, merece ser nuestro nuevo tlatoani —dijo uno de ellos y los demás también halagaron su valentía.

—En ese caso —habló Acolmiztli—, Tlacahuepan está mejor capacitado.

Cuitláhuac aguantó su rabia sin hacer un solo gesto.

Los demás se manifestaron con tal entusiasmo que por un momento parecía que la elección ya estaba concluida.

—Motecuzoma Shocoyotzin —dijo finalmente el cihuacóatl—. Sin duda alguna, el tlacochcalcatl es uno de los príncipes con mayores virtudes en el ejército y gran valor. Posee, a sus treinta y cuatro años, la edad adecuada para gobernar. Siempre ha demostrado su aplomo al hablar en las reuniones del Consejo —caminaba de un lado a otro mientras hablaba.

De pronto Motecuzoma se levantó y salió de la sala. El cihuacóatl y los doce altos dignatarios civiles, militares y religiosos del Consejo no le dieron importancia y continuaron discutiendo. Finalmente tres votaron por Motecuzoma, cuatro por Tlacahuepan, dos por Cuitláhuac, y tres por dos de los hijos de Ahuízotl. En ese momento los hijos de Tízoc también abandonaron la sala.

—Tenemos dos candidatos con mayoría de votos: Tlacahuepan y Motecuzoma —dijo el cihuacóatl—. Ahora debemos elegir entre ellos.

Cuitláhuac se sintió triste y frustrado a la vez. Su sueño de llegar a ser tlatoani algún día se desvanecía. Las probabilidades eran escasas.

—Yo le doy mi voto a Tlacahuepan —dijo uno de los que había votado por uno de los hijos de Ahuízotl—. Se ha ganado la confianza de muchos pipiltin.

—Tenemos cinco votos para Tlacahuepan y tres para Motecuzoma.

Todos miraban fijamente a los doce miembros del Consejo.

—Yo voto por Tlacahuepan —respondió otro de los que también había votado por uno de los hijos de Ahuízotl.

—Tenemos seis votos para Tlacahuepan y tres para Motecuzoma.

—¡Motecuzoma! —dijo uno de los que había votado por Cuitláhuac.

—Seis votos para Tlacahuepan y cuatro para Motecuzoma.

—Yo voto por Motecuzoma, por su devoción religiosa, su obediencia y su discreción.

—Seis votos para Tlacahuepan y cinco para Motecuzoma.

—¡Motecuzoma! —dijo otro—. Es un hombre sumamente inteligente.

—Están empatados —dijo el cihuacóatl tranquilamente.

Todos sabían que faltaba un voto y se miraron entre sí. Hubo murmuraciones e incluso algunos chistes en voz baja.

—Desde hace años he estado observándolo y sé que sabrá cumplir con la ardua tarea de gobernar —continuó Tlilpotonqui mirando a la audiencia—. Tengo la certeza de que su único interés es el bienestar de los meshicas.

Tlacahuepan infló el pecho y dejó escapar una sonrisa orgullosa.

—No ambiciona el poder. La prueba está en que a estas alturas él no se encuentra aquí.

La sonrisa de Tlacahuepan se transformó en un gesto de ira, mientras que Cuitláhuac sonrió con tanto gusto que una mayoría de los asistentes lo notó.

—Motecuzoma, señores —dijo el cihuacóatl—. Yo voto por Motecuzoma Shocoyotzin.

5

S IÉNTATE AHÍ, viejo chimuelo, y escucha. El primer día permanecimos todos los pipiltin en una misma habitación. Mi hermano estaba en otra, por lo que no pudimos saber si estaba vivo o muerto. Comenzó así una larguísima jornada de acusaciones, reclamos e insultos entre nosotros. Muchos aún no entendían la dimensión del problema. Todos estábamos seguros de poseer la razón y queríamos imponer nuestra estrategia. Lo cierto era que ninguno tenía idea de cómo salir.

No había forma de contactarnos con el exterior, y mucho menos de organizar el ejército para combatir a los barbudos. Ni las tropas ni el pueblo se atreverían a atacar mientras la vida del huey tlatoani estuviese en peligro. Los invasores se habían fortificado en Las casas viejas.

Conforme fueron pasando las horas nuestras discusiones bajaron de tono hasta convertirse en diálogos aburridos y redundantes. Al llegar la tarde todos estábamos en silencio. En la salida permanecieron todo el tiempo ocho extranjeros con sus palos de fuego listos para hacerlos estallar en cualquier momento. No habíamos comido. Tampoco nos permitieron salir a hacer nuestras necesidades corporales, por lo que antes de medio día, uno de los ancianos tuvo que orinar en una de las esquinas de la habitación. Más tarde, uno de los sacerdotes ocupó ese mismo rincón para defecar. Horas después la habitación hedía a mierda y orines.

—¿Qué pensarán hacer con nosotros? —preguntó Shiuhcóatl.

—Nos van a colgar en un palo de madera, como a su dios —dijo Cuauhtlatoa, uno de los hijos de Motecuzoma.

Entre nosotros se hallaban cinco hijos legítimos del tlatoani: Tecocoltzin, Matlalacatzin, Cuauhtlatoa, Chimalpopoca y Ashopacátzin.

—¿Cómo sabes eso?

—Uno de nuestros informantes me dijo que su dios murió de esa manera. Y así sacrifican a sus enemigos en venganza por lo que otros enemigos le hicieron a su dios —respondió Cuauhtlatoa.

—A esos hombres lo que les gusta es torturar a la gente. Ustedes saben que a los cincuenta embajadores tlashcaltecas les cortaron las manos —agregó Ashopacátzin.

—Treinta de ellos murieron desangrados —continuó Cuauhtlatoa y luego exclamó como un gran lamento—. Si tan sólo hubiésemos atacado antes de que llegaran.

—¡Ya basta! —gritó irritado Ocelhuitl, uno de los capitanes del ejército y amigo mío—. ¡De nada sirve repetir lo mismo!

—Yo estoy en mi derecho de decir lo que me venga en gana —respondió Cuauhtlatoa al mismo tiempo que caminó hacia su oponente.

—¿Y con eso te van a liberar? —Ocelhuitl se dirigió a donde se encontraban los ocho extranjeros con sus palos de fuego—. ¡Este hombre quiere ejercer su derecho a expresarse!

Los barbudos observaban divertidos. Aunque no entendíamos su lengua, comprendí que estaban burlándose de nosotros. Antes de que nos hicieran sus rehenes siempre fueron muy discretos. Supieron disimular muy bien su desprecio.

—¡Si quieres morir aquí, quédate callado! —gritó Cuauhtlatoa.

—¡Quédate callado si quieres vivir, idiota! —respondió Ocelhuitl.

De pronto uno de los soldados de Malinche gritó y todos los pipiltin guardaron silencio, excepto Cuauhtlatoa.

—¡A mí ningún soldado me va a callar!

Entonces nos apuntaron con sus palos de humo y fuego. Todos nos echamos para atrás hasta el rincón, a pesar de que aún no habíamos visto qué tan destructivas eran esas armas. Pero los rumores eran tantos y tan diversos que no podíamos dudar de ellos en esos momentos, sin importar su exageración.

—Ya cállate, Cuauhtlatoa —susurró Ashopacátzin.

No te rías, viejo chimuelo. Así sucedió. Eran unos imbéciles. Uno de los extranjeros sonrió, miró a los que estaban a su lado derecho y dijo algo. De pronto todos comenzaron a reír a carcajadas. Luego bajaron sus armas. Nosotros nos quedamos en silencio, mirando a los barbudos, llenos de mugre y sudor. Ninguno de ellos se había bañado en los días que llevaban en Meshíco Tenochtítlan. Desde antes de que llegaran, ya corrían los rumores de que no se bañaban por temor a morir con el pecho atravesado con una flecha apenas se quitaran los trajes de metal.

Anocheció. La luz que entraba a la habitación era la que ellos tenían en el pasillo. La oscuridad hizo aún más difícil aquel momento lleno de melancolía e incertidumbre. No nos habían llevado de comer ni nos habían avisado qué harían con nosotros. Yo trataba de imaginar lo que estaría ocurriendo afuera. Ingenuamente quise creer que ya el pueblo se estaba preparando para atacar, que los aplastarían y que seríamos liberados a más tardar a media noche, pero conforme pasaron las horas, mis esperanzas se fueron desvaneciendo.

Los solados de Malinche hicieron cambios de turno, uno por uno —casi imperceptibles— para evitar cualquier intento de fuga. El único ruido que oíamos era el que ellos hacían. No podíamos escuchar lo que sucedía en la ciudad debido al grosor de los muros de Las casas viejas.

Para mí ese fue el día más difícil. No le temía a la muerte ni a la tortura. Me dolía el fracaso, el futuro de Meshíco Tenochtítlan. Quizá fue la incertidumbre. Tal vez fue el sentimiento de la derrota, o la furia que sentía hacia los barbudos. Aunque no lo dije ese día ante los pipiltin, también creía que Motecuzoma había cometido muchos errores. Con el paso de los días cambié de opinión. No era su culpa. Era de todos y de todo el sistema. Nuestra ambición por el dominio nos generó cientos de enemigos —dentro y fuera del gobierno— y ahora tenemos que asumir las consecuencias.

Pensé mucho en mis concubinas, en mis hijos y en mi ciudad. Me pregunté constantemente qué harían los extranjeros en los siguientes días, semanas o meses. Me costaba imaginar a Malinche como tlatoani y a los meshícas obedeciéndole. No podía creer que alguien como él quisiese permanecer en nuestra isla por el resto de su vida. No descartaba la posibilidad de que se marcharan en cuanto obtuvieran el oro y la plata que querían.

No quería creer en nada. Sabía perfectamente que todo podría suceder. Y aunque estaba al borde del llanto oculté mi dolor y me mantuve sereno.

A partir de entonces mis noches jamás volvieron a ser iguales. Nunca más volví a dormir como solía hacerlo. Sin importar lo que sucediera, yo podía acostarme y descansar. Ni siquiera tenía pesadillas. No me dolía nada. No le temía a nada, porque el gobierno meshíca nos daba protección, a pesar de que siempre hubo guerras, a veces inundaciones, en otras, hambruna. Éramos la ciudad más poderosa de toda la Tierra.

En medio de la madrugada se escuchó un sollozo. Todos seguíamos despiertos. Ya nadie hablaba. No teníamos motivos. Tampoco fuerzas. Nos encontrábamos sentados en el piso, recargados contra los muros. Algunos estaban en el centro de la habitación.

—Ya deja de llorar —dijo alguien.

No me preocupé por investigar quién había hablado ni quién estaba llorando. Quizá porque en cualquier momento también uno podría llorar de igual manera o peor. A Motecuzoma le encantaba permanecer por días y a veces semanas encerrado, algo que muy pocos entendían. La libertad también consiste en poder encerrarse donde y cuando uno quiera.

En el Calmecac —escuela para los nobles— nos enseñaron a ser pacientes. Aprendimos a permanecer en silencio toda una noche mientras hacíamos penitencia en el Coatépetl o cuando íbamos de cacería. En los funerales o los sacrificios que llevábamos a cabo en la celebración de alguno de nuestros dioses, solíamos permanecer largas horas en silencio. Cuando Motecuzoma fue coronado huey tlatoani, hubo más de doscientos discursos por parte de los invitados y todos tuvimos que escuchar atentos y en silencio todo un día y parte de la noche. Nada de eso representó un problema para mí, pero esa madrugada me harté de ver los muros, el piso y los rostros de mis compañeros de prisión. No tenía sueño, sin embargo, sentí deseos de cerrar los ojos para no ver aquello.

Al amanecer llegaron dos mujeres con canastas llenas de tamales. Los barbudos las revisaron de pies a cabeza para garantizar que no cargaran cuchillos o algo que pudiese servirnos como arma. Luego ellas colocaron sus canastas sobre el piso y se arrodillaron para entregarnos un tamal por persona. Me coloqué al inicio de la fila y me agaché frente a una de ellas.

—¿Cómo está todo allá afuera? —pregunté en voz baja.

—Todos estamos muy preocupados. Nadie sabe lo que…

En ese momento la interrumpió un grito: uno de los soldados de Malinche dio la orden de que nos calláramos. Luego apareció un tlashcalteca.

—Meshíca, no tienes permiso de hablar —me dijo con arbitrariedad.

Alcé la mirada con resentimiento y encontré en su rostro mucha soberbia. Tuve que contener mi enfado. Me puse de pie y volví al fondo de la habitación. Las mujeres entregaron el resto de los tamales y se marcharon en silencio. Minutos más tarde volvieron con una olla de atole y únicamente dos pocillos para cincuenta personas.

—¿Hasta cuándo pensarán tenernos así? —preguntó uno de los capitanes del ejército mientras esperábamos formados para beber atole.

—Estoy seguro de que será cuestión de días. En cuanto Motecuzoma les entregue el oro que quieren, se largarán de nuestra tierra —dijo Shiuhcóatl.

Al terminar quedamos en silencio. Hubo quienes se fueron al rincón para defecar, otros simplemente permanecimos de pie, esperando a que algo más ocurriera.

—Necesitamos buscar la manera de enviar un mensaje al exterior —dije en voz baja.

—¿Cómo? —preguntó Cipactli.

Todos caminaron hacia mí y me rodearon. Los soldados de Malinche vigilaron el interior de la habitación día y noche, aunque platicaban entre ellos la mayor parte del tiempo.

—No sean tan obvios —les dije.

Entonces se alejaron con mucha obviedad.

—¿Cómo? —insistió Cipactli.

—Con las mujeres que traen la comida —dirigí la mirada en dirección contraria para evitar sospechas—. Seguramente volverán más tarde.

—Ya viste que no nos permiten hablar con ellas —agregó Iztacóyotl.

—Debemos encontrar la manera.

La idea parecía sencilla, pero no lo era. Aunque lográramos hablar con una de esas mujeres, no teníamos la garantía de que al salir no las interrogaran, o peor aún, que no supieran dar el mensaje. Y suponiendo que lo lograra, tampoco existía la certeza de que quien lo recibiera sabría llevar a cabo su misión. Nos quedamos en un largo silencio, una vez más.

Horas más tarde, Cuauhtlatoa empezó a caminar alrededor de la habitación. Golpeaba el muro con su puño derecho.

—Ya no soporto más —dijo.

—Cálmate —le dijo Shiuhcóatl.

—¿Cómo quieres que me tranquilice? ¡Estoy harto! ¡Necesito salir de aquí!

—¡Cállate! —le grité.

—¡No me importa lo que me digan! ¡Ya no soporto más!

Ocelhuitl se acercó a él y le dio un fuerte golpe en el rostro que lo derribó al piso.

—¡Te voy a matar! —gritó enfurecido Cuauhtlatoa.

En ese momento entraron cuatro soldados de Malinche con sus arcos de metal y sus palos de humo y fuego. No logramos entender lo que decían pero sabíamos que nos estaban ordenado que nos calláramos.

—¡Déjenme salir! —insistió Cuauhtlatoa tirado en el piso.

Uno de los barbudos se acercó a él y le puso el arco de metal frente al rostro, al mismo tiempo que le propinó una patada en las costillas. Sólo así cerró la boca. En cuanto salieron los barbudos volvió el silencio y la incertidumbre.

Al atardecer llegó uno de los tlashcaltecas y me llamó por mi nombre, lo cual me sorprendió y me preocupó.

—Te manda llamar el tecutli Malinche.

Caminé a la salida y, en ese momento, escuché muchos rumores. Avancé lo más lento que pude para ver con claridad todo a mi alrededor. Quería saber qué estaba ocurriendo. Llegamos a otra habitación en la cual había mucho desorden. Malinche me estaba esperando de pie, con su traje de metal y, como siempre, con la mano en el puño de su largo cuchillo de plata que llaman espada. Junto a él estaban Jeimo Cuauhtli, la niña Malintzin y una docena de soldados.

—Mi tecutli Malinche quiere hacerle algunas preguntas —dijo ella.

No respondí. Observé sus rostros con mucha atención.

—Quiere saber si usted está dispuesto a colaborar con él.

—¿En qué forma? —pregunté.

—Como su aliado —Malintzin no esperó a que Malinche respondiera.

—¿Como tú?

—Mi señor, yo únicamente soy una esclava. No tengo elección.

Comprendí que había dicho una estupidez. Ella tenía razón. Bajé la mirada un poco avergonzado. Malinche habló, luego tradujo Jeimo Cuahuitl y finalmente la niña Malintzin.

—Dice que le ofrece un trato preferencial. No tendría que permanecer con los otros prisioneros.

—No me interesa su oferta. No pienso traicionar a mi hermano.

Malinche asintió con la mirada y dio instrucciones a uno de sus soldados. Entonces me llevaron de regreso a la habitación. Luego llamaron a otro miembro de la nobleza y después a otro y a otro, hasta que anocheció. Cuando volvían todos los observábamos con desconfianza. Sé que algunos se confesaron enemigos de Motecuzoma —ya sabes quiénes, tlacuilo, los mismos cínicos de siempre— y que Malinche los estaba enviando de regreso a la habitación para que sirvieran como espías y al mismo tiempo para sembrar la desconfianza entre nosotros.

Ciertamente nos colocó en una situación muy difícil. Nos conocíamos perfectamente: había hombres humildes y leales, y otros oportunistas y abusivos. El gobierno de Motecuzoma estuvo plagado de traidores desde el principio. La mayoría de ellos fueron hábiles para disimular su desprecio hacia mi hermano y lograron cargos que jamás habrían alcanzado por sus escasos méritos.

El más grande error de Motecuzoma como tlatoani fue deshacerse de todos los que habían sido partícipes en el gobierno de Ahuízotl, y sustituirlos por un grupo de gente que él llamó verdadera nobleza. Por un lado quería acabar con la traición, la corrupción y la negligencia —estaba seguro de que todos estaban contaminados, y cuando entraba uno nuevo no le quedaba otra, más que adaptarse al sistema—; y por el otro, deseaba imponer a la nobleza en todos los cargos de gobierno, sin importar la ausencia o escasez de virtudes.

Ashayacatl y Ahuízotl, en cambio, dieron cargos importantes a cientos de hombres por sus logros, aunque no pertenecieran a la nobleza. ¿Cuál de ellos tuvo la razón? Ninguno. Sin importar su nivel social, los nuevos integrantes del gobierno tarde o temprano se corrompieron. Conocieron el poder y se olvidaron de la sed de justicia. Lo más difícil en el gobierno es distinguir la hipocresía entre tantas expresiones de honradez y lealtad.

Si antes la desconfianza era un factor común entre nosotros, a partir de aquel día, se convirtió en nuestra forma de vida, lo cual implicaba más hipocresía entre nosotros, y mayor discreción. Y aunque el temor de ser traicionados por quien fuera en cualquier momento estaba latente, teníamos que tomar riesgos.

Al día siguiente ocurrió algo verdaderamente inesperado: llegó un grupo de soldados tlashcaltecas acompañado de parte de la tropa de Malinche:

—Ya pueden salir para acompañar a su huey tlatoani —dijo el tlashcalteca.

La noticia nos animó al principio. Pero al llegar a la sala principal sólo nos provocó confusión. Motecuzoma estaba acompañado de Malinche y sus hombres. Se le veía afligido y arruinado, como nunca antes. Su mirada vacía, su rostro demacrado, sus labios arrugados, sus puños blandos, cansados de hacer presión toda la noche.

—Dice el tecutli Malinche —informó el capitán de los tlashcaltecas—, que a partir de ahora, él estará presente en todas las gestiones del tlatoani. Los tlashcaltecas también estaremos presentes para escuchar todas sus conversaciones y evitar cualquier traición. Todas las mañanas tendrán derecho a bañarse, desayunar y cumplir con sus labores, todas dentro de Las casas viejas, y siempre acompañados de dos o tres tlashcaltecas. No pueden hablar en secreto.

Al encontrarme con la mirada de mi hermano sentí el dolor más profundo de mi existencia. Nunca imaginé verlo así de triste. Jamás había visto algo tan deprimente. La grandeza del hombre más poderoso de toda la Tierra se había desvanecido por completo. Estoy seguro de que, igual que muchos de nosotros, no pudo dormir esas dos noches.

—Malinche ha prometido que en cuanto traigan a Quauhpopoca y se aclare quién atentó contra las vidas de sus hombres en Nauhtla, se marcharán de nuestra ciudad —dijo Motecuzoma—, pero no le creo.

En ese momento uno de los tlashcaltecas le dijo a la niña Malintzin que le informara a Malinche que Motecuzoma había dicho que no le creía. Malinche bajó la cabeza para ocultar su rostro y la movió de izquierda a derecha; después le dijo algo a Jeimo Cuauhtli.

—Dice mi tecutli Malinche —habló la niña Malintzin— que todos ustedes podrán salir de Las casas viejas para cumplir con sus labores de gobierno, siempre que sea necesario. Pero que los acompañarán varios soldados tlashcaltecas para evitar que intenten elaborar algún ardid. Está prohibido hablar de otras cosas allá afuera.

Se cumplieron las órdenes de Malinche con gran rigor. No había manera de enviar un mensaje al exterior. Los únicos motivos por los que se nos permitía salir eran para informar algo harto importante a ciertos sectores de la sociedad: pescadores, obreros, cazadores, taladores de árboles, cobradores de impuestos y administradores de los barrios. Y siempre estábamos rodeados de soldados tlashcaltecas, hueshotzincas y totonacas. Todo se tornó absurdo y complicado. El gobierno se colapsó. Decenas de pueblos se declararon libres del gobierno tenoshca y mandaron embajadores para avisar que nunca más pagarían el tributo.

Mientras tanto Malinche hacía lo que le venía en gana. Algunos días se desaparecía por completo —se iba a recorrer otros pueblos, principalmente a negociar alianzas— y otros permanecía con Motecuzoma hasta que anochecía. Siempre que tenía oportunidad, hablaba de sus dioses e insistía en que debíamos destruir los teocalis, lo cual Motecuzoma jamás permitió. Le advirtió que si lo hacía, el pueblo entero se levantaría en armas sin importar que muriera el huey tlatoani. Malinche también preguntaba de todo (sobre el gobierno, las lenguas, nuestra historia, costumbres) y escuchaba con muchísima atención. Su actitud confundía a muchos. Por un lado se interesaba por conocer nuestras costumbres y, por otro, nos tenía presos.

Nos sorprendió aún más la noche que entró a la habitación con decenas de soldados. Los pipiltin ya acompañábamos a Motecuzoma la mayor parte del día, en ocasiones toda la noche, pues así lo había solicitado. De pronto unos soldados de Malinche le pusieron unas cadenas en los pies a mi hermano.

—Dice mi tecutli Malinche que se ha enterado que están tramando una rebelión allá afuera —explicó la niña Malintzin.

Motecuzoma respondió que él no estaba enterado. Luego Malinche explicó que ya habían llevado a Meshíco Tenochtítlan a Quauhpopoca, a quien poco después llevaron ante el huey tlatoani para que confesara su traición. Iba vestido como un macehuali, con ropas viejas. Se arrodilló ante el huey tlatoani e hizo las tres reverencias acostumbradas.

—¿Es cierto que mataste a dos hombres del tecutli Malinche? —preguntó Motecuzoma.

Quauhpopoca respondió que los barbudos los habían atacado primero y señaló a los soldados de Malinche. Mi hermano preguntó si él —Motecuzoma— le había ordenado hacer eso y Quauhpopoca respondió que ellos habían actuado en defensa propia, sin órdenes de nadie. El tlatoani le dijo que sería castigado y que Malinche decidiría el castigo. Aunque Quauhpopoca rogó por misericordia, Motecuzoma no cedió. Sabía que Malinche no se lo perdonaría, o por lo menos eso era lo que parecía. Según su promesa, se marcharían en cuanto ese supuesto mal entendido se aclarara.

—Ahora sí quítame estas cadenas, Malinche y déjame en libertad —dijo Motecuzoma en cuanto se llevaron a Quauhpopoca.

Pero Malinche se negó y alegó que había recibido advertencias de sus informantes de que pronto habría una rebelión. A partir de ese momento comprendí que Malinche jamás nos dejaría en libertad y que tan sólo estaba buscando excusas para extender su farsa. Malinche y Motecuzoma discutieron por un largo rato, hasta llegar a los insultos.

Fue muy doloroso ver esa noche a Motecuzoma atado a esas cosas de metal. Shiuhcóatl le puso trozos de manta de algodón entre los tobillos y los anillos de metal para evitar que le lastimaran. Luego nos percatamos que olía a carne quemada. Conocíamos perfectamente el olor, debido a los sacrificios que se llevaban a cabo en diversas fiestas dedicadas a nuestras deidades. Incluso cuando un tlatoani moría, en su funeral, se quemaba su cuerpo y los de algunas de sus mujeres y sirvientes más cercanos que lo acompañaban en su camino.

Los siguientes días, la información comenzó a llegar con mayor facilidad. Los hombres de Malinche se confiaron y dejaron de ser tan estrictos. Parecía no importarles lo que habláramos entre nosotros. Las mujeres que nos llevaban los alimentos nos informaban de manera secreta.

En cuanto llegaban, yo me acercaba, me arrodillaba ante ellas y fingía recibir mi comida. Ella tenía que hablar en secreto y decir lo que fuera posible. Entonces yo me ponía de pie y caminaba a mi lugar. El que seguía detrás de mí tenía que escuchar lo siguiente, y así hasta que la mujer daba su informe completo. Luego nos compartíamos lo que la mujer nos decía.

—Me dijo que las tropas aliadas de Malinche recorren la ciudad por las calles —repetí yo.

—... en canoas sobre los canales y en las azoteas de algunas casas —repitió otro.

—Los soldados de Malinche duermen a ratos, se turnan para vigilar...

—... pero jamás se quitan sus trajes de metal ni sueltan sus palos de fuego.

—Los que tienen venados gigantes recorren las calles.

—A Quauhpopoca lo torturaron; y luego lo quemaron con su hijo y diez miembros de su gobierno frente al Coatépetl, ante la presencia de todo el pueblo.

Días después, algunos carpinteros de Malinche y decenas de obreros meshícas comenzaron a construir en el lago de Teshcuco dos casas flotantes, como las que tenían en las costas totonacas.

Cuando estuvieron finalizadas, Malinche nos llevó a Mote-cuzoma y a varios de los pipiltin a conocerlas: eran tan grandes que en cada una podían entrar más de trescientas personas. Ahora tenían una forma más segura de salir de la isla en caso de que se quitaran los puentes de las calzadas. El lago estaba lleno de canoas, miles habían llegado de otros pueblos para ver las casas flotantes. Con toda esa gente bastaba para acabar con Malinche y sus más de seis mil aliados. ¿Por qué no los atacaron? Me lo pregunté muchas veces.

6

CUITLÁHUAC OBSERVÓ con cínica satisfacción la cara enrojecida de Tlacahuepan, sus labios que temblaban de ira y sus cejas que parecían dos lanzas en plena confrontación.

—Vamos a buscar a Motecuzoma —dijo el cihuacóatl con satisfacción—. ¿Pregunten a dónde se fue?

Los doce dignatarios del Tlalocan tenían la responsabilidad de salir a buscar al tlatoani electo y pedirle que aceptara gobernarlos; en cambio, los miembros de la nobleza que habían fungido como testigos podían esperar o seguirlos. Poco más de la mitad los acompañó. Los que permanecieron, optaron por manifestar su solidaridad a sus candidatos. Cuitláhuac decidió quedarse en el palacio para ver la reacción de los perdedores.

En ese momento Tlacahuepan señaló con el dedo índice a Cuecuetzin y reclamó furibundo:

—¡Prometiste que tu tío iba a votar por mí!

—¡Eso fue lo que él me dijo! —dio unos pasos atrás al ver a Tlacahuepan caminando hacia él con los puños listos para golpearlo.

—¡Eres un hipócrita! —Tlacahuepan le dio tres golpes en el rostro.

Los que estaban alrededor se apresuraron a detenerlo.

—En verdad yo no sabía que… —se defendió Cuecuetzin pero los que llegaron en su auxilio lo obligaron a callarse y a salir del recinto.

—¡No es el momento ni el lugar adecuado! —le dijo Imatlacuatzin. Le puso las manos en el pecho y lo empujó hacia atrás.

—¿Entonces cuándo? —respondió Tlacahuepan, casi gritando al mismo tiempo que con sus antebrazos empujaba las manos que le presionaban el pecho.

—¡Sí!, ya lo sé, es un traidor, pero no te conviene meterte en problemas —Imatlacuatzin volvió a poner sus manos en el pecho de Tlacahuepan para evitar que avanzara.

—¿Qué importa? —Tlacahuepan avanzó a pesar de la presión que su amigo hacía sobre él.

—¡Se acabó! —Imatlacuatzin lo miró directo a los ojos y Tlacahuepan se detuvo súbitamente.

—¡No!

—¡Sí! Sabías que algo así podría ocurrir. Lo habíamos platicado. Dijiste que aceptarías la decisión del Consejo.

Tlacahuepan bajó la mirada.

—Sí, dije que aceptaría los resultados, pero Cuecuetzin recibirá su castigo por traidor.

—Tú no sabes si él es unos de los aliados de Motecuzoma —Imatlacuatzin le apuntó a los ojos con el dedo índice—. Tu hermano ahora es el hombre más poderoso de toda la Tierra. ¿Lo entiendes?

—Ya lo veremos —respondió Tlacahuepan—. Vámonos —finalizó con amargura.

Para entonces, el resto de los participantes ya estaba muy cerca del Coatépetl, donde según quienes lo habían visto, Motecuzoma se encontraba barriendo, lo cual para muchos no era nada fuera de lo común, pues años atrás había sido nombrado sumo sacerdote de Huitzilopochtli, y frecuentemente se enclaustraba en el cuarto del huey teocali para hacer penitencia mientras Huitzilopochtli le hablaba, como Motecuzoma lo había dicho en muchas ocasiones.

Al llegar los doce dignatarios del Consejo al Coatépetl, se encontraron a Motecuzoma barriendo humildemente. Desde ahí se podía ver la ciudad entera, sus canales, las calzadas, el lago y los pueblos del otro lado: Tlacopan, Azcapotzalco, Chapultepec, Teshcuco, Tepeyacac, Iztapalapan, entre otros.

—Mi señor —dijo el cihuacóatl, y Motecuzoma se detuvo y escuchó sin voltear a verlos—, hemos venido a pedirle que acepte ser nuestro nuevo tlatoani.

Motecuzoma volteó y se encontró con el cihuacóatl y los doce miembros del Consejo, los señores de Acolhuacan y de Tlacopan, y los señores más importantes de toda la nobleza.

—Mi señor —repitió el cihuacóatl arrodillado—, venimos a pedirle que acepte ser huey tlatoani de Meshíco Tenochtítlan.

Motecuzoma Shocoyotzin se mantuvo en silencio por un breve instante, mientras contemplaba todo a su alrededor. Su respiración delató su nerviosismo. Carraspeó y tragó saliva antes de responder con voz trémula:

—Sí, acepto ser huey tlatoani de Meshíco Tenochtítlan.

Los pipiltin se pusieron de pie y se formaron para, acto seguido, arrodillarse de manera individual ante su nuevo tlatoani y decir algunas palabras. Finalmente, bajaron los ciento veinte escalones del huey teocali y, justo en ese momento llegaron Cuitláhuac y el resto de la nobleza. Llevaron al nuevo tlatoani hasta el palacio de Ashayacatl, donde aumentaron los elogios y desaparecieron los rostros indignados.

A pesar de que Cuitláhuac prefería a Motecuzoma como tlatoani, por un instante se sintió identificado con sus otros dos hermanos. La pesadumbre del fracaso tenía a Tlacahuepan y Macuilmalinali sumergidos en una seriedad poco notable para el resto de los invitados, excepto para Motecuzoma y Cuitláhuac.

Fueron pasando lentamente cada uno de los pipiltin para decir un breve discurso. Todos los demás guardaban silencio. Hasta el final pasaron los hermanos del recién electo tlatoani.

—Mi señor —dijo Macuilmalinali arrodillado ante Motecuzoma—. No puedo más que celebrar su elección. Sé que usted sabrá guiar a nuestro pueblo...

Mientras Macuilmalinali daba su largo discurso Tlacahuepan miraba los ojos radiantes, como nunca antes, de Motecuzoma. Aquella derrota le quitaría a partir de entonces cualquier posibilidad de llegar a ser huey tlatoani.

—Mi señor —Cuitláhuac caminó al frente en cuanto Macuilmalinali se puso de pie—. No hay forma de poner en duda su elección, pues bien merecido...

Macuilmalinali y Tlacahuepan se miraron entre sí. Ambos sentían la misma impotencia y deseo de venganza. Estaban dispuestos a joderle el gobierno a Motecuzoma. De pronto, Macuilmalinali dejó escapar una sonrisa minúscula y pensó: «De cualquier manera, sólo se convertirá en el sirviente de Tlilpotonqui».

Por años se había rumorado que quien gobernaba en realidad era el cihuacóatl: Tlacaeleltzin detrás de los gobiernos de

Izcóatl, Motecuzoma Ilhuicamina y Ashayacatl; y Tlilpotonqui, hijo de Tlacaeleltzin, detrás de los de Tízoc, Ahuízotl y,
ahora, Motecuzoma Shocoyotzin.

—Muchas gracias —dijo Motecuzoma ante las palabras de
Cuitláhuac, quien ya se había incorporado.

—¡Celebremos! —dijo Tlilpotonqui alzando los brazos—.
Traigan el banquete.

A continuación, se llevó a cabo una fiesta privada en la que
únicamente participaron los miembros de la nobleza tenoshca. El regocijo no se hizo esperar y trajeron comida, bebidas
y mujeres públicas. Poco a poco los que se habían mostrado
renuentes a la elección de Motecuzoma comenzaron a comportarse como si siempre lo hubiesen favorecido.

—No te preocupes —le dijo Tepehuatzin a Tlacahuepan
horas más tarde, cuando la mayoría de los invitados se encontraban ebrios y fornicando con mujeres y hombres—. En el
gobierno nada es seguro. Aún son muy jóvenes y guerras hay
muchas.

Tlacahuepan no respondió. Se encontraba mirando el
cielo estrellado. A sus espaldas —en el interior del palacio—
se escuchaban carcajadas y bramidos lascivos; frente a ellos
dominaban el ulular de los tecolotes y la estridulación de los
grillos. En ese momento apareció Macuilmalinali.

—Así es... —dijo trastabillando. Su hermano y Tepehuatzin voltearon con agilidad para sostenerlo—... corrupción.
No hay otra respuesta.

—Cállate —dijo Tlacahuepan al ver que Motecuzoma y
Cuitláhuac se acercaban a ellos.

—No me calles —respondió indiferente Macuilmalinali—.
Yo tengo derecho a decir lo que me venga en gana.

—Te estoy ordenando que te calles.

—¿Qué? ¿Tienes miedo? —caminó hacia Tlacahuepan tambaleándose—. ¿Le tienes miedo a ese idiota? —señaló a Motecuzoma—. No es más que la puta del cihuacóatl. O, ¿qué crees que no lo sabía? Todos lo sabíamos. Tú, ese imbécil, yo, todos; sí, todos sabíamos que la elección la iba a decidir Tlilpotonqui.

—¿Estás hablando de mí? —dijo Motecuzoma como si todo fuese una broma.

—Vámonos —ordenó Tlacahuepan.

—¿A dónde? —respondió Macuilmalinali.

—A dormir.

—¿Por qué? ¡Que se vayan a dormir los borrachos! ¿Yo por qué?

—Ya cállate —dijo Cuitláhuac.

—Ahí tienen —Macuilmalinali dejó escapar una carcajada al mismo tiempo que sus brazos se enganchaban de los cuellos de Cuitláhuac y Tlacahuepan—, al nuevo tlatoani.

—Te está escuchando la gente —dijo Motecuzoma, que también estaba ebrio, sin poder esconder su risa.

—¡Y qué me importa! —se detuvo, bajó sus brazos, se tambaleó por un instante, se apartó de Cuitláhuac y Tlacahuepan; extendió los brazos y orientó sus ojos al cielo—. ¡No le tengo miedo a su tlatoani! ¡Es el nuevo pelele del cihuacóatl!

La sonrisa de Motecuzoma desapareció inmediatamente. Hasta el momento, todo lo que había parecido una broma entre borrachos se difuminaba por una realidad que muy pronto devoraría al futuro tlatoani.

Caminaron hasta llegar a la casa de Macuilmalinali, donde tres de sus concubinas lo recibieron con sumisión.

—¡Sí, ya, ya, no me estén jodiendo! —les dijo al mismo tiempo que se quitó el penacho—. Ya sé que perdí la elección.

Y que ustedes ahora querrán burlarse de mí, pero ¿saben qué? ¡No se los voy a permitir! —les entregó el penacho.

La concubina que lo recibió se retiró para guardarlo y justo en ese momento se tropezó y cayó de frente.

—¡Eres una estúpida! —gritó Macuilmalinali enfurecido—. ¡No puedes hacer bien las cosas! ¡Arruinaste mi penacho! —caminó a ella y le dio una patada en el abdomen—. Te voy a enseñar a hacer bien las cosas —la tomó del cabello y la levantó.

—¡Perdón! —dijo llorando, con la mirada hacia arriba, de rodillas con sus manos sobre la mano de Macuilmalinali que la tenía de la cabellera.

—¿Quieres llorar? Te voy a dar motivos para que llores.

Cuitláhuac, Motecuzoma, Tlacahuepan y Tepehuatzin salieron sin despedirse. Hubo un largo silencio a partir de ese momento. Caminaron como si hubiesen recibido una mala noticia. No tenía nada que ver con lo ocurrido en la casa de Macuilmalinali sino por lo que acababa de decir. Motecuzoma esperaba que alguno de sus hermanos agregara algún comentario. Tepehuatzin era hijo de Ahuízotl; y aunque estaba igual de molesto por no haber sido electo, no le interesaba decir nada a favor o en contra de lo que había dicho su primo. Cuitláhuac y Tlacahuepan seguían a la espera.

—Sé que... —Motecuzoma rompió el silencio— deben estar molestos porque fui electo...

—No necesitas justificarte —interrumpió Tlacahuepan—. Así es esto. Ya eres el tlatoani electo y nosotros seremos tus subordinados y ya.

—No —respondió Motecuzoma con más confianza—, no se trata de eso. Lo que a mí me interesa es que ustedes, mis hermanos estén bien...

—Contigo —lo interrumpió Tlacahuepan—. Así será. Obedeceremos.

—No estás entendiendo…

—Tú eres el que no entiende —Tlacahuepan se paró frente a Motecuzoma—. Nuestras vidas jamás serán las mismas. Nunca nos verás como tus hermanos ni nosotros a ti. Siempre estará el título de tlatoani en medio. Si hicimos algo bien o mal ya no importa. Lo que viene es lo que decidirá nuestros futuros. Tu visión política, bélica y religiosa será y tiene que ser la última palabra, aunque no estemos de acuerdo, aunque te amemos, aunque te odiemos.

Tlacahuepan se marchó en dirección contraria. Mote-cuzoma respiró profundo, alzó la frente y siguió su camino. Cuitláhuac y Tepehuatzin se miraron entre sí sin saber qué dirección tomar. Sin decir una sola palabra ambos permane-cieron en el mismo lugar hasta que Motecuzoma y Tlacahue-pan se perdieron en la oscuridad. Finalmente cada uno tomó su camino.

Las palabras de Tlacahuepan dejaron a Cuitláhuac aún más confundido. Sabía que las cosas cambiarían a partir de esa noche, que nunca más volvería a tratar a Motecuzoma como lo había hecho hasta entonces, pero no lo había compren-dido por completo. También dudó sobre su destino. Habría, como era de esperarse, nuevos nombramientos, cambios en el gobierno, cambios en la familia, muchos cambios. Nadie, hasta el momento tenía idea de cuáles y cuántos serían. Ni mucho menos si serían benéficos o perjudiciales.

De vuelta a casa, Cuitláhuac vio entre las sombras a un hombre que caminaba sigiloso. Apresuró sus pasos para acer-carse a él. El hombre se percató de que lo estaba siguiendo. Cuitláhuac notó que el hombre también aceleró el paso. Lo reconoció: era Ehecatzin, quien en ese momento intentó darse a la fuga. Cuitláhuac lo persiguió. Ambos corrieron bastante rápido por varias cuadras, hasta que Cuitláhuac lo alcanzó y se dejó caer sobre el hombre. Lo derribó y los dos cayeron muy cerca del canal que corría paralelo a la calle. El hombre permaneció callado y asustado.

—¿Tú mataste a Aztamecatl? —le preguntó al mismo tiempo que le apretaba el cuello con el antebrazo.

—¡No! —el hombre abrió los ojos con desesperación.

—¿Por qué estabas huyendo? —Cuitláhuac se mostró más agresivo.

El hombre no quiso responder.

—¡Habla!

El hombre se estaba asfixiando.

—¡Habla!

—Porque sabía que usted me iba a interrogar —respondió con dificultad.

—¿Asesinaste a Aztamecatl?

—¡No!

—¿Entonces? —Cuitláhuac liberó a Ehecatzin.

—No quiero que me maten —se arrastró por el piso sobre su trasero.

—¿Qué te hace pensar que yo te quiero matar? —Cuitláhuac se puso de pie.

—Usted no… —Ehecatzin se llevó las manos al cuello para frotarse con suavidad.

—¿Quién? —Cuitláhuac empuñó las manos.

El hombre no respondió.

—Ponte de pie.

Ehecatzin obedeció.

—¿Qué ocurrió ayer?

—Obedecí...

—Eso ya lo sé... ¿Qué fue lo que escuchaste?

—El hombre que usted me ordenó que espiara hablaba mal de usted.

—¿Aztamecatl? —Cuitláhuac frunció el entrecejo y arrugó los labios.

—Sí.

—¿Qué más?

—Dijo que no pensaba darle su voto.

—¿Lo mataste por mí?

—¡No!

—¿Qué más escuchaste?

—Dijo que todo estaba dispuesto...

—¿Qué? —Cuitláhuac se impacientó—. Dime cada palabra que escuchaste.

En ese momento dos hombres aparecieron caminando en la calle. Cuitláhuac le dio la mano a Ehecatzin para que se pusiera de pie.

—Vámonos —ordenó en voz baja.

Los dos caminaron en la dirección contraria. Al llegar a la esquina se toparon con un puente que cruzaba un canal, dieron vuelta a la izquierda y caminaron más aprisa. A su lado estaba el canal y decenas de canoas ancladas a la orilla. Cuitláhuac se detuvo por un instante y volteó para ver si el par de hombres los estaban siguiendo. No vio a nadie. Dirigió la mirada en varias direcciones. Alrededor únicamente había casas. La mayoría en total oscuridad. Ambos siguieron caminando.

—Dime todo lo que escuchaste —dijo Cuitláhuac mirando hacia el frente.

—He olvidado algunas cosas, disculpe, estaba nervioso. Además no recuerdo muchos nombres.

—No importa, dime lo que te venga a la mente.

—El hombre con el que estaba hablando le dijo que ya estaba enterado.

—¿Macuilmalinali?

—Sí.

—¿Y qué dijo, Aztamecatl?

—Que no tenía idea de lo que estaba diciendo. Luego se mostró preocupado. Miraba con insistencia a otros dos hombres. Los mismos que lo asesinaron.

—¿Viste a quiénes lo mataron?

—Sí. Pero no sé sus nombres ni quiénes son.

—¿Los puedes identificar?

—Creo que sí.

Cuitláhuac permaneció pensativo por un instante.

—Sígueme contando.

—El tecutli Macuilmalinali le reclamó su traición y el tecutli Aztamecatl respondió que ya todo estaba dispuesto y que no había forma de cambiar nada. Agregó que eran órdenes del cihuacóatl. Macuilmalinali le preguntó si estaba a favor de Motecuzoma y Aztamecatl respondió que, si por él fuera, no le daría su voto. En ese momento hicieron el llamado para la ceremonia fúnebre del huey tlatoani Ahuízotl, y todos caminaron al Recinto sagrado, excepto los hombres que estaban vigilando a Aztamecatl.

—¿Qué hizo Aztamecatl?

—Salió en otra dirección, pero esos hombres lo siguieron. Yo estuve a punto de quedarme donde estaba, pero también sentí curiosidad por saber qué estaba ocurriendo, así que caminé detrás de ellos a una distancia bastante retirada. Siguieron a

Aztamecatl hasta uno de los canales. Él intentó abordar una de las canoas, pero ellos lo alcanzaron. No pude escuchar lo que le decían, pero vi claramente que lo amenazaban. Luego, uno de ellos le enterró un cuchillo en el abdomen y le cortó la garganta. Finalmente ambos lo lanzaron al canal. Entonces uno de ellos volteó y me vio. Corrí para que no me reconocieran, ellos me persiguieron, pero logré huir.

—¿Y qué pensabas hacer a partir de ahora? —preguntó Cuitláhuac mucho más tranquilo.

—No sé aún. Por un momento pensé en huir de Tenochtítlan —Ehecatzin bajó la cabeza—, pero también sé que si lo hago iba a ser demasiado obvio.

—Así es. Sería sospechoso.

—¿Y si voy ante el cihuacóatl y le cuento todo?

—No. Esa no es una buena idea. Te podrían obligar a inculparte o quizá te matarían antes de que se haga público lo que sabes. Te irás a mi casa. Te quedarás con los sirvientes. Seguramente te buscarán en el palacio real. Yo hablaré con el mayordomo antes de que tu ausencia llame la atención. Le diré que estás trabajando para mí.

7

C IENTO VEINTE DÍAS después, todos nos encontrábamos flacos y demacrados, justo como nos vemos tú y yo, tlacuilo.[2] Malinche tenía aliados meshicas ansiosos de derrocar a mi hermano. Ya sabes de quiénes hablo. Traiciones hubo desde el inicio de su gobierno, pero éstas aumentaron con la llegada de los barbudos. Quienes odiaban a Motecuzoma vieron una ocasión para apoderarse del gobierno y saciar muchos rencores de antaño.

Afuera se llevaban a cabo reuniones entre meshícas que no se ponían de acuerdo. Unos exigían la liberación de Motecuzoma, otros se manifestaban a favor de iniciar un ataque en contra de los invasores, aunque esto trajera la muerte del huey tlatoani y toda la nobleza.

2 Un tlacuilo hacía los libros pintados, hoy en día conocidos como códices. Los tlacuilos solían escribir la historia de sus ciudades y generalmente permanecían en los palacios, observando y escuchando todos los acontecimientos para plasmarlos en los libros pintados.

Malinche entraba y salía de Meshíco Tenochtítlan con gran tranquilidad. Nadie le impedía el paso. Se ausentaba a veces por varias semanas. Nos llegaron informes de que había hecho alianzas con nuestros enemigos, incluyendo a Ishtlil-shóchitl, el hijo de Nezahualpili. Cuando regresaba decía lo mismo de siempre:

—Le pido perdón —mostraba respeto al saludarlo, como si en verdad lo sintiera. Su nivel de hipocresía superaba al de cualquiera que hubiese conocido en toda mi vida—. Le prometo que pronto lo dejaré libre y cuando regrese a mi tierra hablaré de usted con mi tlatoani Carlos —y luego agregaba algo que siempre repetía—: Le aseguro que el tlatoani estará muy contento de tenerlo como vasallo.

Aquellas palabras sonaban aterradoras. Ahora, ya éramos considerados vasallos de un tlatoani al que ni siquiera conocíamos. O peor aún, no teníamos la certeza de su existencia.

En esos días planeamos la fuga de Motecuzoma. Les dijimos a las mujeres que nos traían de comer que les avisaran a los pocos pipiltin que quedaban libres que se prepararan para recibir a Motecuzoma en la parte trasera de Las casas viejas, pues saltaría desde la azotea en cuanto saliera la luna. Esa noche Motecuzoma le pidió a Malinche que lo dejara subir a la azotea. Al principio Malinche fue tajante en su negativa, pero mi hermano insistió, le dijo tantas mentiras que finalmente lo convenció. Llegado el momento, el huey tlatoani fingió una emoción casi infantil por ver la luna y caminó hasta el muro. Intentó saltar, pero no lo logró, los soldados de Malinche lo detuvieron. Mi hermano quedó colgando de cabeza, de la azotea. Abajo lo esperaban decenas de meshícas.

Los que se encontraban afuera intentaron en otra ocasión perforar el muro, en las noches, pero fueron descubiertos. Mi hermano enamoró a un joven sirviente que debía permanecer con él la mayor parte del tiempo, en ausencia de Malinche y le pidió que le proporcionara un macahuitl a cambio de su cariño. El joven aceptó, pero fue descubierto. El día que los extranjeros destruyeron las deidades del Coatépetl, mi hermano enfureció y ordenó que se prepararan las tropas para atacar a los barbudos. Malinche prometió marcharse en cuanto construyera otras casas flotantes en las costas totonacas; y para ello le pidió a Motecuzoma que le proporcionara obreros. El tlatoani aceptó y días después salieron cientos de hombres y mujeres rumbo a aquellas tierras para construir tres casas flotantes, de la misma forma en que construyeron las otras dos en el lago de Teshcuco, bajo el mando de los carpinteros de Malinche.

Un día Motecuzoma recibió informes de que por las costas de Tabscoob habían llegado más casas flotantes; semanas más tarde, aquellos hombres le enviaron un mensaje a Motecuzoma: decían ser los verdaderos enviados del tlatoani Carlos V y acusaban a Malinche de ser un prófugo de la justicia de aquellas tierras lejanas. Mi hermano les ofreció ayuda a cambio de que vinieran a Meshíco Tenochtítlan. Todo eso era muy confuso y peligroso. Días más tarde Malinche le anunció a Motecuzoma que iría a las costas a castigar a unos hombres que lo habían traicionado. Se quedó a cargo un hombre al que llamábamos Tonatiuh (Pedro de Alvarado) —por el color dorado de sus cabellos—, y ciento treinta hombres blancos. Su actitud era autoritaria e irrespetuosa. Todos los días exigía a Motecuzoma que le entregara más oro, pero mi hermano se lo negó. Aquel hombre no le daba nada de confianza. Además estaba cerca la celebración del Toshcatl, dedicada a Huitzilopochtli y Tezcatlipoca, la más importante de todas.

—¿Vas a permitirle a mi pueblo que lleve a cabo las celebraciones del Toshcatl? —le preguntó el huey tlatoani.

—Indio del demonio —respondió enojado. Para entonces ya reconocíamos muchas palabras, por el sonido mas no su significado; y esa frase la repetían mucho.

—Dice el tecutli Tonatiuh que a él no lo engañan —dijo la niña Malintzin—, también aseguró que los tlashcaltecas le advirtieron que ustedes están tramando algo.

Motecuzoma les respondió que era obvio que nuestros enemigos dijeran algo así para acabar con nosotros lo más pronto posible. Tonatiuh entendía todo a su manera, sin importar qué tan claro se le dijeran las cosas.

—¿Me estáis diciendo cobarde? —colocó la punta de la espada en el pecho de Motecuzoma, quien en ningún momento mostró temor, por el contrario, lo miró fijamente.

Tonatiuh bajó la espada y dio un paso hacia atrás:

—¿Para qué es esa celebración? —preguntó una vez más.

A pesar de que Tonatiuh ya sabía el motivo de las fiestas, Motecuzoma le explicó una vez más. Luego de un largo rato Tonatiuh habló de nuevo, como si hubiese estado ausente mientras el tlatoani hablaba:

—Ya os lo he dicho muchas veces: ¡No debéis hacer sacrificios humanos! —gritó.

—Ustedes sacrificaron a su dios —respondió Motecuzoma— y lo colgaron de una cruz.

—Él dio su vida por nosotros —respondió Tonatiuh tratando de hacer evidente algo que para los meshícas no tenía ningún sentido.

—Los mancebos que son sacrificados también dan su vida por nosotros —respondió Motecuzoma.

La niña Malintzin intervino:

—Está celebración no puede posponerse, jamás, por ningún motivo. Si se los impides se revelarán contra vosotros.

—Los tascaltecal me han dicho que tienen planeado quitar la imagen de la virgen que está en su templo del dios Uchilobos.

—Si lo hacen es para poner la imagen de Huitzilopochtli —explicó Malintzin—. Es indispensable para el mitote.

Tonatiuh accedió con la condición de que se le entregaran dos cargas de oro. Pero advirtió que no nos dejaría salir de Las casas viejas. Y aunque Motecuzoma les explicó la importancia de estar presente, Tonatiuh no cedió. Luego de una muy larga discusión llegaron a la conclusión de que llevarían a los danzantes al patio principal de Las casas viejas para que Motecuzoma los pudiera ver desde la azotea; después se irían al Monte Sagrado —Templo Mayor.

El día que comenzaron las celebraciones del Toshcatl —20 de mayo de 1520—, Tonatiuh mandó a todos sus soldados a que revisaran casa por casa que no hubiese armas escondidas; luego se llevó a dos sacerdotes a otra habitación.

Más tarde, Tonatiuh entró a la sala principal y gritó que ya había descubierto el ardid. Los dos sacerdotes que se había llevado venían detrás de él, escoltados por soldados tlashcaltecas. Caminaban con muchísima dificultad. Uno de ellos se desmayó. Traían los vientres chamuscados y llenos de sangre: los habían torturado con brasas ardientes para que denunciaran la conspiración que Tonatiuh buscaba. Hubo una discusión entre el hombre blanco y el tlatoani. Lo amenazó con su espada, pero Motecuzoma no se intimidó, incluso le ofreció más oro. En ese momento dos hombres le colocaron unas cadenas al tlatoani en los pies. Algunos pipiltin se manifestaron inconformes con el trato e intentaron revelarse, pero fueron rápidamente heridos por Tonatiuh y sus soldados. Incluso mandó ahorcar a una mujer.

Después subimos a la azotea y escuchamos el sonido de los huehuetl y los teponaztli, los cascabeles y los gritos de la gente que danzaba alegremente en toda la ciudad. Fue difícil observar lo que sucedía en las calles debido al muro que rodea Las casas viejas. Apenas si pudimos ver las flores que colocaron en las casas, las calles y los teocalis. Los soldados de Tonatiuh se encontraban vigilando desde las azoteas y los edificios del Recinto sagrado. Todos con sus palos de humo y fuego.

—¡Preparad vuestras armas! —ordenó Tonatiuh a sus soldados al mismo tiempo que se dirigió a la orilla de la azotea; se asomó y observó a los más de ochocientos tenoshcas que esperaban la aparición del huey tlatoani.

Todos comenzaron a tocar sus huehuetl, teponaztli, caracolas, flautas y cascabeles, mientras otros danzaban. Se escuchaban gritos de alegría. Tonatiuh caminó hacia Motecuzoma, lo tomó del brazo al mismo tiempo que le apuntaba a la cara con su palo de humo y fuego.

Luego gritó algo que nadie entendió porque la niña Malintzin no estaba para traducir, pero le alzó el brazo a Motecuzoma para llamar la atención. Los meshícas que se encontraban dentro del patio dejaron de bailar y de tocar sus instrumentos. Los de afuera jamás se enteraron de lo que estaba ocurriendo en Las casas viejas. Después Tonatiuh se acercó a uno de los miembros de la nobleza, lo jaló del cabello, se dirigió a los tenoshcas, dijo algo que no entendimos, caminó detrás del hombre, lo empujó hasta el pretil, le puso el arma en la nuca y disparó. El cuerpo cayó sobre la gente que se encontraba abajo.

Motecuzoma enfureció e intentó golpear a Tonatiuh, pero éste se defendió. Nosotros también reclamamos, gritamos e

intentamos atacar a los barbudos, pero había muchos soldados tlashcaltecas, totonacos y hueshotzincas. Entonces Tonatiuh jaló a otro de los pipiltin y le disparó en la cabeza. De
igual forma lanzó su cuerpo a la planta baja, donde ya había
mucho desconcierto.

El ruido de los huehuetl, los teponaztli, las caracolas, los
cascabeles, las flautas, los gritos de alegría de la gente en el
Recinto sagrado, el caos en el patio de Las casas viejas y el ruido
que nosotros mismos estábamos haciendo al pelear contra los
enemigos generaron demasiada confusión.

Los hombres de Tonatiuh comenzaron a disparar desde
las azoteas y los edificios del Recinto sagrado. Poco a poco
los gritos de alegría se transformaron en llanto y lamentos. Dentro de Las casas viejas, Tonatiuh y sus soldados nos
atacaron con sus palos de humo y fuego a los que nos encontrábamos en el patio y en la azotea. Sus cabezas quedaban
destrozadas, los cuerpos caían al piso con las tripas de fuera.
La sangre se derramó por todas partes. Los que habíamos
pretendido luchar nos convertimos en tímidos siervos frente
a un jaguar. No teníamos forma de defendernos, e intentarlo,
únicamente provocaba la muerte de alguno de nosotros. Los
soldados tlashcaltecas aprovecharon para desquitar su rencor
hacia nosotros y nos golpearon cuantas veces quisieron. Por
un momento pensé que no se tranquilizarían hasta asesinar-
nos a todos. Imaginé el fin de nuestra gente. También pensé
que Malinche lo había planeado todo.

—¡Métanse! ¡Métanse! —nos gritó uno de los capitanes
tlashcaltecas—. ¡Métanse!

Mientras bajábamos al primer nivel se seguían escuchando
los disparos, los gritos y los lamentos. Todo de una manera
estruendosa.

—¡Apúrense! —gritó el soldado tlashcalteca y le golpeó la espalda a uno de nosotros con su macahuitl, lo cual le provocó una herida muy severa.

Nos llevaron a la habitación de Motecuzoma y, hasta ese momento nos percatamos de la ausencia de muchos. Miré alrededor y encontré heridas en la mayoría de los que seguíamos vivos. Los disparos no cesaban. En ese momento entró Tonatiuh enfurecido; se acercó a Motecuzoma y le gritó algo que nosotros no entendimos, únicamente mi hermano que ya había aprendido un poco la lengua de los extranjeros.

—¿Qué te dijo? —le pregunté a Motecuzoma cuando Tonatiuh salió de la habitación.

—Dijo que me iba a matar él mismo en cuanto volviera. Luego, cuando me dio la espalda preguntó: «¿Dónde está esa india?».

Las siguientes horas se convirtieron en las peores de nuestras vidas.

¿Por qué me miras así, viejo chimuelo? Sé que la condición en la que estamos es la peor, pero, hasta aquel momento era la peor. Tienes razón, no hay nada peor que esta situación.

Era demasiada incertidumbre la que teníamos que soportar. Los disparos se seguían escuchando, aunque cada vez menos. Los gritos y el llanto no cesaban.

—¿Quiénes faltan? —preguntó Motecuzoma con desconsuelo.

Todos nos miramos los unos a los otros con espanto y angustia. Era verdaderamente difícil llevar una lista de nombres en la mente en ese momento. Yo me confundí en varias ocasiones. Tenía la certeza de que ya había contado a dos o tres, que los había visto segundos atrás, de pie, junto a los demás. Y al buscarlos una vez más ya no estaban.

De pronto nos encontramos sumergidos en una gran confusión. Todos mencionábamos nombres en voz alta, como si estuviésemos en el tianquiztli «mercado», llamando a alguien que camina adelante de nosotros, un poco lejos, pero que no nos escucha.

—¡Ueman! —grité sin percatarme—. ¡Shiuhcóatl!

Dos de mis mejores amigos murieron ese día. Volvió a mi mente el instante en que Tonatiuh le había disparado a Ueman en el pecho. Su sangre salpicó todo alrededor, al mismo tiempo que su cuerpo caía de espaldas. Aunque quise asistirlo, los soldados tlashcaltecas no me permitieron moverme. Lo vi retorcerse en el piso por unos segundos y luego morir. A Shiuhcóatl le dispararon en la nuca y lanzaron su cuerpo al patio. Me sentí mutilado. Me quedé en silencio por un largo rato, sin escuchar lo que decían los demás.

Ueman, Shiuhcóatl, Ocelhuitl, Tepiltzín y yo fuimos grandes amigos desde la infancia. Teníamos las mismas edades, habíamos asistido al Calmecac y habíamos participado juntos en muchas guerras. Nos protegimos todo el tiempo. Ya no recuerdo cuántas veces nos rescatamos del peligro los unos a los otros, porque fueron muchas. En una ocasión, mientras peleábamos contra los tlashcaltecas, yo intentaba capturar al gigante Tlahuicole. Éramos cinco los que combatíamos contra él, quien con gran facilidad nos derribó. Caí sobre una piedra, me golpeé la cabeza y perdí el conocimiento. Cuando desperté me encontraba en mi casa. Ueman, Shiuhcóatl, Ocelhuitl y Tepiltzín estuvieron a mi lado todo el tiempo. Los cuatro arriesgaron sus vidas para rescatarme del gigante Tlahuicole que estuvo a punto de enterrarme el macahuitl en el pecho.

La ausencia de Ueman y Shiuhcóatl fue uno de los golpes más dolorosos en mi vida. Ocelhuitl y Tepiltzín se acercaron al verme de pie, en medio de la habitación, sin decir una palabra y me abrazaron. Ese día, todos perdimos un amigo, un hermano, un vecino. Todos quedamos huérfanos. Todos lloramos.

Al anochecer, Tonatiuh entró enfurecido a la habitación. Le escurría sangre de la cabeza, por lo cual tenía el lado izquierdo de la cara manchado hasta el cuello.

—¡Mira lo que me han hecho tus vasallos! —le gritó enfurecido.

Motecuzoma también estaba enfurecido y le respondió rápidamente:

—Si tú no lo hubieras comenzado, ellos no te habrían hecho eso.

—¡Sacad a todos estos indios de aquí! —gritó Tonatiuh a los soldados—. ¡Dejad a este perro en soledad!

Había entre nosotros varios heridos por las armas de tlashcaltecas y los palos de humo y fuego, por lo cual tuvimos que cargarlos. Uno de ellos murió esa noche y otro al día siguiente. Nadie sacó los cadáveres de la habitación. Tampoco nos dieron de comer. Esa noche hubo mucho silencio en la ciudad, pero en el interior de Las casas viejas había mucho movimiento. Los soldados caminaban por los pasillos todo el tiempo, se anunciaban cosas a gritos. También los soldados aliados caminaban con extremada frecuencia de un lado a otro. Estaban preparándose para un ataque, de eso, ni ellos ni nosotros teníamos duda. El pueblo meshíca fue muy tolerante ante las humillaciones con tal de rescatar a nuestro huey tlatoani: alimentó a los barbudos y sus aliados tlashcaltecas, hueshotzincas, cholultecas, totonacas, y además, fabricó para Malinche dos Casas flotantes en medio del lago de Teshcuco. Lo único que no perdonó fue la destrucción de los teocalis y la matanza en el Coatépetl, de más de seiscientos pipiltin y más de cinco mil tenoshcas, lo cual supimos días después, cuando Tonatiuh entró a la habitación donde nos encontrábamos y preguntó por mí.

—Dice el tecutli Tonatiuh que te llevará con el tlatoani Motecuzoma —dijo la niña Malintzin, quien traía moretones en la cara y la ropa sucia.

—No vayas —dijo Ocelhuitl.

—Puede ser una trampa —agregó Tepiltzín.

—No —respondió la niña Malintzin—. Quiere que hablen con el tlatoani, pues se niega a probar alimento y quiere que lo convenzan de que coma.

—Iré únicamente si me acompañan todos —dije.

La niña Malintzin habló con Jeimo Cuauhtli y él accedió. Luego nos llevaron a la sala principal donde Tonatiuh se encontraba furioso frente al joven Cuauhtémoc y decenas de soldados. Habló con Jeimo Cuauhtli y él le tradujo a la niña Malintzin lo que tenía que decirnos.

—Dice que no intenten traicionarlo. Que les dará unos minutos para que hablen con Motecuzoma y le pidan que le ordene a los tenoshcas que cesen los ataques.

Nos llevaron a la habitación donde se encontraba mi hermano. Sentí un dolor inmenso al verlo con esas cadenas en los pies, su aspecto cadavérico. En cuanto nos dejaron, el joven Cuauhtémoc habló.

Nos contó que la noche de la matanza, los barbudos se encerraron en Las casas viejas. El pueblo tenoshca aprovechó la ausencia de los soldados enemigos para auxiliar a los heridos y recoger a los muertos.

—A muchos de ellos no los pudimos reconocer pues sus rostros estaban descuartizados, sus manos y piernas mutiladas, algunos sin cabeza y otros con las tripas de fuera. Comenzamos a guardarlos en bultos y a cargarlos lejos antes de que salieran los barbudos. Por todas partes había penachos desbaratados y pedazos de sus ropas llenos de sangre y lodo. Nuestros dioses también fueron demolidos e incendiados. Había por todas partes mujeres, niños, ancianos y hombres con los rostros empapados de llanto.

Los días siguientes incineraron a los muertos en el Cuauhxicalco —La casa del águila—, y en el Telpochcali. Luego se reunieron todos los habitantes y tomaron la decisión de atacar a los extranjeros. Bloquearon todas las entradas e impidieron que salieran o que se les llevaran alimentos. Incendiaron las casas flotantes y lanzaron flechas y piedras a todos los soldados que vigilaban desde las azoteas del palacio. También le prendieron fuego a un extremo de la azotea de Las casas viejas e hicieron un túnel en la tierra para entrar, pero fueron descubiertos por los barbudos, quienes pusieron a los soldados aliados a tapar el hueco. Los intentos por entrar no cesaron, así que derribaron parte del muro, pero los extranjeros los atacaron con sus palos de humo y fuego.

Motecuzoma se mantuvo en silencio por un largo rato. Ninguno de nosotros se atrevió a hablar. Yo sabía que Motecuzoma estaba pensando en abdicar, lo habíamos platicado él y yo en privado. Muchas veces dijo que abandonar el gobierno sería lo mismo que la rendición. Pero sé que él mismo había comprendido que lo mejor para Meshíco Tenochtítlan era liberarlos de la culpa de matar a su propio tlatoani, aunque eso significara perder el honor y su reputación.

Entonces alzó la mirada y nos miró al joven Cuauhtémoc, a Itzcuauhtzin y a mí. Intentó hablar pero se le quebró la voz. Carraspeó. Se puso de pie, se dio media vuelta, se llevó las manos al rostro, inhaló, exhaló y habló:

—Se acabó —apretó los puños y tragó saliva—. Ha llegado el momento de elegir a un nuevo tlatoani —levantó la cara e infló el pecho—. No importa que yo muera aquí. Junten a las tropas.

Entonces el joven Cuauhtémoc nos informó que Malinche había vencido a sus enemigos en tierras totonacas y que venía de regreso con un ejército más grande, incluyendo más tlashcaltecas y totonacas.

—No queda otra más que seguir embistiendo a los enemigos —dije—. Tenemos que acabar con los barbudos antes de que llegue Malinche con refuerzos.

El joven Cuauhtémoc nos informó que muchos tenoshcas se habían declarado aliados de Malinche, algo que ya no sorprendió a ninguno de los presentes.

—Mátenlos —dijo Motecuzoma luego nos miró a todos y preguntó—. ¿Los han torturado?

—No —respondí.

—¿Los han alimentado?

—Sólo nos han dado agua —dijo Itzcuauhtzin.

Únicamente le habían llevado alimentos a Motecuzoma, pero él se había rehusado a comer. Sobre una pequeña mesa de madera había comida.

—Coman —dijo.

Era muy poco para todos ellos, pero suficiente para saciar un poco el hambre. Luego Motecuzoma dijo que le pediría a Tonatiuh que nos liberara a cambio de ordenarle a los meshícas que dejaran de atacar a los barbudos.

—Cuando estén libres, les ordeno que me envíen alimentos envenenados.

—¡No! Eso jamás.

—Hay otras maneras de liberarlo, mi señor.

—De ninguna manera.

—¿Por qué?

—¿En verdad quieres hacer eso, Motecuzoma? —pregunté.

—Si no lo hacen, moriré de hambre —respondió el huey tlatoani con la frente en alto—. De esa manera tardaré más pero lo haré. En cuanto el pueblo meshíca sepa de mi muerte ya nada lo detendrá. Podrán liberarse del yugo de los barbudos sin culpa alguna.

—Tonatiuh no aceptará —dije—. Si acaso, dejará que salga uno.

—Entonces pediré que te liberen a ti...

Minutos después el joven Cuauhtémoc se retiró para informar que ya había cumplido con su misión. Luego entró Tonatiuh con el mal humor que lo caracterizaba:

—¡Id a calmar a los de vuestra raza! —ordenó—. ¡Vamos! —Tonatiuh empujó a Motecuzoma con la punta de su arma de fuego y le dio una patada en el trasero.

—No hablaré con el pueblo hasta que liberes a uno de ellos —dijo Motecuzoma.

—¿Me estáis dando órdenes a mí? —gritó enfurecido—. Yo soy el que manda aquí.

—Entonces mátame.

—¡India!, ¿qué está diciendo este perro?

—Dice que lo mate.

Aún así nos obligaron a subir a la azotea. Afuera la gente se encontraba enardecida. Lanzaban piedras y flechas. Tonatiuh exigía a gritos que el tlatoani los tranquilizara. Luego sacó un cuchillo y se lo puso a Motecuzoma en el pecho.

—¡Lo mataré!

—¡Libera a Cuitláhuac! —respondió Motecuzoma.

—¡No!

—¡La gente no nos escucha! —insistió el tlatoani—. ¡No dejarán de atacar hasta que Cuitláhuac los tranquilice!

Una piedra dio justo en el rostro de Tonatiuh, quien pronto se retiró de la orilla al mismo tiempo que arrastró a Motecuzoma. Entonces los barbudos comenzaron a disparar. Mientras tanto, Tonatiuh golpeó a mi hermano para saciar su ira, pero los demás soldados intervinieron. Se desató entre ellos una fuerte discusión.

La niña Malintzin se desesperó y gritó con el rostro llenos de lágrimas:

—¡Libera a Cuitláhuac!

8

EN LA SALA PRINCIPAL del palacio de Ashayacatl se hallaban reunidos más de doscientos pipiltin, muchos de entre veinte y treinta años de edad, sin funciones en el gobierno. Todos llevaban puestos tilmatli de finas telas de algodón, amarrado por encima del hombro izquierdo, hermosos penachos, cadenas, pulseras, bezotes y arracadas de oro, plata, chalchihuites y piedras preciosas.

—¿Alguno de ustedes sabe por qué nos ha mandado llamar Motecuzoma? —preguntó Opochtli.

—El huey tlatoani —corrigió Tepiltzín.

—¡Sí! —respondió Opochtli con indiferencia.

—Entonces aprende a decir huey tlatoani. Ya no lo puedes llamar por su nombre.

Opochtli liberó una carcajada.

—Motecuzoma y yo jugábamos a ser soldados con palos de madera cuando éramos niños. Subíamos a los árboles, nos peleábamos a golpes, lo defendí en varias ocasiones de otros niños. Es mi primo, pero somos como hermanos. Y le seguiré diciendo Motecuzoma aunque no te guste.

—Eso no importa —intervino Cuitláhuac—. De ahora en adelante todos debemos dirigirnos a él con respeto.

—Escuché un rumor —dijo Tlillancalqui con orgullo—. Y está relacionado con esto que ustedes dos están discutiendo.

—¿Por eso nos mandó llamar? —preguntó Shiuhcóatl—. Tengo muchas cosas más importantes que hacer.

—Escuché que Motecu... —Tlillancalqui se veía muy contento—, perdón, el huey tlatoani piensa destituir a todos los miembros del gobierno y nos va a dar esos cargos a nosotros.

—Eso es absurdo —comentó Ocelhuitl—. Sería imposible. ¿Y qué piensa hacer con todos los funcionarios anteriores?

—No sé. Sólo les comento lo que escuché. Pero piénsenlo: la mayoría son viejos. Vienen del antiguo gobierno. Motecuzoma no quiere detractores.

—Pues yo sé que nos mandó llamar porque ya sabe quién asesinó a Aztamecatl —mintió Ueman.

—¿Piensa admitir que lo mandó matar? —espetó Cuitlalpitoc.

—¡Cuida tus palabras! —gritó Tepiltzín con enojo.

—Ya apareció el primer adulador del tlatoani —sentenció Cuitlalpitoc con burla.

—El servilismo ante todo —complementó Opochtli con ironía.

Macuilmalinali se mantuvo callado en un rincón, recargado contra la pared. Tlacahuepan y sus amigos, Cuecuetzin, Imatlacuatzin y Tepehuatzin se encontraban en el otro extremo de la sala observando y escuchando en silencio.

Poco después, entró el cihuacóatl y se dirigió a todos:

—Señores, su huey tlatoani está por entrar a la sala. Arro-
díllense ante él, colocando sus frentes sobre el piso.

Todos los presentes se miraron entre sí con estupefac-
ción. Aquella reverencia únicamente la hacían los soldados
y los macehualtin. Muchos de ellos se rehusaron, entre ellos
Opochtli, Tlillancalqui, Cuitlalpitoc, Macuilmalinali, Tlacahuepan, Cuecuetzin, Imatlacuatzin y Tepehuatzin.

—Obedezcan —dijo Tlilpotonqui con voz autoritaria.

—¿Y si no obedezco? —dijo Macuilmalinali con la frente
muy en alto.

—Atrévete —amenazó Tlilpotonqui.

En ese momento entraron ocho hombres y colocaron
una alfombra de algodón en el centro de la sala. Todos los
que ya habían agachado sus cabezas se levantaron para ver
aquello. Luego entró una docena de hombres con plumeros abanicando al nuevo tlatoani que avanzaba muy lentamente, tratando de mantener en estado perfecto las largas
plumas de su penacho. Además llevaba puesto un traje y una
capa adornados con oro y piedras preciosas. El cihuacóatl se
arrodilló mientras que los que se habían negado a hacerlo
se mantuvieron de pie con las bocas abiertas. En cuanto el
huey tlatoani llegó al otro extremo de la sala, cuatro de sus
sirvientes le ayudaron a sentarse mientras otros seguían
abanicándolo con los plumeros.

—Señores, los he mandado llamar para informarles que
he decidido destituir a todos los miembros del Consejo,
incluyendo a los sirvientes de la casa real —los observó con
cautela—. No quiero que en mi gobierno haya comparacio-
nes con el anterior. Sé que pondrán en duda mis decisiones,
intentarán persuadirme de que haga las cosas como las hicieron Ahuízotl y mi padre Ashayacatl. Quiero gente de mi entera

confianza. Pero sé que no será posible. Traiciones siempre habrá. No olviden que yo estuve donde están ustedes en este momento. Sé lo que piensan y lo que murmuran entre ustedes. Esto no es un asunto de confianza, sino de poder.

—Motecuzoma… —intervino Opochtli con mucha confianza pero el tlatoani lo interrumpió.

—A partir de hoy, todos, sin excepción, deben dirigirse a mí de esta manera antes de decir cualquier cosa: tlatoani, notlatocatzin, huey tlatoani «señor, señor mío, gran señor». ¿Entendieron?

Opochtli frunció el ceño. Hubo un silencio.

—¿Me entendieron?

—Sí —respondieron algunos.

—¿Qué ibas a decir, Opochtli?

—Tlatoani, notlatocatzin, huey tlatoani, ¿qué piensa hacer con los antiguos miembros del Consejo? ¿Cómo piensa evitar que lo traicionen?

—Los llevaremos a la piedra de los sacrificios…

Motecuzoma observó detenidamente a todos los que se encontraban presentes. Aunque la mayoría estaban con las frentes en el piso podía darse cuenta quiénes estaban murmurando con la persona de al lado.

—Los tlatoque anteriores —continuó Motecuzoma con serenidad— premiaban a los macehualtin que alcanzaban grandes logros en las guerras con cargos en el gobierno, lo cual fue una ofensa para los pipiltin. Pero el linaje no se puede otorgar como un estímulo. El que pertenece al vulgo siempre será del vulgo. Es imposible igualar el plumaje de una tórtola con el de un faisán. No pienso enviar a un macehuali en calidad de embajador. Para ello se requiere sensibilidad al hablar ante la nobleza. No quiero macehualtin en los empleos de la casa y la corte. Ellos no entienden las necesidades de un gobernante. A partir de hoy únicamente podrán servir en mi gobierno aquellos que tengan pureza en la sangre. Por eso los mandé llamar a ustedes. Espero que se hayan dado cuenta de que todos pertenecen a la nobleza.

—Tlatoani, notlatocatzin, huey tlatoani... —dijo uno de los pipiltin pero fue interrumpido por Motecuzoma.

—Esta será la última vez que cualquiera de ustedes podrá verme y hablarme directamente. En pocos días elegiré a alguien de mi confianza para que hablen con él y él me dé su mensaje. De igual manera queda estrictamente prohibido verme a la cara. Por donde yo vaya, ustedes y todos los meshícas deberán arrodillarse, poner sus frentes en el piso y esperar a que yo pase. Ésta es la última advertencia. Asimismo, queda prohibido que en mi presencia usen joyas, oro, penachos y prendas finas. Deberán vestir con humildad, con una prenda blanca de henequén y descalzos. En los siguientes días los mandaré llamar uno por uno para asignarles sus nuevas funciones en el gobierno.

Motecuzoma ignoró al hombre que había pedido la palabra, se dirigió en voz baja al cihuacóatl y luego bajó la cabeza.

—El huey tlatoani saldrá de la sala en este momento —dijo el cihuacóatl.

Todos se arrodillaron excepto Cuitlalpitoc, Macuilmalinali y Tlacahuepan. Aunque Motecuzoma se percató de ello, salió como si no los hubiese visto. Hubo silencio total.

Casi todos los presentes comenzaron a murmurar y a quejarse abiertamente en cuanto el huey tlatoani y su séquito salieron. En ese momento, llegó un hombre y le habló a Cuitláhuac al oído.

—El huey tlatoani lo manda llamar.

Cuitláhuac asintió con la cabeza y salió de la sala con el hombre. Ambos caminaron hasta el final del pasillo, donde había una sala tan grande como la anterior.

—Tlatoani, notlatocatzin, huey tlatoani —se arrodilló y puso su rostro sobre el piso.

—Cuitláhuac —dijo el tlatoani sin darle permiso de que se levantara—. Te he mandado llamar porque tengo dos asuntos pendientes contigo. El primero es que quiero saber de qué lado estás.

—No sé de qué me habla, mi señor.

—El día de la elección los doce dignatarios del Tlalocan salieron a buscarme y pedirme que aceptara gobernarlos. Sé que los pipiltin podían seguirlos y poco más de la mitad los acompañó. Otros decidieron abstenerse. Tú y yo sabemos por qué. Esperaba verte en el instante en que me notificaran que había sido electo, pero no estabas. Luego me enteré de que habías permanecido con Tlacahuepan y sus amigos.

—Yo... —tartamudeó—. Únicamente me quedé a ver qué hacía Tlacahuepan... porque se puso furioso.

—Buena excusa. Pero hará falta más que eso para que te crea, Cuitláhuac. En este momento no confío en nadie. Estoy en una situación muy complicada.

—Lo entiendo...

—No lo comprendes ni te lo imaginas. Esto que estoy viviendo sólo se entiende cuando se es tlatoani... El otro asunto es que me informaron que un sirviente de la casa desapareció el día de mi elección. Desde entonces nadie supo de él. Fueron a buscarlo a su casa pero sus familiares no sabían dónde estaba. También sé que lo tienes en tu casa.

—Ehecatzin... —Cuitláhuac no supo terminar su mentira.

—No me interrumpas.

Motecuzoma permaneció pensativo.

—Y sobre lo otro, no quiero que me respondas. Sólo quería que estuvieras informado de que mi confianza en ti se ha mermado. Puedes retirarte.

—Quiero solicitar su permiso para que Ehecatzin permanezca como sirviente en mi casa.

—Quédate con ese sirviente, ya no me sirve.

Al salir, Cuitláhuac se dirigió a su casa. En el camino se encontró con varios pipiltin que habían asistido a la junta con Motecuzoma, pero siguió sin hablarles.

—¡Cuitláhuac! —le gritó uno de ellos y lo alcanzó—. ¿Tienes tiempo? Queremos hablar contigo.

—¿Sobre qué?

—Cuitlalpitoc, Opochtli y Tlillancalqui dicen que Motecuzoma fue...

—... quien mandó matar a Aztamecatl —lo interrumpió Cuitláhuac al mismo tiempo que frunció el ceño y miró en varias direcciones.

Había mucha gente en la calle.

—Sí...

—¿Tienen pruebas?

—Ellos dicen que sí.

—¿Y qué quieren hacer?

—Pues, creen que se podría anular su elección.

—Eso no se puede.

—Sí se puede —dijo Cuitlalpitoc a espaldas de Cuitláhuac—. ¿Cómo crees que murió Tízoc?

—No me interesa —Cuitláhuac dio varios pasos.

—¿Tienes miedo?

Cuitláhuac se detuvo y se dio media vuelta.

—No se trata de tener miedo, sino de hacer las cosas bien.

—Tu hermano no hizo las cosas bien desde un principio. Compró a varios miembros del Tlalocan y al que pensaba votar por Tlacahuepan lo mandó matar.

—¿Pensaba votar por Tlacahuepan?

—Sí.

—¿Cómo sabes eso?

—Sé más de lo que te imaginas —infló el pecho y alzó la frente.

—Hagan lo que quieran, pero no me involucren —Cuitláhuac se dio media vuelta y siguió su camino.

—Sólo recuerda que si logramos destituir a Motecuzoma, a los miembros del Tlalocan quizá no les agrade tu solidaridad con tu hermano y decidan votar por alguien más.

—Tomaré el riesgo.

Cuitláhuac siguió su camino hasta su casa. Al llegar preguntó por Ehecatzin y uno de los sirvientes le informó que había salido corriendo en la mañana.

—¿A dónde?

—Se fue rumbo a la calzada de Iztapalapan —dijo el otro sirviente.

Lo único que sabía era que vivía en Zoquiapan, uno de los barrios de Tenochtítlan. Entonces comprendió por qué se había ido rumbo a la calzada de Iztapalapan. Corrió en aquella dirección y al llegar preguntó si alguien conocía a Ehecatzin. No le supieron decir. Luego de recorrer muchas calles por más de medio día encontró a alguien que sí lo conocía.

—Está en su casa.

—Ya lo sé. ¿Dónde está su casa?

—Derecho, tres calles a la izquierda.

Al llegar encontró un tumulto rodeando la casa. Se infiltró entre la gente que lloraba con desconsuelo. Al entrar halló a

Ehecatzin abatido en el piso junto a dos niños muertos. Uno de cinco y otro de siete años.

—¿Qué sucedió? —le preguntó en voz baja al arrodillarse frente a él.

Ehecatzin no respondió.

—¡Háblame, Ehecatzin! —siguió hablando en voz baja.

—¡Váyase de mi casa! —respondió sin mirarlo—. ¡Lárguese!

Los familiares miraron de forma amenazante a Cuitláhuac.

—Váyase —dijo una mujer con los ojos rojos.

—Ehecatzin —Cuitláhuac se acercó a él y le habló en voz baja—. No grites. No te conviene que grites. Es por tu seguridad y la de tu familia. Vamos a allá afuera y me cuentas lo que sucedió.

—Vamos —Ehecatzin se puso de pie y les indicó con la mirada a sus familiares que permanecieran tranquilos.

Caminaron varias calles en silencio hasta que ninguno de los asistentes al funeral pudieran verlos o escucharlos.

—¿Qué sucedió?

—Me mataron a mis hijos —Ehecatzin no miraba a Cuitláhuac.

—¿Quienes? —Cuitláhuac lo miró a los ojos.

—Los que mataron a Aztamecatl —tragó saliva y luego se tapó la cara con una mano.

—¿Cómo sabes?

—Me lo mandaron decir —apretó los puños.

—¿Con quién?, ¿cómo?

—Con otros niños —frunció el seño, arrugó los labios y estuvo al borde de las lágrimas—. Llegaron y le dijeron a mi esposa que mis hijos habían sido ahogados en el lago por dos hombres y que ellos les ordenaron que vinieran a mi casa y dijeran que «yo sé quiénes son y que me calle».

—¿Eso fue todo?

—Sí.

—Encontraremos a los responsables —aseguró Cuitlá-huac—. Haremos justicia.

—No.

—¿Qué?

—Usted no hará nada.

—No te preocupes. Yo puedo protegerte a ti y a tu familia.

—Ya no quiero saber nada de usted ni de su gobierno.

—Necesito que me ayudes a identificar a esos tres hombres.

—¡No! —gritó desesperado Ehecatzin—. ¡Lárguese! ¡Por su culpa mataron a mis hijos! ¡Yo tenía una vida sin conflictos!

—Perdóname, Ehecatzin.

—¡Lárguese! ¡No voy a hablar con nadie! ¡No voy a decirle quiénes son!

—Entiendo por lo que estás pasando. Yo también perdí un hijo.

—¡No me importa lo que me diga! ¡Lárguese!

9

L A DIFERENCIA entre Tonatiuh y Malinche radicaba
en que al primero no le interesaba aparentar y mucho
menos dialogar con nosotros. Si él hubiese estado al frente
se habrían marchado con el oro que Motecuzoma y los tetecuhtin, plural de tecutli, de otros pueblos les regalaron, y el
que se robaron del Teocalco, La casa de Dios, donde guardábamos todas las pertenencias de los tlatoque difuntos, que
los extranjeros aseguraban era «el tesoro de Motecuzoma».
Los únicos motivos por los que Tonatiuh entraba a hablar
con Motecuzoma eran para pedirle más oro y exigirle que
tranquilizara al pueblo enardecido.

—Dice el tecutli Tonatiuh que sabe que tienen más oro
—traducía la niña Malintzin todos los días.

—Dile que ya lo sacaron todo del Teocalco —respondía
Motecuzoma.

—Insiste en que si confiesan dónde tienen más oro los
dejará libres.

Las promesas de Tonatiuh no tenían ningún valor para nosotros, pues había asegurado que nos permitiría llevar a cabo la celebración del Toshcatl y en el último momento arguyó que teníamos preparada una conjura, sólo para justificar su matanza.

Cuando el pueblo se levantó en armas, Tonatiuh no supo cómo atacar ni mucho menos cómo tranquilizarlos. Tampoco estaba recibiendo comida del exterior, lo cual los colocaba en un severo aprieto, pues debían administrar las reservas al máximo, además de que tenían que defenderse día y noche.

Bien sabes, tlacuilo, que para nosotros fueron días de mucha incertidumbre, hambre y desvelo. No teníamos contacto con nadie, más que con las mujeres que pocas veces nos llevaban comida y agua. Para entonces ya no nos permitían cruzar una sola palabra con ellas. Sabíamos que afuera se estaban efectuando implacables combates. Los escuchábamos con mucha atención. El sonido de los huehuetl, los teponaztli y las caracolas, que organizaban a las tropas, era de las pocas cosas que levantaban el ánimo de Motecuzoma.

—No se desalienten —decía en voz baja, sin mirar a nadie.

Yo lo observaba más que nunca, así como me has observado tú, tlacuilo, en las últimas semanas. Mi hermano, ahora se movía como un anciano encorvado y débil. Le temblaban las manos la mayor parte del día, de forma incontrolable.

—Cuando salgas de aquí —me dijo una de esas largas noches en las que permanecíamos despiertos, tratando de descifrar cada sonido—, asegúrate de hacer alianzas con todos los pueblos. Convéncelos de que tú jamás has sido como yo y que serás un tlatoani piadoso. Es imprescindible que me culpes a mí de todo para que te crean. Si intentas salvar mi reputación sólo lograrás hundir la tuya. Recuerda que un pueblo herido no escucha. Y tienen razón. Fui demasiado soberbio. Cometí muchos errores.

—Así son las guerras, hermano. Así tenía que ser. Tú únicamente cumpliste con tu misión.

—Pude ser más compasivo con los pueblos subyugados y no lo hice. No perdoné cuando me pidieron perdón. Todos esos pueblos que sufrieron nuestros abusos ahora serían nuestros aliados y estarían defendiendo Tenochtítlan. Y ahora estamos pagando las consecuencias de mi arrogancia.

—El poder hipnotiza.

—Por eso mismo te pido que aprendas de mis errores. Reúnete con los señores principales de todos los pueblos vecinos y gánate su confianza. Saca a todos los tenoshcas de la ciudad, quita los puentes de las calzadas, evita que les suministren alimento a los barbudos, y si es necesario, incendia la isla con Malinche y su gente adentro. Ya destruyeron nuestros teocalis y deidades. Si no acabas con esa plaga, muy pronto se reproducirán como las langostas que infestaron los campos hace algunos años. Castiga sin piedad a los traidores, no importa si son mis hijos o tuyos.

—Así lo haré.

—También, como huey tlatoani, te ordeno que cuando estés afuera te hagas responsable de la comida que me traen todos los días. Pueden enviarme lo que quieran: tlacoyos, gallina asada, pipián, codornices asadas, mole, huauzontles, quelites, gusanos de maguey con salsa de chiltepín, guacamole, atole de aguamiel, nopales con charales, pescado enchilado, pozole, excepto tamales.

—¿Por qué?

—El día que tengas organizadas las tropas, lo cual no debe tomarte más de una semana, quiero que me envíes tamales con carne de guajolote, chile verde y veneno de serpiente. Bien sabes que las tropas no atacaron desde el principio debido a que nosotros estamos como rehenes, principalmente yo, pero en cuanto se anuncie mi muerte, no habrá sentimiento de culpa.[3]

No pude responder. Desvié la mirada y permanecí en silencio por un largo rato. Motecuzoma tenía razón: Malinche ya no lo dejaría salir vivo. Creía que la sucesión en el gobierno era hereditaria de padres a hijos, y que mientras mantuviera a mi hermano y sus hijos como rehenes nadie se iba a atrever a atacarlos. Pero no imaginó que su amigo más cercano cometería el sacrilegio de interrumpir la celebración más importante de los meshícas y llevaría a cabo una matanza en su ausencia, lo cual provocó la rabia del pueblo.

—Cumpliré tus órdenes —dije con los ojos cerrados y la cabeza agachada.

Dos días después, escuchamos mucho ruido afuera. La diferencia con los días anteriores era que no hubo disparos, tampoco retumbaron los huehuetl, ni los teponaztli, ni silbaron las caracolas. No se trataba de un combate más.

—Ya llegó Malinche —dijo Motecuzoma y luego liberó un suspiro afligido —. Viene con refuerzos.

---

3 Antonio de Solís escribió: «Motecuzoma volvió en sí dentro de breve rato; pero tan impaciente y despechado, que fue necesario detenerle para que no se quitase la vida.» Bernal Díaz del Castillo escribió que fray Bartolomé de Olmedo no pudo convertir a Motecuzoma al cristianismo y que «el fraile se disculpó objetando que no creía que el soberano muriese de sus heridas, salvo que él debió mandar que le pusiesen alguna cosa con que se pasmó».

—¿Crees que el pueblo los deje entrar a Las Casa Viejas?

—Sí, y seguirán haciendo lo que Malinche diga mientras no tengan un líder.

—El joven Cuauhtémoc los está dirigiendo.

—Pero no es el tlatoani y eso le resta autoridad, a él y a quien intente tomar el mando. Nunca falta el que cree que las cosas se pueden hacer de otra manera, o el que simplemente se resiste a obedecer. El poder es la joya más deseada en esta vida. El hombre puede vivir tranquilo siempre y cuando no sienta el poder cerca de sus manos; pues apenas surge la posibilidad de dominio, quienes se encuentran cerca no descansan en su competencia hasta que uno alcanza la cima. Entonces llega una especie de calma engañosa, pues siempre hay alguien dispuesto a traicionar a su dirigente.

El escándalo afuera desapareció minutos después. Motecuzoma y los miembros de la nobleza permanecimos en silencio, haciendo todo tipo de conjeturas. Nos miramos con preocupación. Sabíamos que a esas alturas cualquier cosa podía suceder.

—Ya entraron —dije al escuchar ese sonido que hacen los venados gigantes con sus hocicos, similar al de un chorro de agua.

—Seguramente Tonatiuh está diciéndole a Malinche que los meshícas atacaron primero —dijo Chimalpopoca, uno de los hijos de Motecuzoma. (Sus cuatro hijos seguían vivos por órdenes de Malinche.)

Desde la matanza en el Coatépetl ninguno de los pipiltin habían discutido en lo más mínimo, ni siquiera intentaban contradecirse o exponer ideas diferentes. Finalmente fue la desgracia la que les enseñó a escuchar y callar.

Luego de un largo rato entraron a la habitación Malinche y alrededor de veinte soldados. Mi hermano les dio la espalda.

—¿Qué habéis hecho, perro del demonio? —gritó Malinche enfurecido, al mismo tiempo que caminó hacia Motecuzoma, pero él lo recibió con un puñetazo en la boca.

Pronto sus soldados acudieron en su auxilio. A los pipiltin, incluyendo al tlatoani, nos aprehendieron de los brazos para evitar que intentáramos revelarnos, lo cual era absurdo, ellos nos superaban considerablemente.

—¡Lárguense! —gritó Motecuzoma enfurecido, tratando de librarse.

Minutos después, llegó uno de los capitanes y le avisó a Malinche que afuera estaban arrojando piedras de todos los tamaños, flechas y bolas de fuego; además habían derribado parte del muro. Todos ellos salieron de la habitación y nos dejaron con una guardia.

Escuchamos por un largo rato los gritos, los huehuetl, los teponaztli, las caracolas y los disparos de los barbudos. Más tarde entró Malinche enfurecido. Exigió que Motecuzoma saliera a hablar con la gente, pero él se negó.

—¡No hablaré con ellos! —insistió el tlatoani a pesar de que los soldados de Malinche lo estaban forzando a salir—. ¡No me escucharán!

—Claro que os escucharán. Sois el huey tlatoani de estas tierras.

—Eso ya no importa. Están tan enfurecidos que no me escucharán. Te lo advertí, pero no me hiciste caso. Destruyeron las imágenes de nuestros dioses y Tonatiuh mató a miles en la fiesta de Toshcatl.

Malinche lo ignoró y ordenó a sus soldados que se llevaran al tlatoani. Una vez más nos quedamos llenos de preocupación. Sabíamos que afuera los aliados de Malinche se habían encargado de persuadir a muchos de que Motecuzoma era un traicionero y un cobarde. Si hubiese sido traición, el tlatoani no habría permanecido tantos días preso. Si hubiese sido un cobarde, no habría intentado fugarse en varias ocasiones. Esto era una guerra, pero una guerra injusta, pues no sabíamos cómo combatir a nuestros nuevos enemigos, por sus armamentos y estrategias, las cuales eran completamente distintas. Aquí acostumbramos declararles la guerra a nuestros enemigos por medio de un embajador que les lleva escudos, arcos, flechas, macahuitles, lanzas, dardos, plumas, alimento y mujeres para que les cocinen. Todo para que el día que nuestros enemigos pierdan la guerra no aleguen cansancio, hambre o falta de armamento. Malinche no respetó nuestros códigos de guerra. Se aprovechó de la hospitalidad de Motecuzoma y nos hizo sus rehenes. En el combate, el principal objetivo es capturar al mayor número de enemigos; para ellos es matar sin misericordia, robar a manos llenas, traicionar en todo momento.

Más tarde, dos soldados tlashcaltecas entraron cargando a Motecuzoma, quien se hallaba inconsciente y herido. Traía un golpe y mucha sangre en la cabeza. Malinche y sus hombres no se aparecieron.

—¿Qué ocurrió? —pregunté a uno de los tlashcaltecas.

Colocaron a mi hermano en su petate, se dieron media vuelta y se fueron sin siquiera decir una palabra. Afuera se seguía escuchando mucho alboroto.

Permanecimos toda la noche junto a Motecuzoma, quien despertó aturdido a la mañana siguiente. Intentó levantarse pero se lo impedimos.

—El pueblo... —dijo con dificultad—, está... enardecido.

—Descansa —respondí.

—Padre, no debe hablar en este momento —agregó Matlalacatzin.

—La gente... —se quejó ligeramente del dolor— lanzó piedras y flechas... Yo les insistía que siguieran luchando, que ya no importaba mi vida, que rescataran a Tenochtítlan.

Comprobamos que el golpe no había sido tan grave, pero el ánimo de Motecuzoma ya no estaba para más, ya no quería vivir.

—Coma, padre mío —le dijo Cuauhtlatoa.

Ese día comió muy poco. Sus hijos (Tecocoltzin, Matla-lacatzin, Cuauhtlatoa, Chimalpopoca y Ashopacátzin) estuvieron a su lado la mayor parte del tiempo. Aunque estaban conscientes de que no podrían heredar el gobierno directamente de su padre, sabían que él le pediría a Malinche que me liberara, lo cual pretendían cambiar en el poco tiempo que les quedaba. Antes de enterarse de aquella decisión se habían comportado indiferentes hacia el dolor de su padre, Cuauhtlatoa, incluso se había expresado en contra.

A media noche, los cuatro hijos de Motecuzoma y el resto de los pipiltin se quedaron dormidos. Ya se habían habituado a esa prisión, de cierta manera. Mi hermano se encontraba acostado en su petate y yo me hallaba sentado a su lado, con la espalda recargada en la pared.

—¿Qué habría hecho Tlacahuepan en mi lugar? —preguntó Motecuzoma de pronto.

La pregunta me dejó sin palabras, tlacuilo. No me atreví a mirar a mi hermano. Tenía la vista en la luz que siempre entraba del pasillo y las sombras de los guardias que se dibujaban sobre el piso.

—Tal vez habría enviado a sus tropas desde un principio —me aventuré a decir.

—¿Y crees que habría acabado con los barbudos?

—No. Y seguramente los enemigos habrían avanzado mucho más rápido. La noticia de la derrota de Meshíco Tenochtítlan se habría esparcido rápidamente entre todos los pueblos subyugados y enemigos.

—Tlacahuepan habría enviado a todas las tropas a luchar hasta el fin.

—Sí, hasta que no quedara un soldado vivo. Y eso, quizá, habría sido lo peor.

—De cualquier manera ocurrirá...

—Sí, lo sé.

—¿Y Macuilmalinali?

—Él no habría logrado mantener el gobierno hasta estos días. Tal vez lo habrían matado antes...

Motecuzoma intentó levantarse.

—Hice lo que tenía que hacer... —se defendió.

—Entiendo... —bajé la mirada.

—Pero sigues pensando que estuvo mal lo que hice.

—No. En tu lugar yo te habría matado mucho antes de que intentaras traicionarme.

—Sus mujeres y sus hijos nunca me perdonaron.

—Aunque te perdonaran, no ibas a ganar nada. Lo único valioso que tiene por perder un gobernante es el poder, el prestigio y la vida.

—Yo ya perdí el prestigio y el poder...

Miré a Motecuzoma y noté, a pesar de la luz escasa, mucha desolación en su rostro.

—Te prometo que castigaré a los traidores que se encargaron de poner a la mitad del pueblo en tu contra —agregué.

—Ya imagino lo que les prometió Malinche.

—Idiotas.

—Malinche es un gran seductor.

Me quedé pensativo por un instante.

—Tienes razón —dije poco después—. Necesito recuperar la confianza de nuestros aliados. Debo seducirlos.

—Ésa es la mejor estrategia... —respondió Motecuzoma ya con los ojos cerrados— y la más difícil.

Ambos permanecimos en silencio por un largo rato. De pronto escuché el ronquido de Motecuzoma. Entonces me acosté y me dormí.

Los siguientes seis días fueron peores para Motecuzoma: cada vez comía menos y ya casi no se levantaba de su petate. Parecía que ya no escuchaba ni entendía lo que se le decía, pero lo cierto es que estuvo consciente en todo momento. Simplemente ya no tenía ganas de vivir. Los extranjeros estaban seguros de que el golpe que había recibido en la cabeza, era la causa de su mal estado.

Malinche entraba todos los días a ver a Motecuzoma y le exigía que diera la orden de que les llevaran de comer, aún así, mi hermano jamás se rindió:

—Libera a Cuitláhuac —dijo Motecuzoma acostado sobre su petate, en dirección a la pared y dándole la espalda a Malinche.

—Ya no tenemos comida.

Nadie se las estaba suministrando y los meshícas afuera no le permitían el paso a nadie. Sólo en una ocasión lograron salir sus soldados. Malinche les había ordenado que compraran comida en el tianquiztli de Tlatilulco, pero no había ni un solo pochteca —mercader.

—Vaya para perro, que tianguis no quiere hacer, ni de comer nos manda dar. ¿Qué cumplimiento he de tener con un perro que se hacía con Narváez secretamente, y ahora veis que aun de comer no nos dan?", dijo Malinche.

—Yo no tengo nada que ver en eso. Estoy aquí preso —respondió Motecuzoma con sufrimiento.

Malinche enfureció, le puso el pie en la espalda de Motecuzoma y lo movió cual costal.

—¿Qué quieres? —le respondió con indiferencia y sin siquiera voltear a verlo.

Nosotros no podíamos hacer nada para defenderlo, pues cada vez que entraba Malinche lo acompañaban más de una docena de soldados que nos impedían acercarnos. Motecuzoma estaba tan irritado que ya no le interesaba morir en cualquier momento. Sabía que era la única solución posible. Malinche exigió a gritos que instalaran el tianquiztli de Tlatilulco, a lo que Motecuzoma respondió que ya no podía hacer nada y agregó que únicamente me escucharían a mí.

Se negó varias veces. No sé si lo hacía porque sabía que corría muchos riesgos al liberarme o porque no quería concederle ese privilegio a Motecuzoma. Lo que sí es cierto es que Malinche ignoraba que yo podía ser electo tlatoani. Creía que el gobierno era hereditario de padres a hijos, como ocurría en la mayoría de los pueblos. Por eso tenía presos a los cinco hijos de Motecuzoma. Y por lo mismo me liberó a mí, porque creyó que no habría riesgo. Parecía ocelote enjaulado, caminando de un lado a otro. Miraba a sus hombres, me miraba a mí, luego se dirigía al tlatoani. Salió de la habitación, regresó, habló con sus aliados, y finalmente le advirtió a Motecuzoma que no se atreviera a engañarlo.

Entonces se dirigió a mí y habló:

—Dice el tecutli Malinche —tradujo la niña Malintzin— que vaya a hablar ya con los comerciantes de Tlatilulco.

—Dile que eso tomará tiempo.

En cuanto Jeimo Cuauhtli tradujo, Malinche gritó enfurecido.

—Dice que no le importa —tradujo la niña Malintzin muy asustada—, que ya te apures y que no te atrevas a traicionarlo, porque te buscará personalmente y te matará.

—Dile que cumpliré con sus órdenes —bajé la mirada.

Yo sabía que no iba a hablar con los comerciantes de Tlatilulco, ni mucho menos les enviaría comida. El plan era dejarlos que murieran de hambre, aunque con eso sacrificáramos a los pipiltin que seguirían ahí, con Motecuzoma. Me ocuparía principalmente en organizar las tropas, ubicar y castigar a los traidores antes de que le informaran a Malinche.

Malinche caminó hacia mí, me miró a los ojos y me dijo algo que no entendí, pero que estoy seguro eran las mismas amenazas. Luego les dio la orden a sus soldados de que me sacaran de ahí.

Esperé tanto tiempo para que se acabara nuestro confinamiento, y en el último momento sentí un deseo indomable por negarme a salir y permanecer junto a mi hermano y los demás sobrevivientes hasta el final; me parecía que era justo. En el Calmecac siempre nos enseñaban que la solidaridad era la única forma de salvarnos unos a otros. También estaban los demás, los miles de abuelos, madres e hijos esperando afuera para ser liberados de esta desgracia.

Intenté acercarme a Motecuzoma antes de salir, pero los soldados de Malinche me impidieron el paso. Otros me tomaron de los brazos y me guiaron a la salida. Ni siquiera tuve tiempo de decir algunas palabras. Esa fue la última vez que vi a mi hermano con vida.[4]

4   Cuitláhuac fue liberado el 25 de junio de 1520.

10

E L COMERCIO en Meshíco Tenochtítlan era controlado por un grupo nómada liderado por cinco hombres, al cual era casi imposible ingresar. En su mayoría, estos pochteca-tlatoque habían heredado el dominio de sus padres y abuelos. Sólo uno había ingresado por sus propios logros. Lo mismo sucedía en todos los pueblos del Anáhuac.

Los grandes comerciantes habían formado, sin necesidad de títulos o matrimonios, una elite que gozaba de gran prestigio en todos los rincones de la Tierra. No había general de algún ejército, pipiltin, sacerdote o tecutli que se atreviese a menospreciar a un mercader; por el contrario, eran bastante bien respetados, incluso temidos. Ellos lo controlaban todo: alimentos, sal, miel, semillas de todo tipo, plantas, hierbas curativas, animales, materia prima, armamento, herramienta, trastes de barro, oro, plata, piedras preciosas, pieles, plumas finas, mantas de algodón, ropa. Tenían el poder —si querían— de provocar hambrunas o dejar ejércitos desabastecidos en medio de un conflicto bélico. Y no sólo eso, también fungían como negociadores entre pueblos en guerra, o como espías, por lo cual también eran llamados nahual-oztomeca —mercaderes disfrazados.

Entre sus virtudes, estaban el dominio de varias lenguas, conocimientos de historia y política de cada ciudad a la que visitaban, y un sinfín de atuendos para cada zona y ocasión. Sus caravanas estaban conformadas por cientos de cargadores con esposas e hijos que preferían trabajar para ellos que permanecer en sus lugares de origen. A donde quiera que fueran, decenas de personas les pedían trabajo o ayuda.

También eran productores. Compraban materia prima en pueblos donde generalmente nadie iba y con ésta producían enceres, armamento, ropa, artesanías. Mientras iban de un pueblo a otro, si alguien intentaba asaltarlos, los mataban sin consideraciones. Y si defenderse de bandidos no los colocaba en aprietos, asaltar pueblos desamparados menos. La cantidad y la calidad de sus mercancías les daban inmunidad ante cualquier juez. Pero si uno, uno solo, de sus hombres era ultimado en algún pueblo, enviaban rápidamente varios mensajeros a Meshíco Tenochtítlan. El tlatoani tomaba aquel agravio como propio —es decir: una declaración de guerra— y enviaba sus tropas a castigar al pueblo agresor, pues aunque se tratara de uno, dos o diez agresores, la población entera pagaba las consecuencias: los templos eran incendiados, el pueblo era saqueado, las mujeres violadas, hombres asesinados, siembras destruidas y los miembros de la nobleza llevados como rehenes ante el tlatoani, mientras su ciudad era ocupada por las tropas tenoshcas.

Cuando los pochtecas llegaban a la ciudad, el pueblo entero los recibía con diversas ceremonias, pues la llegada de mercancías era digna de celebración. Asimismo los pochtecas agradecían su llegada a Yacatecutli, dios de los mercaderes. El tlatoani en turno recibía a los pochteca-tlatoque en su casa y les ofrecía espléndidos banquetes. Con su llegada se hacía un intercambio masivo de mercancías: llegaban las que carecían en la isla y salían las que más se producían ahí. Luego los comerciantes menores se ocupaban de vender en el tianquiztli de Tlatilulco, al cual acudían —de todos los pueblos alrededor del lago de Teshcuco—, diariamente alrededor de veinticinco mil personas y cincuenta mil cada cinco días cuando se ponía el mercado grande. Por ello el lugar estaba severamente vigilado por inspectores. Además había un tribunal compuesto por doce jueces, encargado de cobrar los impuestos y solucionar disputas entre vendedores y compradores.

Siempre que llegaban a Meshíco Tenochtítlan, uno de los pochteca-tlatoque, llamado Pitzotzin, se reunía con su amigo Cuitláhuac con quien había hecho una sólida amistad. Regularmente después de todas las ceremonias, la venta de mercancías y compra de aquellas para exportación.

En esa ocasión Cuitláhuac lo invitó a su casa. Primero hablaron sobre la muerte de Ahuízotl. Pitzotzin se excusó por su ausencia, argumentando que se encontraba muy lejos. Luego platicaron sobre la elección de Motecuzoma.

—Pensé que tú ibas a ser el elegido —dijo Pitzotzin sinceramente.

Se encontraban afuera de la casa. Dos de los hijos de Cuitláhuac corrían: uno con un palo en mano detrás del otro.

—¿Estás hablando en serio?

—Sí. Te conozco bien y sé que tú podrías ser un buen representante de tu pueblo.

Cuitláhuac se quedó pensativo por un instante mientras sus hijos jugaban al fondo con dos palos de madera, simulando una batalla con macahuitles. Había frente a su casa, uno de los casi cuarenta canales de agua que demarcaban la ciudad de norte a sur y de oriente a poniente.

—¡No se acerquen mucho al canal! —les gritó a sus hijos.

—¡Sí! —respondió uno de ellos. El otro lo ignoró por completo.

—Nunca te pido favores —dijo Cuitláhuac con formalidad mirando a su amigo—, pero en esta ocasión no tengo a quién más recurrir.

Pitzotzin sonrió casi de forma pueril, pues le parecía muy extraño que Cuitláhuac le pidiera un favor.

—¿Recuerdas a Aztamecatl?

—Cómo olvidar a ese cabrón.

Cuitláhuac analizó las palabras de Pitzotzin, quien pocas veces hablaba mal de los demás, mucho menos si estaban ausentes.

—El día que se llevó a cabo la ceremonia fúnebre de Ahuízotl, alguien lo mató, supongo que ya te enteraste.

—Sí. Mucho antes de llegar a Tenochtítlan.

—¿Sabes algo sobre su muerte?

—¿Por qué habría de saber algo? Sé lo mismo o menos que tú.

—Pero podrías saber más...

—No —se encogió de hombros y liberó una sonrisa—, no me interesa saber quién mató a ese miserable.

—¿Qué te hizo?

—No quieres saber —desvió la mirada.

—Sí —Cuitláhuac lo siguió con las pupilas.

Pitzotzin respiró profundo —mirando a los niños brincaban de una canoa a otra—, luego volvió la mirada al frente.

—Se cogió a mi mujer.

Cuitláhuac cerró los ojos. Por un instante también dudó de Pitzotzin, pero sabía que sería impertinente preguntar si él lo había mandado matar o por qué no lo había denunciado con algún tribunal.

—¡Bájense de ahí! —gritó Cuitláhuac de pronto.

—Me dio mucho gusto saber que lo habían matado —continuó Pitzotzin—. Yo mismo lo amenacé de muerte en aquella ocasión, pero no se lo cumplí, por si te lo estabas preguntando. Decidí cobrar venganza de otras formas.

—¿Cómo cuales?

—Le hice la vida imposible siempre que pude. Nada grave, ya sabes, hacerle daño a un pipiltin no es cosa sencilla, y menos a uno de los doce dignatarios del Tlalocan. Así que me conformé con simples humillaciones en público.

—¿Simples humillaciones en público? Eso no es cualquier cosa.

—Olvidemos ese tema…

Cuitláhuac asintió con la cabeza al comprender los sentimientos de Pitzotzin.

—El motivo por el cual estoy interesado en saber quién lo mató no es por hacerle justicia a él —aclaró.

—¿Entonces?

—Un hombre muy cercano a mí —mintió—, vio cuando lo mataban, pero no los reconoció por la distancia y la oscuridad. El problema es que ellos sí lo reconocieron y ahora lo están intimidando… Hace una semana mataron a dos de sus hijos.

Pitzotzin se llevó la mano derecha a la barbilla.

—¿Y qué piensas hacer si descubres quiénes son?

Cuitláhuac dudó en responder.

—Cobrar venganza.

—Existen muchas formas de vengarse. Yo por ejemplo...
—Pitzotzin se quedó callado por un largo rato.

Los hijos de Cuitláhuac corrieron frente a ellos al mismo tiempo que gritaban estruendosamente.

—¿Qué fue lo que hiciste?

—¿En verdad quieres saber?

—Si confías en mí...

—¿Tú confías en mí?

—Por supuesto.

—Entonces dime quién es ese hombre al que quieres ayudar.

—Es un sirviente.

—¿Un sirviente? ¿Por un macehuali quieres arriesgarte?

—También lo haría por ti.

Pitzotzin rió con sutileza. Los niños volvieron a las canoas. Cuitláhuac caminó hacia ellos y los regañó de forma que su amigo no escuchara. Los niños entraron a la casa con las cabezas agachadas.

—Violé a la mujer e hijas de Aztamecatl —confesó Pitzotzin en cuanto su amigo regresó.

Cuitláhuac se quedó pasmado por un rato, observando los ojos de Pitzotzin que parecía no preocuparse por su revelación.

—Pero eso no tiene comparación con...

—Te dije que se la había cogido, pero no te dije cómo. Él también violó a mi esposa. Ahora dime una cosa. Si yo fuese el responsable de la muerte de Aztamecatl, también cobrarías venganza en contra mía.

—¿Lo hiciste?

—¡Respóndeme! —parecía enojado.

Cuitláhuac mantuvo su mirada fija en los ojos de Pitzotzin.

—No. Si prometieras dejar en paz a Ehecatzin.

—Se llama Ehecatzin —la actitud de Pitzotzin cambió por completo. Ahora se veía tranquilo, como si comprendiera a su amigo.

—Sí.

—Bien —suspiró—. Investigaré quién está detrás de todo esto —miró en varias direcciones—. No te garantizo nada. Sé de algunos soplones que nos podrán proporcionar información.

—Motecuzoma no sabe de esto —aclaró Cuitláhuac.

—Lo imaginé —se acercó a su amigo y bajó el nivel de su voz—. ¿Qué? ¿Dudas de él?

—En este momento dudo de todos —no se intimidó al decir esto.

—Sí —asintió, moviendo ligeramente la cabeza—. La situación está verdaderamente compleja. No tienes idea de las cosas que he escuchado.

—¿Cómo qué?

—En otros pueblos… Ya se rumora sobre las capacidades de este nuevo tlatoani. Incluso sé de algunos que se piensan revelar.

—¿Quiénes?

Pitzotzin liberó la misma sonrisa pueril.

—¡No! —negó con los dedos índices—. Tampoco soy un soplón. No puedo poner en riesgo a mis clientes.

Poco más tarde se despidieron y Pitzotzin volvió con su caravana.

Esa tarde Tlacahuepan fue a la casa de Cuitláhuac. Al entrar al patio, halló a su hermano sentado en cuclillas frente a dos de sus hijos, con las manos y pies atados, acostados de lado en el piso. Les estaba enterrando espinas en todo el cuerpo. Los niños aguantaban las lágrimas. Tlacahuepan se apresuró a regañar a Cuitláhuac:

—No hagas eso —levantó a uno de los niños y lo obligó a ponerse de pie—. Si lo acuestas le permites descansar.

—Ya tiene toda la tarde así.

—No importa, hay que aplicar bien los castigos.

—Tal y como los hacía papá —dijo Cuitláhuac.

—Así es: tal y como los hacía papá —replicó Tlacahuepan en tono de regaño y levantó al otro niño. Luego se sentó en cuclillas frente a su hermano.

Hubo un silencio breve. Los niños observaban en silencio a su padre y su tío. Aquel castigo no era tan severo como otros, por ello se sentían menos abrumados que de lo común.

Todas las familias, sin excepción, educaban a sus hijos con severos castigos para alejarlos del ocio y el vicio: el chisme, la pasión por el juego, la embriaguez y el robo.

—¿Qué hicieron? —preguntó Tlacahuepan.

—Un amigo vino y ellos estuvieron gritando y corriendo de manera irrespetuosa.

—¿Te acuerdas cuando tú, Macuilmalinali y Motecuzoma hicieron eso? Papá les dio tantos arañazos con púas que no les quedó una parte del cuerpo sin sangre.

—¿Y qué tal aquella ocasión en que nos bañó con agua fría en medio de la madrugada más fría de ese año?

—La gripa nos duró varias semanas —sonreía—. Pero la que más me dolió a mí fue cuando me echó humaredas de chile en la cara por medio día. Sentí que me estaba muriendo.

—Los encierros en cuartos oscuros eran horribles —Cuitláhuac demostró dolor con aquel recuerdo.

—A mí esos castigos nunca me dieron miedo.

—¿Ni cuando tenías tres o cuatro años?

—No.

—A mí siempre me sorprendió Motecuzoma.

—¿Qué?

—Nunca lloró —dijo Cuitláhuac aún sorprendido.

—Ese cabrón no tiene sentimientos —expresó Tlacahuepan con ira.

—Ya...

—¿Ya qué? —lo miró con enfado.

—Motecuzoma es el tlatoani y no puedes cambiarlo.

—Por lo visto a ti no te importó lo que dijo el otro día —Tlacahuepan se puso de pie y apretó los puños—. Va a sacrificar a todos los miembros del Congreso.

—¿Crees que no me duele? —Cuitláhuac también se puso de pie—. ¡Sí! ¡Me duele mucho! ¡Pero no puedo hacer nada para evitarlo!

—Sí podemos.

—Tú, Macuilmalinali, Cuecuetzin, Imatlacuatzin, Tepehuatzin, Tlillancalqui, Cuitlalpitoc, Opochtli ¿y cuántos más? ¿Y qué le piensan hacer? Negarse a obedecerlo.

—Tlilpotonqui está dispuesto a apoyarnos.

—Porque sabe que se quedará solo.

—No pienso dejarlo solo.

—No caigas en su trampa.

—¿Cuál trampa? Motecuzoma quiere deshacerse del cihuacóatl.

—¡Exacto! Ése es el plan de Motecuzoma: deshacerse de sus enemigos. ¿Quieres ser su enemigo? Atente a las consecuencias.

—Ya entendí... —Tlacahuepan le dio la espalda y se dispuso a salir.

—No —Cuitláhuac lo alcanzó y se postró frente a él—. No has entendido nada. Crees que sabes lo que estás haciendo, pero únicamente estás poniendo en riesgo tu vida.

—¿Y tú no estás dispuesto a arriesgar tu vida por el bien de Tenochtítlan?

Los hijos de Cuitláhuac observaban desde el fondo del patio.

—¡No esperes que te crea eso!

—¿No me crees?

—¡No! ¡No lo haces por el bien de Meshíco!

—No me importa.

—¡Quieres vengarte! Estás enojado porque lo eligieron a él. Pero sabes quién hizo que lo eligieran. Tlil-po-ton-qui.

—Estás mintiendo.

—Pregúntale.

Tlacahuepan se quedó en silencio.

—O investiga.

Cuitláhuac recordó que sus hijos estaban atados al final del patio y se dirigió a ellos.

—Ya no desobedezcan —les dijo mientras los desató.

Los niños asintieron.

—Quítense las espinas allá adentro —dijo y volvió ante su hermano.

—¿De dónde sacaste eso que me acabas de decir? —preguntó Tlacahuepan.

—Eso no importa en este momento.

—Sí. Sí importa.

—¿Para qué? Para que vayas a contarle.

—No.

—Lo verdaderamente relevante es que Tlilpotonqui creía, estaba seguro, que Motecuzoma obedecería sus órdenes. Jamás imaginó que su muchacho, el joven al que entrenó en secreto por tantos años y nombró sacerdote y tlacochcalcatl lo traicionaría de esa manera. Ahora quiere venganza y utilizará a quien sea para alcanzar su fin.

Tlacahuepan caminó a la salida sin hablar más. Cuitláhuac lo siguió.

—Nada más recuerda esto: él, ese hombre por el cual estás dispuesto a sacrificar tu vida, el cihuacóatl, Tlilpotonqui, el hijo de Tlacaeleltzin, fue el que evitó que te eligieran a ti, o a Macuilmalinali o a mí. Ordenó a seis de los dignatarios del Tlalocan que votaran por Motecuzoma. Y dio el último voto. ¿Te has preguntado por qué no votó por ti?

Tlacahuepan no respondió.

11

Lunes 25 de junio de 1520

Además de chimuelo eres necio. Te ordené que no entraras a esta habitación y mírate ahora, estás igual que yo.

Sí, ya sé. No seas impaciente. En un momento comenzamos. Déjame descansar un poco. Anoche no pude dormir. Ya no soporto la comezón.

Los soldados de Malinche me escoltaron hasta la salida de Las casas viejas. En los pasillos fui descubriendo el abandono en el que aquellos invasores tenían el lugar: basura, excremento y orines por todas partes. Habían agujerado varias paredes, seguramente en busca de más oro, pues así fue como encontraron el Teocalco, donde guardábamos todas las pertenencias de los tlatoque difuntos, que Motecuzoma había mandado sellar con un muro para evitar que los barbudos lo encontrasen.

Conforme nos fuimos acercando a la salida principal, los gritos en el patio y protestas en las calles se escuchaban más fuertes. Había sangre derramada de la matanza del Coatépetl por todas partes, escombros, piedras y muchísima tierra, algo que jamás había ocurrido en ninguno de nuestros palacios, pues todos los días barríamos desde el amanecer. También habían cientos de mantas de algodón (los soldados tenían que dormir ahí mismo mientras hacían la guardia), pocillos en los que comían y cenizas de fogatas.

Decenas de soldados de Malinche coordinaban a cientos de tlashcaltecas, cholultecas, totonacas y hueshotzincas, que respondían a las agresiones que llegaban del exterior. Nadie se percató de que estábamos parados en la entrada. Entonces uno de los guardias que me había escoltado le gritó a uno de los soldados. En ese momento se acercaron a nosotros tres tlashcaltecas y les proporcionaron tres escudos a los barbudos para que pudiéramos cruzar el patio sin ser heridos por las piedras que caían con frecuencia. No me sorprendí al escuchar que ya se entendían entre ellos. Tenían doscientos veinte días dentro de Las casas viejas.

—Dice que ya te puedes marchar —tradujo el soldado tlashcalteca cuando llegamos a la salida.

Apenas puse un pie en la calle me encontré con un hombre muerto. Miré alrededor y sentí un dolor incontrolable. Esa no era mi ciudad, en la que había nacido y vivido cincuenta y un años. Casi todo estaba en ruinas.

—¿Qué sucedió? —me pregunté.

—¡Ahí está Cuitláhuac! —gritó alguien—. ¡Ahí está Cuitláhuac!

—¡Cuitláhuac! —gritaron otros más.

Pronto las protestas en contra de los extranjeros enmudecieron. Una multitud se acercó para verme, aunque una mayoría no tenía idea de quién era yo y otros por simple curiosidad. Intenté avanzar pero me fue imposible dar un paso más. Los que se encontraban cerca preguntaban por Motecuzoma.

—¿Sigue vivo nuestro tlatoani?

—¿Van a liberarlo?

—¿Qué le han hecho al tlatoani?

—¡Déjenlo pasar! —gritó uno de ellos pero nadie respondió.

Se acercaron varios miembros de la nobleza que se habían mantenido libres todo ese tiempo.

—¡Cuitláhuac, vamos por esta dirección! —gritó uno de ellos, pues el ruido era ensordecedor.

—¡No abandonen sus posiciones! —ordenó uno de los oficiales del ejército—. ¡Mantengan la guardia! ¡No permitan que salga ningún extranjero!

Nos dirigimos al recinto de los guerreros águila —al lado norte del Coatépetl—, donde habían establecido el cuartel. En el patio se hallaban cientos de jóvenes durmiendo en el piso.

—Tenían dos noches sin dormir —explicó uno de los que me llevó hasta ahí. Hay más soldados descansando en el recinto de los guerreros ocelote.

—Los hemos desgastado mucho —agregó otro.

—No nos queda otra opción —respondió.

—Cuauhtémoc no está cumpliendo con el protocolo.

—No hay forma de cumplir con el protocolo.

Recordé que Motecuzoma me había dicho que los meshícas no iban a respetar la autoridad de Cuauhtémoc, ni de nadie más, hasta que hubiese un nuevo tlatoani.

—Necesito bañarme —los interrumpí—. Hace mucho que no lo hago. No puedo entrar así de sucio al recinto. Los barbudos únicamente nos permitieron lavarnos con un poco de agua que nos llevaron en unas jícaras.

Estuve a punto de pedir que me prepararan el temazcali pero sabía que calentar la leña tomaría tiempo, así que solicité que me llevara agua fría al baño que tenía el recinto.

—Yo me encargaré de eso —dijo uno de ellos y se dirigió a uno grupo de hombres que estaban hablando cerca de nosotros.

Poco después llegó un soldado para avisarme que el baño estaba listo. El agua se encontraba helada. Me tallé el cuerpo con fuerza para quitar toda la mugre acumulada. Luego me proporcionaron vestiduras limpias y nos dirigimos a la sala.

Al llegar, escuché una discusión, entonces nos detuvimos en la entrada para escuchar:

—Debemos enviar embajadas a los pueblos subyugados y exigirles que vengan a auxiliarnos —dijo uno de los oficiales.

—No podemos hacer eso. No tenemos la autoridad para demandar algo así —respondió otro.

—¡Claro que podemos! —ambos se miraban con actitud retadora.

—¿Sabes que podrían venir en auxilio de nuestros enemigos? Muchos pueblos subyugados se han revelado.

Apenas entramos, todos guardaron silencio, me miraron primero con desconfianza y luego con curiosidad. Algunos murmuraron entre sí.

—¡Tecutli Cuitláhuac! —exclamó el joven Cuauhtémoc y se apresuró a arrodillarse ante mí y los otros lo imitaron.

—Disculpe, mi señor, no lo reconocimos —expresó apenado uno de los oficiales del ejército—. Está usted muy...

—Desnutrido —dije al notar que no se atrevía a terminar su frase—. Ciertamente no la pasamos bien ahí adentro.

—Lo siento mucho —respondió.

—No tienes por qué disculparte —luego me dirigí a los demás—. Párense, tampoco gozamos de tiempo para protocolos.

Todos se pusieron de pie y me miraron con mucha atención. No sabía si era debido a mi precario estado de salud, o a que esperaban a que les hablara sobre el tlatoani.

—¿Qué ocurrió? —preguntó uno de ellos.

—¿Se escapó? —agregó otro.

—¿Cómo escapó?

—Malinche me liberó.

—¿Motecuzoma sigue vivo? —preguntó uno.

—Sí —respondí con seriedad.

Aquello era completamente inesperado. Si de algo estaban seguros a esas alturas era que Malinche no cedería jamás. Se miraron entre sí con muchas dudas. Algunos guardaron silencio y otros murmuraron.

—¿Por qué? —preguntaron varios de ellos casi al mismo tiempo.

—Malinche y sus hombres ya no tienen comida y quieren que hable con la gente de Tlatilulco para que pongan el tianquiztli...

Me miraron en silencio.

—Le dije que cumpliría con sus órdenes para que me dejara en libertad, pero de ninguna manera pienso hacer eso.

La actitud de aquellos hombres cambió en ese momento. Pude ver en sus ojos una tranquilidad que se había escapado minutos atrás.

—Si siguen así, dentro de pocos días comenzarán a morir de hambre ahí adentro —comentó uno de ellos.

—Todos los días intentan salir... —dijo otro.

—Ayer salieron y quemaron varias casas. Trataron de llegar al Coatépetl, pero ahí los esperamos cientos de meshícas con piedras, troncos y flechas —dijo otro—. Hemos hecho guardia en los teocalis desde la matanza. Apenas subían cuatro escalones les lanzábamos los troncos, que en lugar de rodar, bajaban en línea recta y a veces rebotaban. Los barbudos corrían como conejos.

—Malinche venía con ellos.

Justo en ese momento entraron tres mujeres, una de ellas colocó frente a mí una mesita y las otras dos, caldo de guajolote, tlacoyos y pipián. Por un instante me pregunté quién y cuándo les había avisado, pero pronto concluí que a nuestras mujeres no había necesidad de ordenarles que hicieran algo así. Estaban educadas para eso. No hay casa en la región en la que un hombre entre y no sea recibido con comida.

—Mi señor, coma —dijo una de ellas luego de ponerse de rodillas.

Los que estaban frente a mí asintieron con las miradas. Era evidente que no había comido bien en muchos días. Por un momento sentí culpa. Pensé en los que seguían presos y en la desgracia del pueblo, pero también razoné que con victimizarme no ganaría nada. Siempre odié a la gente así. Me senté en el piso y comencé a comer. Todos me observaron, lo cual me incomodó; así que me dirigí al joven Cuauhtémoc y le pedí que me informara sobre todo lo acontecido mientras estuvimos presos. Él dio unos pasos hacia el frente.

—Esos perros —intervino uno de los oficiales con mucha furia antes de que el joven Cuauhtémoc dijera una palabra— mataron a miles el día de la fiesta del Toshcatl. Y al día siguiente, los tlashcaltecas sacaron a las calles los cuerpos de los pipiltin que Tonatiuh había asesinado dentro de Las casas viejas.

—Deja que Cuauhtémoc me informe —respondí sin ni siquiera mirarlo—. Si todos hablan al mismo tiempo jamás terminaremos.

—Todo ocurrió tan rápido —respondió el joven Cuauhtémoc con mucha tristeza—. Yo me encontraba en Tlatilulco cuando Malinche salió al Recinto sagrado, con miles de soldados aliados, para avisar a los meshícas que tenía como rehenes a Motecuzoma y los pipiltin dentro de Las casas viejas. Se armó un alboroto. Hubo miles de personas que estuvieron dispuestas a atacar ese mismo día. Cuando llegué a Tenochtítlan ya la mayoría de la gente estaba calmada. Los oficiales de las tropas les habían explicado que no podían hacer nada hasta que se pudiera ver al huey tlatoani.

"Cuando Motecuzoma salió al patio de Las casas viejas, la primera vez, para que todos corroboraran que seguía con vida, comenzaron los conflictos entre los pipiltin. Unos estaban dispuestos a atacar sin importarles la vida del huey tlatoani y ustedes; y otros exigíamos un análisis más detallado sobre la situación. Lo peor vino después. Los barbudos y sus aliados comenzaron a abusar de los meshícas. A quienes reclamaban los atacaban sin miramientos. Hubo mucha violencia.

"Una noche, Malinche reunió a todo el pueblo para que vieran cómo quemaban vivos a Quauhpopoca con su hijo y diez miembros de su gobierno frente al Coatépetl. Como leña utilizó todas las flechas, arcos y macahuitles que se encontraban almacenadas en La Casa de los Guerreros Águila. Todos ellos se veían muy maltratados. Sus rostros estaban casi irreconocibles de tantos golpes que habían recibido previamente.

"Fue muy triste ver a tanta gente trabajando día y noche para satisfacer las necesidades de los invasores. Teníamos que alimentarlos y además construirles dos casas flotantes en el lago de Teshcuco. Ni siquiera para la construcción de nuestros teocalis habían trabajado tanto los obreros.

"De las acciones de los barbudos que más lastimaron a los meshícas, fue el día en que Malinche y sus hombres subieron al Coatépetl para instalar las imágenes de sus dioses. Sólo que en esa ocasión no pusieron a ese hombre colgado en una cruz, sino a la imagen de un hombre al que llaman San Cristóbal y esa mujer que dicen es la madre de su dios. Cuando los sacerdotes se los impidieron, Malinche enfureció y con una barra de metal comenzó a golpear las imágenes de Huitzilopochtli y Tláloc. Los sacerdotes rogaron a Malinche que no los golpeara más. Él insistía en que Motecuzoma ya había dado permiso para quitar a nuestros dioses del huey teocali, pero sabíamos que era mentira, que el huey tlatoani jamás aceptaría eso. Aún así, para evitar que los destruyeran por completo los sacerdotes les dijeron que ellos mismos los quitarían. Fue muy doloroso bajar a Huitzilopochtli, a Tezcatlipoca y Tláloc del Monte Sagrado. Todo se hizo en absoluto silencio. Nadie lloró ni hizo un canto de lamento. Nos llevamos a nuestras deidades a Las casas nuevas. Más tarde Malinche nos obligó a lavar la sangre que adornaba el interior del Coatépetl.

"Cuando Malinche se fue a las costas totonacas, pensamos que sería una buena oportunidad para liberarlos a ustedes, pero pronto nos llegó el mensaje de Motecuzoma de que Tonatiuh había permitido la celebración del Toshcatl. Así que decidimos, luego de largas discusiones entre los pipiltin, que no atacaríamos a los barbudos y sus aliados, por respeto a nuestros dioses. Preparamos todo para ese día con mucho entusiasmo. Incluso se nos avisó que Motecuzoma podría salir al patio a presenciar algunas danzas.

"Entonces ocurrió la tragedia. Ninguno de nosotros estaba armado. Al principio nadie se percató de que los barbudos estaban disparando sus palos de humo y fuego, pues el ruido se perdía entre el escándalo: los meshícas gritando de alegría, los huehuetl, los teponaztli retumbando, las caracolas silbando y los danzantes aullando al mismo tiempo que bailaban. La gente se estremeció al ver las primeras personas caer al piso llenas de sangre. Corrieron en todas direcciones para ocultarse. Pero no había manera de esconderse de los palos de humo y fuego. Entonces los jefes de todos los barrios tocaron los huehuetl y los teponaztli para declarar la guerra a los barbudos. Muchos corrieron a sus casas y lugares donde tenían escondidas sus flechas, arcos, macahuitles y escudos, pero fue demasiado tarde, pues pronto aparecieron más soldados de Tonatiuh montados en sus venados gigantes y con sus largos cuchillos de plata en las manos y sus lanzas con forma de murciélago. Y a quiénes se les ponía en frente les rebanaban la garganta, les cortaban un brazo, una mano, o le perforaban el pecho. Con las patas de sus venados gigantes, les destrozaban las caras o el pecho a quienes se acercaban por detrás. Nuestras abuelas y abuelos, niños y niñas no pudieron escapar. No hubo misericordia. A quien se moviera le disparaban o les enterraban los largos cuchillos de plata. Se escuchaban las explosiones de los palos de humo y fuego, y los gritos agonizantes de aquellos que se arrastraban con las tripas de fuera. Luego regresaron los soldados meshícas con sus armas. Hubo demasiada desorganización al momento de atacar, pues no conocíamos el método de los extranjeros, a pesar de que habíamos escuchado mucho.

"Más tarde llegó el silencio. Apareció la luna y con ella el desconsuelo. Nadie durmió en Tenochtítlan. Hubo mucho llanto. Toda la noche estuvimos arrastrando cadáveres, juntando tripas y pedazos de sus cuerpos mutilados. Después llegó el momento de identificar a cada uno de los muertos. Las mujeres, inconsolables, caían de rodillas al encontrar a sus hijos e hijas mutilados y bañados en sangre. Gritaban como jamás se les había escuchado: «¡Ay, mis hijos!» Hasta el día de hoy algunas de ellas siguen recorriendo las calles de Tenochtítlan por las noches, llenas de angustia, gritando su lamento: «¡Ay, mis hijos!»

"Al día siguiente los tlashcaltecas sacaron a la calle los cadáveres de los pipiltin que habían asesinado dentro de Las casas viejas. Entonces acordamos de forma unánime atacar a los extranjeros. Primero le prendimos fuego a las casas flotantes que les habíamos construido a los barbudos en el lago. Fue uno de los más grandes placeres que pudimos sentir en esos días. Todos gritaban con harta alegría. Sabíamos que Malinche las quería para poder huir a Teshcuco o Tlashcalan en caso de que los atacáramos. Coordinamos los ataques a Las casas viejas y trabajamos en la construcción de armamento, pues teníamos muy poco. Días más tarde comenzamos el primer ataque. Derribamos parte de un muro que daba al patio de Las casas viejas, pero pronto fuimos embestidos por los barbudos y sus aliados. Por supuesto ellos atacaban de lejos y enviaban a los tlashcaltecas, totonacas, cholultecas y hueshotzincas por delante.

"Así transcurrieron los siguientes días. Tonatiuh envió en ocasiones distintas a varios mensajeros para que dieran aviso a Malinche. La mayoría de las veces los interceptábamos y los obligábamos a regresar a Las casas viejas. Uno de ellos logró escapar, aunque no salió sin heridas: varios de nuestros guerreros lo golpearon, pero éste se subió a su venado gigante y ya no hubo manera de alcanzarlo.

"Un día llegó un informante con la noticia de que Malinche venía en camino. Se encontraba en Tlashcalan con Mashish-catzin quien ofreció a dos mil guerreros más. Luego se fue a Teshcuco para encontrarse con Ishtlilshóchitl, el joven. Pero encontraron la ciudad casi vacía, pues sus pobladores se habían venido a Meshíco para socorrernos en el sitio de Las casas viejas. Pronto llegó Ishtlilshóchitl con sus tropas, las que sí estaban dispuestas a atacar a los meshícas.

"Llegaron a Meshíco Tenochtítlan por la calzada de Tepe-yacac. A pesar de que habíamos dado la orden de que no les permitieran pasar, muchos se atemorizaron al encontrarse frente Malinche, sus soldados y sus venados gigantes, ya que desde antes de que entraran a la calzada venían dispa-rando sus palos de humo y fuego y haciendo mucho escán-dalo por la victoria obtenida en las costas totonacas. Entre el tumulto uno de los soldados de Malinche perdió el control de su venado gigante, ya que una de sus patas quedó atorada entre las vigas de uno de los puentes de la calzada de Tepe-yacac; a pesar de que intentó tranquilizarlo y otros quisieron ayudarle, el animal siguió descontrolado, lanzó al hombre al agua y éste quedó colgando del puente con su pata rota y relin-chando. Uno de los barbudos sacó su palo de humo y fuego y le disparó al animal.

"Intentamos detenerlos, pero fue imposible. Además, no podíamos arriesgar la vida del tlatoani ni la de ustedes. Hablé con Malinche pero cuando él me respondió, nadie quiso tradu-cir para mí. Y digo que no quisieron, porque esos tlashcaltecas ya saben la lengua de Malinche y se quedaron callados. Ahora están más felices que nunca. Sólo esperan que Malinche dé la orden para matarnos a todos. Así que los dejamos entrar, no sin antes exigirles que los liberaran. Sé que Malinche me entendió, y no tengo duda de que fingió lo contrario. Pero no perdía nada con intentar. Esperamos hasta el atardecer y al concluir que no los liberarían decidimos atacar de nuevo.

"Fue cuando Malinche sacó a Motecuzoma a la azotea por segunda vez. Nadie entendía lo que el huey tlatoani gritaba. Fue todo tan rápido, tan confuso, tan complicado. De pronto vi a un tumulto de gente que le gritaba cobarde a Motecuzoma. Sé que alguien los estaba dirigiendo. Hay entre nosotros muchos traidores que se están ocupando de alborotar a la población para que apoyen a Malinche, entre ellos Cuecuetzin, Imatlacuatzin, Tepehuatzin, Tlillancalqui, Opochtli y Cuitlalpitoc. Muchos comenzaron a lanzar piedras y flechas. Por más que intenté detenerlos, me fue imposible. Luego Malinche y Motecuzoma desaparecieron de la azotea. No supimos qué ocurrió. Aún así las protestas no terminaron.

"Desde entonces hemos impedido que entren o salgan de Las casas viejas. Hace dos noches, dos de nuestros vigilantes descubrieron a cuatro tlashcaltecas que pretendían introducir alimentos. Entonces avisaron a las tropas y éstas persiguieron a los cuatro hombres que dejaron las canastas llenas de comida y corrieron. Sonaron los huehuetl, los teponaztli y las caracolas. La gente salió de sus casas al escuchar la señal de que habían entrado intrusos a la isla. La reacción fue tan efectiva que pronto los capturaron y mataron a pedradas. También han ocurrido muchas diferencias entre nosotros... Cuauhtémoc bajó la cabeza y se mantuvo en silencio por un rato. Ninguno de los presentes se atrevió a hablar.

—Hay un grupo considerable de seguidores de Malinche que están matando a todo aquel que lleve puesto un bezote de cristal fino, o ayates de manta delgada.

—¿Están matando a los servidores de Motecuzoma?

Recordé entonces las palabras de mi hermano: "Si intentas salvar mi reputación sólo lograrás hundir la tuya. Recuerda que un pueblo herido no escucha."

—Un pueblo herido no escucha... —dije y bajé la mirada.

—¿Qué es lo que dice el tlatoani? —preguntó uno de los oficiales de las tropas.

Me quedé pensativo. Estaba en una situación harto difícil. Las cosas ya no eran como antes, que aunque estuviesen en desacuerdo con el tlatoani, nadie se atrevía a contradecir sus órdenes. La autoridad del tlatoani se había diluido. Motecuzoma tenía razón: defender su reputación sería una pérdida de tiempo. O peor aún, un peligro para mí. Yo aún no tenía idea de con quiénes estaba hablando. Me tomaría varios días identificar a la gente leal y a los traidores, esos que nunca dijeron una palabra en contra del tlatoani, pero que en el fondo estaban dispuestos a matarlo en cuanto surgiera la oportunidad. Estaba seguro de que Cuecuetzin, Imatlacuatzin, Tepehuatzin, Tlillancalqui, Opochtli y Cuitlalpitoc no eran los únicos.

—Ha llegado el momento de que elijamos un nuevo tlatoani —dije mirándolos a todos—. Necesitamos un hombre que comande nuestras tropas, que logre sacar de nuestras tierras a esos barbados.

—¿Y Motecuzoma? —preguntó uno de ellos.

—Él ordenó que eligiéramos a su sucesor.

—¿Tendremos dos tlatoque? —cuestionó otro.

—No —reaccioné rápidamente—. ¡Sí! —fue muy difícil responder eso en ese momento—. No exactamente.

—¿Entonces renunció? —insistió otro.

—Sí.

En ese momento todos comenzaron a hablar mal de mi hermano.

—Lo sabía. Es un cobarde...

—Desde un principio estaba claro...

—Debimos atacar a los extranjeros desde el primer día.

—Si ya Motecuzoma les había entregado el gobierno, qué importaba que lo mataran.

—Traidor...

Definitivamente no habría manera de convencerlos de lo contrario.

—Elijamos a un nuevo tlatoani —dije.

Todos se miraron entre sí. Murmuraron.

—¿En este momento? —preguntó uno de ellos.

Estuve a punto de responder que era preciso pero guardé silencio. Apurarlos podía ser mal interpretado. Siempre había alguien que dudaba o que hacía que los demás titubearan. En la política no hay buenos ni malos, existen intereses. Y como tal, invariablemente abundan los opositores. Yo sabía que en ese momento lo mejor era dejar que ellos decidieran, a pesar de que corría el riesgo de que pospusieran la elección de manera indefinida, lo cual por supuesto, era peligroso para todos; o que decidieran elegir a alguien más.

—Por supuesto —respondió otro—. Esto es urgente.

—Pero...

—Ya no tenemos tiempo.

Los observé en silencio. Hasta ese momento me percaté que ninguno de ellos usaba botas cubiertas con láminas de oro, brazaletes con manillas de piedras preciosas, la esmeralda en el labio inferior, los pendientes con piedras preciosas grandes en las orejas, la cadena de oro y piedras preciosas al cuello ni el penacho de bellas plumas que colgaban desde su cabeza hasta su espalda. No había capitanes: achcauhtin, cuauhtin, y ocelo «príncipes, águilas y jaguares». Todos ellos eran soldados y oficiales.

—¿Y el pueblo? —preguntó uno de ellos.

—El pueblo jamás ha elegido a su tlatoani.

—No, pero debemos avisarles.

—¿Para que algún traidor le informe a Malinche que ya tenemos nuevo tlatoani?

—¡No! Eso no nos conviene.

—No nos queda más que elegir a nuestro nuevo tlatoani ahora mismo.

Se miraron con solemnidad. Todos se mostraron pasivos. Sabían que la elección tenía que ser entre los familiares del huey tlatoani y que de ellos únicamente estábamos libres mi hermano Tezozómoc y yo. De los hijos de Ahuízotl estaban Cuauhtémoc y otros dos, pero estaban con Motecuzoma. De pronto me miraron. Uno de ellos dijo:

—Que sea Cuitláhuac.

—Tezozómoc.

—No.

—Cuauhtémoc.

—Es muy joven —dijo uno de ellos.

Los demás permanecieron en silencio por un breve instante.

—Sí, Cuitláhuac.

—Cuitláhuac.

La elección de Motecuzoma fue muy larga y tediosa. Se debatió muchísimo. Las circunstancias ahora nos obligaban a hacer esto de una manera jamás pensada. Además los que estaban presentes no sabían mucho del gobierno.

—Tecutli Cuitláhuac, ¿acepta ser nuestro huey tlatoani?

12

MIENTRAS en el Recinto sagrado se llevaba a cabo el sacrificio de los miembros del Congreso que Motecuzoma había destituido, Cuitláhuac deambulaba por la ciudad en estado etílico. Esa mañana había tenido una discusión con el tlatoani por aquella decisión.

—Acepté escucharte porque eres mi hermano, Cuitláhuac, pero no estoy dispuesto a complacerte.

—Muchos de ellos son harto valiosos por sus conocimientos, capacidades y lealtades.

—Lo sé —Motecuzoma se mantuvo sereno—, pero entiende que no puedo elegir. Todos ellos son...

—¿Traidores? —interrumpió Cuitláhuac.

—No. Son del gobierno anterior, fueron educados por el cihuacóatl.

—¿Cuál es el problema?

—Tlilpotonqui, al igual que su padre Tlacaeleltzin, gobernaba Tenochtítlan. Él y sus aliados eran los que decidían finalmente. ¿Sabías eso?

—Había escuchado rumores.

—Yo no estoy dispuesto a aceptar eso. Si fui electo tlatoani, yo seré quien tome las decisiones. Todo el Congreso obedece las órdenes del cihuacóatl. Y la única forma que puedo quitarle tanto poder es destituyendo a su gente.

—¿Y cómo sabes que no convencerá a los nuevos miembros del Congreso?

—Porque los estoy entrenando. Haré que piensen...

—Como tú —interrumpió Cuitláhuac.

—Sí —Motecuzoma cerró los ojos y suspiró con molestia—. Como yo.

—Eso no será posible. Tarde o temprano te traicionarán.

—Ya lo veremos.

—Te vas a arrepentir de...

—Retírate.

Más tarde Motecuzoma mandó llamar a todos los miembros del Congreso y les informó lo que ya era sabido por todos: serían depuestos. Uno de ellos se mostró muy enfadado e insultó al tlatoani, quién enfurecido por aquel agravio lo retó a duelo frente a todos. Hizo que le entregaran un macahuitl y ahí mismo se llevó el combate, el cual no duró mucho, pues Motecuzoma, por ser muy ejercitado en las armas lo derrotó con facilidad. Poco después entraron las tropas y arrestaron a todos los miembros del Congreso. Al caer la tarde dio inicio la ceremonia en la que todos esos hombres serían llevados a la piedra de los sacrificios.

Cuitláhuac se rehusó a participar incluso como espectador. Estuvo bebiendo octli —pulque— toda la tarde. Aunque la embriaguez estaba prohibida, incluyendo a los miembros de la nobleza, todos encontraban la forma de emborracharse sin ser castigados: los pipiltin, sobornando a las autoridades o por medio de favores; los macehualtin, se reunían para beber y tener sexo con las ahuianime —prostitutas— y los cuiloni —travestis—, que se paseaban obscenamente maquilladas y vestidas, cerca del lago, en las calles y en los mercados.

—Ven conmigo —dijo un cuiloni muy delgado y bastante femenino.

—¡Yo lo vi primero! —dijo una ahuianime de nalgas y tetas enormes—. ¡Lárgate de aquí!

—No se preocupen —respondió Cuitláhuac sonriente mientras se tambaleaba—. Puedo llevarme a las dos.

El cuiloni le enseñó los dientes a la ahuianime cual felina en celo.

—¿Quiere una habitación? —dijo una mujer madura que había presenciado todo en medio de la calle—. Yo le puedo rentar una.

—Vamos, vamos —dijo Cuitláhuac y abrazó a las dos putas que acababa de contratar.

La mujer los guió a una casa muy cerca de ahí.

—Págueme primero —dijo antes de dejarlos entrar.

Cuitláhuac llevaba consigo un morral en el que cargaba unas piezas de cobre en forma de T, la moneda de cambio en todo el valle.[5]

---

5   Los aztecas tenían cinco tipos de moneda. La primera era una especie de cacao, distinto del que empleaban en sus bebidas. Contaban el cacao por xiquipiles (cada xiquipilli eran 8,000 almendras). La segunda, eran pequeñas mantas de algodón, destinadas a adquirir mercadería que habían menester. La tercera, era el oro en grano o en polvo. La cuarta que más se acercaba a la moneda acuñada, eran de ciertas piezas de cobre en forma de T, que se empleaban en cosas de poco valor. Y la quinta eran ciertas piezas útiles de estaño. Clavijero, pp. 332-333.

—Tenga —dijo sin contar las piezas de cobre—. Tráiganos una jícara de octli.

La mujer recibió las monedas con satisfacción y se fue mientras sus clientes entraron a la habitación, escasamente alumbrada por una tenue luz que entraba por la ventana. La ahuianime y el cuiloni comenzaron desvestirse sin preámbulo. La noche apenas comenzaba y la clientela abundaba, particularmente porque las autoridades estaban ocupadas en el Recinto sagrado. La mujer que representaba el cuiloni desapareció con la última prenda de ropa. Las nalgas deformes y las grandes tetas flácidas delataron a la ahuianime que pretendía ser mucho más joven.

—Tú —dijo Cuitláhuac de pie frente al petate mirando a la mujer—. Arrodíllate con tus manos en el piso y abre las nalgas —luego se dirigió al cuiloni—. Cógetela por el culo.

Tras decir esto, Cuitláhuac se sentó en el piso con su espalda recargada en la pared —en la parte más oscura de la habitación—, y observó sin entusiasmo. El cuiloni se masturbó para que la verga se le endureciera, mientras la mujer le coqueteaba al espectador con sonrisas, gestos y maniobras nada eróticas. Poco después la dueña de la casa llegó con una jícara de octli, se la entregó a Cuitláhuac y se marchó sin decir una palabra. El cuiloni logró mantener la erección y penetró a la ahuianime.

—No los escuchó —dijo Cuitláhuac luego de darle un trago al octli.

La mujer fingió excitación: cerró los ojos, abrió la boca con desmesura y gimió. De pronto el cuiloni se detuvo. Había perdido la erección.

—Me estoy aburriendo —dijo Cuitláhuac.

—A mí no me gustan las mujeres —dijo el cuiloni—. Ayúdame.

—Tú —se dirigió a la ahuianime—, chúpale la verga.

La mujer cambió de posición, le indicó al cuiloni que se acostara boca arriba y cerrara las piernas; luego como si lo fuese a montar se acomodó con las piernas del cuiloni entre las suyas y con su mano derecha le tomó la verga y la sacudió un poco antes de metérsela en la boca. El cuiloni recuperó su erección lentamente y ella lo montó.

De pronto entró por la ventana —muy rápidamente— un hombre que le dio una violenta patada a la mujer en la cara, por lo que ella cayó inconsciente en el piso. El cuiloni apenas tuvo tiempo de reaccionar cuando el hombre se fue contra él y le enterró un cuchillo de pedernal en el pecho siete veces. La pared quedó salpicada de sangre y en el piso se formó un charco que, por la oscuridad, se veía casi negro. El homicida no se había percatado que se había equivocado de víctima y salió por donde había entrado.

Cuitláhuac, que se había puesto de pie entre las sombras, esperó a que el hombre saliera para poder ir detrás de él sin ser descubierto. En las calles había mucha gente, por lo cual tuvo que ser muy discreto. Luego de caminar varias calles se acercó al hombre de forma sigilosa y en cuanto estuvo detrás de él, apresuró el paso, sacó su cuchillo y amenazó al hombre poniéndoselo en el cuello.

—¿Quién te mandó?

El hombre no respondió.

—Habla o te mato en este momento.

—Sabes que no lo harás —dijo con mucha seguridad.

—No me retes… —hizo presión con el cuchillo y un hilo de sangre se estiró por el cuello del hombre.

—Hazlo... —sonrió con descaro.

Cuitláhuac enfureció e hizo una cortadura en la mejilla del hombre. El hombre se dio media vuelta y le dio un fuerte golpe a Cuitláhuac quien, por su estado de ebriedad, perdió el conocimiento. El hombre tomó el cuchillo y se agachó para degollar a Cuitláhuac cuando una piedra le golpeó fuertemente la sien. Quedó aturdido por un brevísimo instante. Al recuperarse se encontró con Ehecatzin, el hombre que le había lanzado la piedra, corriendo hacia él. Se puso de pie, pero no pudo escapar: Ehecatzin lo pateó y lo derribó. Al tenerlo en el piso lo golpeó en el rostro varias veces, pero el agresor estiró el brazo consciente de que muy cerca de él se encontraba la piedra con que había sido golpeado. La recuperó y aporreó fuertemente a Ehecatzin. En ese momento llegaron varias personas. El agresor se dio a la fuga y dejó a Ehecatzin en el piso con la boca llena de sangre.

Cuando despertó no reconoció el lugar donde estaba. Sintió muchísimo dolor en la cara. Apenas podía ver. Quiso hablar, pero no pudo: tenía en la boca pequeñas bolas de tela de algodón. Reconoció un sabor extraño. Además dos conos hechos con hojas de árbol de plátano para permitir que respirara y evitar que se tragara la tela. De pronto apareció frente a él el rostro de Cuitláhuac.

—Por fin despiertas.

Ehecatzin intentó hablar pero no pudo.

—Vas a tener que esperar a que venga el chamán y te quite eso de la boca. Seguramente te estás preguntando qué es. Son ungüentos para que sanen las heridas de tus encías. Recibiste un golpe tan fuerte que perdiste todos los dientes de enfrente.

Cuitláhuac se quedó en silencio por un instante. Ambos se miraron fijamente.

—Te debo la vida, Ehecatzin y también te debo una disculpa. Estás en esta situación por...

Ehecatzin alzó la mano para indicarle a Cuitláhuac que se callara. Hubo otro silencio. Ehecatzin cerró los ojos y respiró profundo. Cuitláhuac miraba las paredes para evitar la incomodidad del momento.

—¿Quieres saber cuántos días tienes inconsciente?

Ehecatzin asintió con la cabeza.

—Nueve. Desde entonces te traje a mi casa. Tu esposa e hijos también están aquí. Y por si te preguntas qué pasó con nuestro agresor, no te puedo decir, yo estaba inconsciente. Cuando desperté había alrededor de cuarenta personas mirándonos. Sólo me supieron decir que el hombre salió huyendo en cuanto se supo descubierto. No le he comentado esto a nadie, ¿sabes? Estoy esperando a que alguien en el gobierno se delate con alguna pregunta o comentario. Tú y yo sabemos que quien quiera que nos haya atacado fue enviado por el o los asesinos de Aztamecatl.

El chamán y la esposa de Ehecatzin entraron en ese momento. Cuitláhuac se hizo a un lado y dejó a la mujer acercarse a su esposo.

—Por fin despertaste —lo abrazó—. Estuve muy preocupada —comenzó a llorar—. Qué bueno que estás bien.

—Buenos días —dijo el hombre con tranquilidad, al mismo tiempo que se arrodilló a un lado del paciente—. Vamos a quitarte eso de la boca para que puedas hablar.

El procedimiento fue lento. El hombre sacó una a una las pequeñas bolas de tela de algodón.

—Hubieras visto cómo llegó a mi casa tu mujer hace un rato. Estaba llena de alegría gritando que ya habías despertado.

Cuando sacó los conos de hoja de plátano jaló con los dedos los labios del paciente para revisarlo.

—Tus encías siguen sangrando, pero ya podrás comer caldos y cosas suaves. Evita frotarte las encías con la lengua. Habla.

—¡Idiota!

Todos los que estaban en la habitación se quedaron asombrados.

—¿Yo? —preguntó el chamán.

—¡No! —respondió Ehecatzin—. Él —señaló a Cuitláhuac.

—La buena noticia es que puedes hablar —respondió Cuitláhuac y se acercó a Ehecatzin.

—Si ya se había librado de que lo mataran, ¿para qué persiguió al asesino? —dijo Ehecatzin con dificultad y con la pronunciación de un anciano.

—¿Y tú qué estabas haciendo en esos lugares?

—Lo vi borracho en la calle y decidí cuidarlo.

—Yo no estaba borracho.

—Seguramente se estaba tambaleando por el ritmo de los huehuetl y los teponaztli que sonaban en el Recinto sagrado.

—Yo me retiro —dijo el chamán—. Tengo más pacientes que atender.

—Muchas gracias —dijo Cuitláhuac.

—Gracias —dijo Ehecatzin.

—No hables mucho porque pueden sangrar tus encías —el chamán se dio media vuelta y salió de la habitación.

La esposa de Ehecatzin acompañó al chamán a la salida.

—Perdón —dijo Cuitláhuac en cuanto se quedaron solos.

Ehecatzin no respondió.

—Descansa —dijo Cuitláhuac con la cabeza agachada—. Vendré a verte mañana o cuando te sientas mejor para platicar.

Esa noche Cuitláhuac se enteró de que Motecuzoma había ordenado a las tropas que se organizaran para salir a combatir a los pueblos de Nopala e Icpactepec, quienes se habían rehusado a pagar el tributo y habían asesinado a los meshícas que estaban en sus tierras, lo cual fue tomado como una declaración de guerra.

De acuerdo con las costumbres tenoshcas el nuevo tlatoani debía salir a una guerra, acompañado de los guerreros más importantes, hermanos y demás parientes, y regresar con el mayor número de presos para llevarlos a la piedra de los sacrificios, en la ceremonia final de la coronación del tlatoani, en la cual se llevaría a cabo la celebración más importante de su jura.

Motecuzoma envió un grupo de embajadores para que declararan la guerra a los pueblos rebeldes, acompañados de cientos de tamemes, que llevaban armas, mantas, alimentos y joyas para que el enemigo no argumentara que había perdido porque estaban desarmados o hambrientos.

Las tropas meshícas marcharon a Nopala e Icpactepec y volvieron semanas después, triunfantes, cargados de riquezas y con más de cinco mil prisioneros. El nuevo tlatoani fue recibido con fiestas y banquetes en todos los pueblos por donde transitaron de regreso. También se les entregaron flores, plumas, mantas de algodón, oro, plata, animales, comida, armas. La entrada a Meshíco Tenochtítlan fue aún más escandalosa. Todos los habitantes estaban harto felices con su nuevo tlatoani.

Al día siguiente de haber llegado, Cuitláhuac visitó a Ehecatzin en la habitación donde había permanecido, resguardado por un par de soldados.

—Veo que ya estás mucho mejor —dijo al entrar.

Ehecatzin movió la cabeza dando a entender que no estaba tan bien como parecía.

—¿Cómo están tus encías?

—Ya no sangran.

Cuitláhuac caminó alrededor de la habitación con preocupación.

—No sé cómo reparar el daño. Sé que lo que te voy a decir no tiene comparación con la tragedia de perder a tus hijos, pero, créeme que mi situación tampoco ha sido fácil. La noche en que nos atacaron, mi hermano Motecuzoma decidió matar a todos los miembros del Consejo. ¿Sabes lo que eso significa? Entre ellos estaban muchos parientes y amigos. Provocó un caos en la nobleza meshíca. Mi hermano cambió por completo. Ahora nadie puede ver al tlatoani, ni siquiera nosotros. Por donde quiera que pase el tlatoani, la gente tiene que arrodillarse, comer tierra y poner la frente en el piso. Ha exigido un trato de dios... No sé por qué te estoy contando todo esto. No debería. Tú eres tan sólo un... —Cuitláhuac suspiró y bajó la mirada.

—Macehuali... —continuó Ehecatzin.

—Sí. Las leyes me impiden hablar con un macehuali de asuntos relacionados con el gobierno.

—Eso no es cierto.

—En el gobierno de Ahuízotl eso no estaba prohibido, pero ahora sí. Motecuzoma acaba de cambiar esa ley. Y peor aún, los macehualtin ya no pueden aspirar a ningún cargo en el gobierno ni en el ejército.

—¿Y qué es lo que lo tiene preocupado? Usted pertenece a la nobleza y tiene todo garantizado.

—No.

—¿A qué se refiere?

—A que en cualquier momento me pueden matar. Y lo peor es que no sé quién. Podría ser Tlacahuepan, Macuilmalinali, Opochtli, Cuecuetzin, Imatlacuatzin, Tepehuatzin, Tlillancalqui o Cuitlalpitoc, no sé. Son tantos. Quien quiera que sea ya nos vieron hablando y saben que me informaste sobre los asesinos de Aztamecatl. Volverán. Te lo aseguro. Ya viste que no se tocaron el corazón para matar a dos de tus hijos.

—¿Por qué no le cuenta a su hermano?

—Porque ni siquiera tengo la certeza de que me... —hizo una pausa— nos vaya a proteger.

—Él no tendría por qué preocuparse por protegerme.

—Pero yo sí. Estoy en deuda contigo.

—¿Y qué es lo que piensa hacer? ¿Mantenernos escondidos en esta casa por siempre?

—No. Ya hablé con Motecuzoma y le pedí permiso para tenerte como empleado de la casa.

—Gran diferencia.

—¿Eso qué significa?

—Nada, olvídelo.

—Habla, termina de decir lo que estás pensando.

—Usted no se puede pasar la vida cuidándole las espaldas a un sirviente. Mi familia y yo no podremos estar encerrados aquí por siempre. Tenemos que salir un día.

—Lo entiendo, lo entiendo...

Hubo un silencio.

—¿Qué es lo que sugieres? —preguntó Cuitláhuac.

—Que me deje volver a mi casa. Ahí esperaré la muerte.

—¡Eres un mediocre!

—¡Soy un mediocre porque no tengo otra forma de vida! Yo no nací con las oportunidades que tienen los pipiltin.

Jamás podré ir al Calmecac ni podré aspirar a algún puesto en el gobierno. ¿Qué más puedo esperar si alguien de la nobleza me quiere matar porque vi cómo mataban a uno de los suyos?

—Tienes razón, Ehecatzin. Aquí no puedes aspirar a nada. Pero en Iztapalapan sí.

—¿Ahora quiere que me vaya a Iztapalapan?

—Sí. Estuve pensándolo estos días.

—¿A qué?

—Allá aprenderás la historia de los tenoshcas, aprenderás arquitectura, poesía y a interpretar los libros pintados.

—¿Quién me va a enseñar todo eso?

—Yo, y si no me da tiempo, le diré a los sacerdotes y maestros de Iztapalapan que te enseñen.

—¿Usted se piensa ir a Iztapalapan?

—Motecuzoma me acaba de nombrar tecutli de Iztapalapan.

—Perdón —dijo Ehecatzin avergonzado—. Yo le he estado hablando de forma tan irrespetuosa y ahora es usted todo un tecutli.

—Ehecatzin, si no hubiese sido por ti, en estos momentos yo estaría muerto. Estoy en deuda contigo y lo menos que puedo hacer por ti es protegerte. Y tienes razón en todo lo que me dijiste. Si matan a un sirviente no pasa nada, pero si matan al tlacuilo del tecutli de Iztapalapan es diferente.

—Al tlacuilo... Pero yo no soy...

—Aprenderás. Y serás mi consciencia. Sabrás todos mis secretos. Estarás en mi gobierno día y noche. Dibujarás en los libros pintados todo lo que suceda en el palacio de Iztapalapan. Si lo que quieren es callarte, haremos lo contrario. Tú serás quien los denuncie. Y lo podrás hacer de forma legal. ¿Sabías que a un tlacuilo no se le puede juzgar por lo que deje plasmado en los libros pintados? Así será, Ehecatzin. Tendrás voz propia en la historia de Iztapalapan y de Meshíco Tenochtítlan, pues a fin de cuentas también se incluye lo que sucede en otras ciudades.

13

Lunes 25 de junio de 1520

¿QUÉ?
¿Para qué quieres dormir aquí?

No, tlacuilo, eso ya es demasiado.

Te lo advertí. No hiciste caso.

Sí, ya sé que estás muy viejo, Ehecatzin y que te queda poco tiempo de vida, pero…

Está bien…

¿En qué nos quedamos ayer?

Ya, ya recordé…

Justo cuando los miembros de la nobleza me pidieron que fuera su huey tlatoani se escucharon las caracolas y los huehuetl y los teponaztli. Debido a que yo aún no era jurado huey tlatoani —ni siquiera se había hecho pública mi liberación, más que por rumores— no estuve al mando de esa batalla, sino el joven Cuauhtémoc.

Todos los que estábamos en el recinto de los guerreros águila salimos en cuanto escuchamos el llamado. Afuera cientos de personas se dirigían a la calzada de Tlacopan. Había demasiada desorganización. Nadie sabía qué estaba ocurriendo. Muchos de ellos, más que ayudar, hacían el tránsito demasiado lento. Al llegar descubrimos que se trataba de un hombre que traía varias mujeres meshícas, incluyendo a una de las hijas de Motecuzoma. Todas ellas habían permanecido por varios meses en Las casas viejas y cuando Malinche fue a las tierras totonacas se las encargó a este hombre que se fue a esconder a Tlacopan y ahora volvía para entregar las mujeres que Malinche había hecho suyas.

Los que lo habían interceptado ya le habían arrebatado a las mujeres y lo tenían de rodillas, bañado en sangre.

—¡Mátenlo! —gritaba la multitud—. ¡Mátenlo! ¡Mátenlo!

Por un momento pensé en contenerlos, pero me detuve a analizar la situación en la que me encontraba. Aún no había sido jurado huey tlatoani y mi prestigio estaba en terreno frágil. Los pipiltin que se encontraban en el recinto de los guerreros águila me habían demostrado que la reputación de Motecuzoma ya no me favorecía. Debía, por lo menos en esa ocasión, permitirle decidir al pueblo, que liberara su furia. Permanecí en silencio mientras el comandante a cargo organizaba a la tropa.

—¡Llevaremos a este hombre ante los miembros de la nobleza! —gritó, pues había tanto ruido que apenas si se le escuchaba—. ¡Ellos decidirán su castigo!

La gente se opuso rotundamente y comenzaron a lanzar piedras. Los soldados que estaban alrededor del extranjero también fueron lapidados; entonces se replegaron y el barbudo quedó en el centro, de rodillas y con los brazos cubriéndole la cabeza inclinada hasta el suelo. Su espalda teñida de sangre, recibió todos los golpes hasta que el hombre cayó al piso desmayado. Los gritos eran ensordecedores. Había en cada uno de los presentes una furia jamás vista. No había forma de no contagiarse. Si bien en un momento dado creí justo llevar a ese hombre a juicio, a esas alturas lo había olvidado. También sentía el mismo odio, el mismo deseo de venganza. Dejé que lo mataran a pedradas.

Al finalizar volví al recinto de los guerreros águila.

—¿Cuántas veces ha sucedido esto? —le pregunté al joven Cuauhtémoc mientras caminábamos.

La multitud había quedado atrás. Les interesaba enterarse de todo lo ocurrido hasta el último instante.

—Quizá diez o quince. No siempre he estado presente.

—¿Todas contra extranjeros?

—No. También hemos lapidado a tlashcaltecas, totonacas, hueshotzincas, cholultecas y meshícas.

—¿Por qué a meshícas?

—Por traición.

En ese momento escuchamos algunos gritos. Volteamos hacia la derecha y en uno de los callejones vimos dos hombres discutiendo.

—¿Qué está sucediendo? —preguntó Cuauhtémoc.

Uno de ellos tenía un cuchillo doble en las manos. Yo había visto un par en Las casas viejas. Uno de los soldados de Malinche lo traía en un estuche que colgaba de su cintura. En cuanto lo extrajo, metió dos dedos en unas argollas que iban unidas a las cuchillas y maniobró con facilidad para cortar un pedazo de tela.

—¡Él me engañó! —acusó el que tenía el cuchillo doble.

—¿Por qué? —pregunté.

—Le vendí este objeto a cambio de cincuenta plumas, un bulto de frijol y dos de sus hijas.

—¿Dónde conseguiste esto? —pregunté.

—Lo encontré luego del regreso de Malinche.

—¿Dónde?

—En la Calzada.

—¿Sabes para qué sirve? ¿Sabes utilizarlo?

—No —titubeó.

—¿Y tú? —le pregunté al otro.

—Él me dijo que a través de los aros se puede ver los presagios de los dioses.

—¡Dame eso! —exclamé al mismo tiempo que extendí la mano.

El otro hombre me entregó el cuchillo doble.

—¡Acércate! —le ordené al vendedor.

Al tenerlo cerca comencé a cortarle el calzoncillo. El hombre quedó desnudo.

—Para eso sirve. Nada más.

—¡Oh! ¡Esto es una maravilla! —exclamó el vendedor con entusiasmo—. ¡Mañana mismo te devuelvo a tus hijas, tus plumas y tus frijoles!

—¿Qué? ¡Ese objeto es mío! —intentó arrebatárselo—. ¡Devuélvemelo!

—¡No!

—¡Ya! —grité—. Entrégale los cuchillos.

—¿Y tú quién eres para darme órdenes? —su actitud se volvió desdeñosa.

—Soy Cuitláhuac, señor de Iztapalapan y miembro de la nobleza meshíca. Y si no me obedeces ordenaré que te arresten.

El hombre se arrodilló y pidió perdón. El otro lo imitó. Me di la espalda y caminé rumbo al recinto de los guerreros águila.

Apenas íbamos a entrar cuando se escuchó de nuevo el silbido de la caracola. Cuando estaba encerrado en Las casas viejas, en los últimos días, escuchábamos el silbido de las caracolas con la misma frecuencia. Imaginábamos que se estaban llevando combates, pero no con exactitud. Nosotros nunca habíamos peleado en contra de los extranjeros. Y en ese primer día comprendí tantas cosas. Los barbudos luchaban con métodos muy distintos y los meshícas estaban tratando de adaptarse a ese nuevo estilo de guerra.

En esta segunda ocasión el llamado era frente a Las casas viejas. Cuando Malinche mandó mi liberación se estaba llevando a cabo una ofensiva que terminó poco después. Ésta era la segunda del día y se debía a que dos barbudos habían salido a las calles y pretendían dirigirse al tianquiztli de Tlatilulco. Malinche los había enviado para corroborar que yo hubiese hecho lo que me ordenó. La gente los recibió a pedradas, entonces ellos regresaron apurados al interior del palacio. Poco después salió otro hombre que también fue apedreado y tuvo que volver de la misma forma.

Permanecimos un largo rato afuera de Las casas viejas. Todos gritábamos con furia, de acuerdo con nuestra costumbre, para intimidar a nuestros enemigos. Los que traían instrumentos los tocaban con insistencia.

¡Pum, pum, pum, pum-pum-pum!

¡Ay, ay, ay, ay, ay!

De pronto apareció el joven Cuauhtémoc a un lado mío.

—¡Mandan decir los vigilantes del Coatépetl que dentro de Las casas viejas se están preparando los barbudos para salir a combatir! —gritó.

¡Ay, ay, ay, ay, ay!

—¿Cuántos son? —también grité.

¡Pum, pum, pum, pum-pum-pum!

—¡Calculan que son como doscientos!

¡Pum, pum, pum, pum-pum-pum!

¡Ay, ay, ay, ay, ay!

—¿Qué? ¡No te escucho!

—¡Que son como doscientos!

—¡Ordena que se preparen las tropas para atacar y que llamen a todo el pueblo!

Cuauhtémoc dio la orden y todos subieron rápidamente a las azoteas. No comprendí por qué estaban haciendo eso, pero tampoco se los impedí. Hasta ese momento me percaté que los guerreros meshícas no llevaban sus escudos adornados con plumas ni cargaban penachos ni joyas. Nada. Lo cual comprendí rápidamente. No tenía caso llevar a cabo tan hermoso ritual. La batalla era contra unos bárbaros que no respetaban nuestros códigos de guerra.

—¡Ahí vienen! —gritó alguien.

¡Pum, pum, pum, pum-pum-pum!

¡Ay, ay, ay, ay, ay!

Los extranjeros y sus aliados tlashcaltecas, totonacas y cholultecas salieron disparando, unos con sus palos de humo y fuego, y los otros piedras y flechas. Uno de los meshícas que se encontraba a mi lado se lanzó sobre mí, provocando que ambos cayéramos al suelo. Al mismo tiempo todos los demás se habían tirado al piso, luego se incorporaron rápidamente para lanzar más piedras. Yo los imité. Comprendí que desde las azoteas nos hallábamos más seguros. Por primera vez me encontraba en una situación bélica en la que no sabía qué hacer. Todo eso era nuevo. Y tenía que aprender de mi gente de la manera más rápida posible. Aunque ellos llevaban pocos días de combate ya habían aprendido a no confiarse de sus escudos, pues a diferencia de las flechas, los disparos de los palos de fuego sí los perforaban, que huir con el primer disparo únicamente generaba más caos y que los extranjeros también sentían miedo.

A pesar de la intensa lluvia de piedras que caía sobre los enemigos ellos avanzaban casi sin detenerse. Intentaron llegar a la calzada de Tlacopan, pero nosotros bajamos de las azoteas, corrimos en aquella dirección y les bloqueamos el paso. Los gritos, el silbido de las caracolas, el estruendo de los huehuetl, los relinchos se escuchaban de forma escandalosa pero ninguno de nosotros nos movimos. Nos mirábamos de forma retadora. Uno de los barbudos gritó algo y sus hombres atacaron con sus palos de humo y fuego.

Nadie corrió para salvar su vida como nos contaron que ocurrió en los otros pueblos. Los meshícas habían aprendido que si se hacía eso se perdía la batalla. Era preferible arriesgar algunas vidas con tal de no bajar la guardia. Tras esos disparos murieron cinco tenoshcas. En ese momento, los aliados de los extranjeros salieron al frente para luchar contra nosotros. Se dio un breve enfrentamiento con los macahuitles. Los meshícas superábamos por mucho a los tlashcaltecas, totonacas y cholultecas, así que pronto retrocedieron.

Los barbudos echaron fuego a las casas alrededor para que los soldados que se hallaban en las azoteas se vieran obligados a bajar y no pudiesen lanzar piedras, lanzas y flechas. Los meshícas habían construido muros en los canales y calles; y detrás de éstos disparaban y herían a los venados gigantes. Algunos enemigos intentaron cruzar los canales nadando pero fueron recibidos por una lluvia de piedras, flechas, lanzas y dardos. Noté que algunos guerreros arrojaban sus lanzas al nivel más bajo, casi rozando el suelo con lo cual lesionaban a los barbudos en las piernas, donde no llevaban sus trajes de metal.

Los barbudos les gritaban que no se rindieran, pero sus aliados sabían que perderían de cualquier manera. Algunos de ellos huyeron rumbo a sus tierras. Nosotros no cesamos en nuestro ataque. La lluvia de piedras fue inclemente y los barbudos tuvieron que regresar a Las casas viejas. De pronto, uno de ellos cayó al suelo. Los meshícas que se encontraban cerca arremetieron contra él con patadas, puñetazos y pedradas, mientras el resto corrió detrás de los otros. Siempre lanzando piedras. Luego cayó otro y después otro, y otro. Matamos a cinco de ellos. Los demás volvieron muy heridos.

Cuando yo llegué a Las casas viejas, un grupo de meshícas ya le había prendido fuego a los muros, mientras una veintena de hombres cargaba sobre sus hombros un grueso tronco con el cual golpeaban la pared. En ese momento uno de los extranjeros apareció sobre el muro con un arco de metal, con el cual disparó su primera flecha. Dio justo en el pecho de uno de los nuestros, quien cayó al instante. Pero el hombre no pudo disparar una segunda vez, pues pronto le cayeron decenas de piedras que lo tiraron de espaldas. Mientras los otros seguían golpeando el muro con el tronco, otros intentaron escalarlo. El primero que llegó a la cima cayó rápidamente con la cabeza destrozada por un disparo. El segundo recibió una flecha de metal. Los gritos seguían escuchándose estruendosamente:

¡Ay, ay, ay, ay, ay!

¡Pum, pum, pum, pum-pum-pum!

¡Ay, ay, ay, ay, ay!

Finalmente un grupo de meshícas lograron derribar parte del muro pero, apenas pudimos ver hacia el interior, salieron muchísimas flechas de metal y disparos de humo y fuego, con lo cual murieron todos los que habían hecho el socavón. Los que estábamos alrededor nos replegamos rápidamente. Mientras los tlashcaltecas, totonacas, hueshotzincas y cholultecas le lanzaban grandes cantidades de tierra sobre las llamas, los extranjeros hacían estallar sus palos de humo y fuego. Hubo más muertos y heridos.

El ataque duró un largo rato. Mientras tanto los aliados de los barbudos tapaban el hueco en el muro con piedras. Poco a poco fuimos cesando el ataque.

—¿Qué hacen después de esto? —le pregunté a uno de los oficiales que se encontraba a un lado mío.

—Esperamos.

—¿A qué?

—Que ellos se rindan, que dejen de atacar o que oscurezca. Lo que suceda primero.

—Tienen un registro del número de soldados que han muerto en estas batallas.

—No.

—¿Por qué?

—No tenemos tiempo ni forma de contarlos. Muchos ni siquiera son soldados; son campesinos, constructores, pescadores...

Poco más tarde el hueco en el muro quedó sellado.

—Hoy en la noche reconstruirán esa parte del muro —comentó el oficial.

—¿Los extranjeros tampoco atacan de noche?

—No.

—Por lo menos en algo sí estamos de acuerdo —dije.

—Han intentado salir en las noches.

—¿Y lo han logrado?

—Supongo que sí.

—¿No estás seguro?

—No. Es muy difícil mantener la vigilancia.

El sol se encontraba en el horizonte. Todos concluyeron el combate y dejaron de gritar. Dentro de Las casas viejas ocurrió lo mismo.

—¿Qué más hacen para evitar que escapen?

—Hechicería.

—¿Y ha funcionado?

—Una noche uno de los hombres blancos salió. Todos los que lo vigilaban desde las azoteas se escondieron en cuanto él pasó frente a ellos. Dejaron que avanzara. Después lo observaron en silencio. El hombre pretendía llegar a la Calzada de Tepeyacac. Caminó varias calles. Y entre el silencio y la oscuridad se le aparecieron los muertos que los hechiceros le enviaron. El hombre corrió al mismo tiempo que gritó aterrorizado. Entonces se le apareció Youaltepuztli.[6]

—¿El nahual Hacha Nocturna?

—Así es. El extranjero cayó de rodillas en cuanto vio a aquel hombre sin cabeza, el pescuezo cortado como un tronco y el pecho abierto. Gritó con desesperación. Youaltepuztli caminó hacia él lentamente. En ese instante se escuchó un disparo. El hombre blanco se desmayó. Detrás de él se encontraban dos compañeros suyos que habían salido en su auxilio. Youaltepuztli desapareció en ese momento.

---

6   Sobre «el nahual Youaltepuztli» o «Hacha Nocturna», da testimonio Bernal Díaz del Castillo en la página 459 y dice que «Hacha Nocturna trastornaba a los castellanos, sobre todo a los soldados de Narváez, quienes maldecían y renegaban: ¡Cuan felices eran en Cuba antes de seguir tan tontamente primero a Narváez y luego a Cortés!».

14

Tras la campaña contra Nopala e Icpactepec se llevó a cabo la gran celebración de la jura de Motecuzoma que fue la más grande que hubo en toda la historia de los tlatoque. Acudieron tantos invitados que Motecuzoma y su nuevo Congreso estuvieron recibiendo a los huéspedes por tres días, incluyendo a los señores principales de los pueblos enemigos, a quienes Motecuzoma les garantizó la mayor seguridad. Toda la Tierra estaba reunida en Tenochtítlan. Cada uno de los tetecuhtin «plural de tecutli» que llegaba traía generosas cargas de oro, plata, plumas preciosas, mantas de algodón, semillas, frutos, animales vivos, armamento y artesanías. Había tantas fogatas y antorchas por toda la ciudad que el brillo se reflejaba en el cielo. En todos los barrios y en todas las calles la gente se regocijaba con danzas y ricos banquetes. El lago estaba repleto de tantas canoas que se podía caminar sobre ellas y rodear toda la ciudad isla caminando sobre éstas. Motecuzoma Shocoyotzin les estaba demostrando a todos los pueblos vecinos, aliados, subyugados y enemigos por qué había sido electo el huey tlatoani.

Esa misma noche Cuitláhuac se encontraba reunido con cuatro de sus mejores amigos: Ueman, Shiuhcóatl, Ocelhuitl y Tepiltzín. Hombres con los que había compartido su infancia, su paso por el Calmecac y su entrenamiento en el ejército. No obstante, sus relaciones en la adolescencia habían sido bastante complicadas. Ocelhuitl y Ueman se habían distanciado ocho años por severas diferencias entre ellos: bastaba con que uno de ellos dijera algo para que el otro lo contradijera al instante. Tepiltzín se había peleado a golpes con cada uno de ellos, incluyendo a Cuitláhuac y Motecuzoma, Tlacahuepan y Macuilmalinali. Luego volvía arrepentido ante ellos y les pedía perdón, lo cual siempre conseguía de una u otra manera. Shiuhcóatl era el más sereno y, por lo mismo, indiferente a los ataques de los demás.

Su amistad se reforzó tras los momentos más cruciales en el campo de batalla. Finalmente al borde de la muerte era cuando demostraban su lealtad. Todos ellos fueron testigos de la forma en que decenas de compañeros de guerra abandonaron a lo largo de los años a aquellos que decían que eran sus amigos. La amistad entre Ocelhuitl y Ueman se restableció cuando en una ofensiva contra Hueshotzinco, una flecha le perforó una mejilla a Ueman. Ocelhuitl dejó caer su escudo y su macahuitl para levantarlo del piso y llevarlo cargando hasta un área segura. Cuitláhuac defendió con su macahuitl y escudo a Shiuhcóatl y Tepiltzín en tres ocasiones distintas.

Por todas estas circunstancias, Cuitláhuac creyó prudente presentarles a Ehecatzin; sin embargo, no todos se mostraron complacidos con la amistad del recién nombrado tecutli de

Iztapalapan y un macehuali. Shiuhcóatl fue el único que no despreció a Ehecatzin.

—Me salvó la vida hace varias semanas —dijo Cuitláhuac con orgullo.

Ocelhuitl, Ueman, y Tepiltzín fingieron sus sonrisas. Shiuh-cóatl por su parte agradeció a Ehecatzin aquel acto tan valeroso.

—Por eso perdió la dentadura. Sucedió poco antes de que fuéramos a la campaña contra Nopala e Icpactepec.

—Claro, esa batalla donde Ocelhuitl le rompió la espalda a un soldado con su macahuitl para evitar que te mataran —dijo Ueman.

—No fui yo —aclaró Ocelhuitl—. Fue Tepiltzín.

—Eso qué importa —respondió Ueman algo molesto por la interrupción—. A lo que voy es que entre nosotros nos hemos salvado la vida en varias ocasiones.

—Y eso es lo que nos ha mantenido unidos —interrumpió Cuitláhuac.

—Sí, así es —respondió Ueman, se acercó a su amigo y le habló al oído—. ¿Puedo hablar contigo en privado?

—Sí.

Ambos se alejaron del grupo.

—¿Qué es esto?

—¿A qué te refieres?

—No puedes traer a un macehuali a nuestro grupo de amigos. ¿Tienes idea de lo que van a decir los demás miembros de la nobleza? Lo que seguramente ya están diciendo. Mira a ese hombre. Ve su forma de vestir.

—¿Eso te preocupa?

—Por supuesto.

—Tienes razón. Debí regalarle un penacho de elegantes plumas, algunas joyas y un tilmatli fino.

—¡No! Ve su manera de moverse. No tiene clase.

—Eso se aprende.

—Ya lo dijo Motecuzoma. No podemos ofender a la nobleza trayendo plebeyos entre nosotros. Eso quedó atrás, en tiempos de Ahuízotl.

—Fue mi padre...

—Sí, el que haya sido.

—No. Entiende lo que te estoy diciendo. Ashayacatl, mi padre, fue quien consideró justo que los macehualtin también pudieran aspirar a puestos importantes en el gobierno. Él decía que la nobleza se gana por mérito no por herencia. De él lo aprendí.

—No estoy de acuerdo contigo. Por algo el tlatoani Motecuzoma decidió cambiar esa ley.

—¿Podemos volver con el grupo?

—Sí —Ueman alzó las cejas y los hombros.

—Ehecatzin nos está contando que él siempre quiso asistir el Calmecac —dijo Shiuhcóatl cuando Cuitláhuac volvió.

Ueman, Ocelhuitl y Tepiltzín se miraron entre sí conteniendo sus deseos de reír.

—He decidido enseñarle yo mismo.

Todos cambiaron sus gestos.

—Estoy dispuesto a demostrarle a Motecuzoma que no es necesario ser pipiltin para tener sabiduría, inteligencia, capacidad y lealtad.

—Pensé que esto lo hacías por gratitud hacia... —dijo Ocelhuitl a Cuitláhuac y luego se dirigió a Ehecatzin—. ¿Cómo dijiste que te llamabas?

—Lo hago por muchas razones: la primera gratitud, la segunda lealtad, la tercera deseo de enseñarle y la cuarta mis intensiones de probarle a Motecuzoma, a ustedes y todos los que piensen igual que dividir a nuestra sociedad únicamente provocará más daño.

—Lo que pasó con los miembros del Congreso ya es...

—¡No! ¡No lo pienso olvidar ni ignorar!

—Yo opino que dejemos de hablar de esto —intervino Tepiltzín—. Estamos frente a un macehuali. Todos ustedes saben que está prohibido hablar de política frente a ellos.

—No me importa —continuó Cuitláhuac enfurecido—. Más vale que se hagan a la idea de que de ahora en adelante me van a ver con Ehecatzin todo el tiempo. Me lo pienso llevar a Iztapalapan ahora que sea nombrado tecutli y le enseñaré todo lo que pueda. Y les ordenaré a los sacerdotes y maestros de allá que lo instruyan —Cuitláhuac se dirigió a Ehecatzin—. Vámonos.

—Espera —lo siguió Shiuhcóatl—. No tienes por qué reaccionar de esa manera.

—¿Qué quieres que haga?

—Entiéndelos. No es fácil para ellos. Dentro de unos días cambiarán de opinión. Ya sabes que son necios.

Cuitláhuac siguió su camino.

—Mi señor —dijo Ehecatzin cuando ya se habían alejado del grupo—, lo mejor será que me vaya a mi casa.

—Ya te dije que no me llames «mi señor». Soy Cuitláhuac. Y tú no te vas a ir a tu casa. Estás viviendo en mi casa con tu familia y cuando sea jurado tecutli de Iztapalapan se irán conmigo.

Ehecatzin hizo una mueca.

—¿Qué fue eso? —preguntó Cuitláhuac.

—Pues que...

—También piensas como ellos... —lo interrumpió.

—Sí —admitió con franqueza—. Creo que lo está haciendo para contradecir a su hermano... Además no tengo deseos de estar con sus amigos.

Cuitláhuac sonrió.

—Tenía razón... —dijo Ehecatzin al mismo tiempo que se rascaba la ceja derecha y hacía una mueca.

—No. Me da gusto que seas sincero.

—Son demasiado soberbios.

—Sí. Es uno de los peores defectos de la nobleza.

—Me voy con mi esposa.

Cuitláhuac asintió con preocupación, a pesar de que aquella noche había un gran número de tropas vigilando toda la isla. Más tarde se reunió con sus amigos quienes evitaron hablar de Ehecatzin. Luego, de acuerdo al protocolo, fueron a dar sus discursos de felicitación al huey tlatoani, quien se encontraba sentado rodeado de los dignatarios de todos los pueblos vasallos, aliados y enemigos. A sus espaldas, se encontraba el Coatépetl.

Lo que más les sorprendió fue escuchar las palabras de Cuitlalpitoc, Opochtli y Tlillancalqui, quienes en los últimos días habían expresado abiertamente su inconformidad ante la elección de Motecuzoma.

—Mi señor —dijo Opochtli arrodillado con la cabeza en el piso—. Siempre supe que usted era el mejor candidato para dirigir a nuestro pueblo. Sé que sabrá llevarnos por el camino de la victoria ante todas las guerras a las que iremos. Dormiremos tranquilos sabiendo que tenemos quien cuide a nuestros abuelos, nuestras madres, esposas e hijas. Usted sabrá educar a nuestros jóvenes y dar el mejor consejo en caso de que faltemos...

—Vaya capacidad para fingir —bisbisó Ocelhuitl muy cerca de Ueman.

—Qué buen discurso —bromeó Ueman en voz baja—. Ya no podré decir lo mismo.

—Todos decimos lo mismo —susurró Tepiltzín con cinismo.

—¿Ustedes también están en contra de Motecuzoma? —preguntó Cuitláhuac.

—No —Ueman se encogió de hombros—. A mí no me molesta ni me entusiasma.

Shiuhcóatl, Ocelhuitl y Tepiltzín rechazaron aquella acusación.

—Estamos bromeando —se excusó Ocelhuitl en voz baja.

—Este no es el lugar ni el momento para bromear. No quiero volver a escuchar algún comentario como esos. ¿Entendido?

Los cuatro asintieron. Y las personas que estaban alrededor se percataron.

—¿Qué será de Tenochtítlan si le faltara su tlatoani? —continuó Opochtli con su discurso.

Poco después de la media noche terminaron los discursos y comenzaron las danzas y los banquetes por toda la ciudad.

Esa noche Macuilmalinali volvió a emborracharse. La diferencia fue que el cihuacóatl se encargó de sacarlo del Recinto sagrado antes de que perdiera el juicio. Cuitláhuac fue testigo de aquella maniobra perfectamente disimulada. Cuatro miembros de la nobleza estuvieron con él la mayor parte del tiempo y lo fueron guiando hasta la salida, de manera que nadie se percató.

—Cuitláhuac —dijo de pronto Tlilpotonqui—, ¿podrías acompañarme uno momento?

Aquella invitación hizo que Cuitláhuac dudara por un instante. Sin embargo evitó contradecirlo y lo siguió hasta Las casas de las águilas.

—Tengo entendido que fuiste víctima de un ataque —dijo el cihuacóatl.

Aunque Cuitláhuac había mantenido el incidente en secreto, era inevitable que tarde o temprano él o el tlatoani se enterara.

—Sí... —trató de inventar una coartada—. Estaba...

—Bebiendo... —Tlilpotonqui lo interrumpió.

Cuitláhuac tragó saliva y eludió la mirada de su interlocutor.

—¿Tienes idea de por qué fuiste agredido?

—No. Estaba demasiado ebrio.

—Sabes que eso es motivo para que te encarcelen. Eres el hermano del tlatoani y tienes que dar un buen ejemplo. Especialmente si dentro de poco serás jurado señor de Iztapalapan.

—Lo entiendo y le pido perdón por mi mal comportamiento.

—¿Sabes quién te defendió?

Cuitláhuac guardó silencio por un instante. Creía saber a dónde iba aquella conversación.

—Fue uno de mis sirvientes.

—¿Tu sirviente?

—Sí. Le pedí permiso al huey tlatoani de llevármelo a mi casa ya que destituyó a toda la servidumbre.

—Te lo llevaste antes de que Motecuzoma tomara esa decisión.

—Sí, lo sé. Ya lo conocía y desde entonces creí que era un sirviente muy eficiente.

—¿Por qué? ¿Qué te hizo creer eso?

—Lo vi. Es obediente y hace lo que se le pide con prontitud.

—Todos los sirvientes son obedientes.

—Pero no son tan eficientes.

—¿Tanto como para espiar a otros...?

—No sé de qué me está hablando...

—¡Sí! Sí sabes de qué te estoy hablando, Cuitlahuac. Ese hombre estaba escuchando una conversación de Aztamecatl la noche en que estábamos velando al tlatoani Ahuízotl. No pretendas engañarme. Tengo muchos años en el gobierno. Yo lo sé todo. ¿Lo entiendes? Yo —se señaló así mismo con el dedo índice—, yo sé más que el mismísimo tlatoani. Yo le enseñé a Tízoc, a Ahuízotl y ahora le voy a enseñar a gobernar a Motecuzoma. No pretendas burlarte de mí.

—Lo siento —Cuitláhuac agachó la cabeza.

—Ahora dime, ¿qué fue lo que ese hombre escuchó?

—No lo recuerdo.

—Me estás colmando la paciencia.

—Dijo que... Macuilmalinali le dijo que ya estaba enterado. Y Aztamecatl, le respondió que no tenía idea de lo que estaba diciendo. Que se mostró preocupado y que miraba con insistencia a otros dos hombres...

—Los que lo asesinaron.

—Supongo que sí.

—¿Ese hombre vio a los que mataron a Aztamecatl?

—Me dijo que sí, pero no los conocía.

—¿Qué más te dijo ese hombre?

—Que Macuilmalinali le reclamó su traición y que Aztamecatl se justificó con que ya todo estaba dispuesto y que no había forma de cambiar nada. Agregó que eran órdenes del cihuacóatl.

—¡Eso es mentira! —Tlilpotonqui se mostró enojado.

—Sólo estoy repitiendo lo que Ehecatzin me informó —Cuitláhuac dio un paso atrás.

—Aztamecatl pensaba votar por Tlacahuepan —Tlilpotonqui dio un paso hacia Cuitláhuac.

—¿Tlacahuepan? —Cuitláhuac dio otro paso atrás.

—Aztamecatl te prometió que votaría por ti, y lo mismo le dijo a Macuilmalinali y a Motecuzoma. Pero siempre estuvo dispuesto a votar por Tlacahuepan.

—No sabía eso.

—Nadie lo sabía, sólo yo.

—¿Y usted cómo lo sabe?

—Soy el cihuacóatl —infló el pecho—. Yo lo sé todo.

—¿Está insinuando que Tlacahuepan es...?

—No.

—¿Entonces?

—¿Qué es lo que estás buscando al proteger a ese macehuali? —el cihuacóatl dio otro paso hacia su interlocutor.

—Eso —Cuitláhuac estuvo al borde de dar otro paso hacia atrás pero se abstuvo de seguir con aquel ritual y se mantuvo firme—. Protegerlo. Su vida corre peligro.

—¿Ya le informaste de esto a Motecuzoma?

—No.

—¿Por qué?

—Porque no sabía cómo decírselo.

—¿No sabías cómo o si decírselo? —se acercó más.

—Necesitaba... Necesito más información para poder hablar con el tlatoani sobre este tema.

—Tu obligación era informarme a mí desde el primer día. Porque entonces no había tlatoani.

—Perdón.

—¿Tienes idea de quién mandó matar a Aztamecatl?

—No.

—Fue Motecuzoma.

15

Martes 26 de junio de 1520

ADEMÁS DE CHIMUELO, quejumbroso. Soy el huey tlatoani y tengo derecho a roncar todo lo que me dé la gana.

¿De qué te ríes, viejo chimuelo?

Deja de perder el tiempo, vamos a continuar con lo que dejamos pendiente.

¿Escuchaste lo que dije hace un instante? «Soy el huey tlatoani». Vaya ironía. Cuando era joven soñaba con serlo. Muchas veces imaginé el instante en que sería electo: todos votarían por mí, y el día de la jura yo los vería desde la cima del Coatépetl, alzaría los brazos y el pueblo meshíca me aclamaría, después llegaría la gran celebración. De lejos el poder se vislumbra paradisiaco. Entre más se acerca uno, más engañoso se vuele ese espejismo.

Poco antes de la muerte de Ahuízotl, todos esos sueños de adolescente ya se habían desvanecido. Creía que estaba consciente de la realidad. Además de que la competencia estaba muy reñida, aún no comprendía bien cómo funcionaba la política. Y cuando Motecuzoma fue nombrado huey tlatoani mis probabilidades de ser señor de Tenochtítlan se esfumaron para siempre, al menos eso creí. Nunca más volví a pensar en ser tlatoani. Estaba seguro de que si mi hermano moría antes que yo, seguramente elegirían a alguien más joven.

Jamás imaginé que nuestras vidas cambiarían de forma tan drástica. A pesar de que estuvimos enterados de la llegada de los barbudos a las costas mayas desde el año Seis Caña (1511), ninguno de nosotros pensó que nos invadirían. En aquellos años se hablaba de un par de náufragos, entre los cuales se encontraba Jeimo Cuauhtli, que se habían quedado a vivir con los mayas. Se decía que eran amigables y que incluso se habían casado con mujeres de aquella región.

Ahora... ahora no puedo creer lo que estamos viviendo. Hay muchísimas cosas que no logro asimilar. Desde que Malinche nos encerró en Las casas viejas me he estado preguntando día y noche qué va a ocurrir con nuestra ciudad, con nuestra gente, nuestros abuelos, nuestros hijos, nuestros nietos. Ya nada será igual. Decir que vamos a rescatar Tenochtítlan me parece demasiado optimista. El gobierno y la lucha por el poder no funcionan de esa manera. Estamos ante un enemigo astuto y seductor. Mucho más de lo que imaginamos. Malinche ya demostró que puede conseguir refuerzos y alianzas.

Antes de la llegada de los extranjeros a Meshíco, yo estaba seguro de que podría tomar mejores decisiones que mi hermano. Ahora que estoy en su lugar, entiendo cuán equivocado estaba. Motecuzoma logró mantenerse al margen, fue cauteloso, evitó el derramamiento de sangre. Sabía que no debía poner en peligro a las tropas tenoshcas frente a un ejército cuyas armas y estrategias bélicas desconocía. Ahora siento que no puedo con esta carga. Me faltan muchos capitanes, soldados, amigos, hermanos, aliados. Por más que pienso en una táctica para acabar con los extranjeros no logro conseguirla. Sus armas son mucho más poderosas que las nuestras, sus estrategias de guerra son aún desconocidas para los meshícas. Nadie sabe dónde va a caer el disparo.

Desde que Malinche me liberó, no he hecho otra cosa que pensar en la manera de combatirlos. Cada vez duermo y como menos. ¿Quién mejor que tú para comprender esto, tlacuilo? En estas condiciones el hambre se ahuyenta. Pienso en Motecuzoma y todos los que murieron ahí dentro. Me duele. Yo que fui tecutli de Iztapalapan, jamás imaginé que ser huey tlatoani de Meshíco Tenochtítlan fuese tan agotador. Todavía el día en que me nombraron huey tlatoani pensé que haría un cambio. A pesar del dolor, incertidumbre e impotencia que sentía creía que no todo estaba perdido. Había mucha melancolía entre la gente del pueblo. Muchos ni siquiera estaban enterados de que Malinche me había liberado. La vigilancia en la isla los tenía agotados. Además, no podíamos hacer alarde de mi elección, como había ocurrido en las anteriores.

La ceremonia se llevó a cabo en el recinto de los guerreros ocelote, en privado. Dos de los pipiltin se acercaron a mí y me cortaron el cabello, me perforaron el labio inferior, me pusieron un bezote de oro; luego me perforaron la nariz para colocarme una piedra hecha de fino jade, y finalmente me hicieron dos perforaciones más en las orejas, para unos pendientes de oro. Después pusieron sobre mis hombros la manta adornada con cientos de piedras preciosas y las sandalias doradas que habían puesto a Motecuzoma. La costumbre era que estas prendas debían ser hechas especialmente para el tlatoani, pero debido a la situación en la que nos encontrábamos decidimos utilizar los atuendos de mi hermano, que se encontraban en Las casas nuevas.

Uno de los pipiltin roció el incienso sagrado sobre mí al mismo tiempo que dijo:

—Tecutli Cuitláhuac, hijo de Ashayacatl, te proclamo huey tlatoani de Meshíco Tenochtítlan, para que lo escuches y hables por él, cuides de cualquier peligro, y defiendas su honor de día y de noche.

Entonces puso en mis manos el pebetero; yo me dirigí al brasero y esparcí el incienso. Otro de los miembros de la nobleza se acercó a mí y me dio tres punzones con los cuales me sangré las orejas, los brazos, las piernas y las espinillas para derramar mi sangre sobre el fuego. Concluimos aquella breve y silenciosa ceremonia con la ofrenda de las codornices a los dioses. Cada uno de los pipiltin me entregó un ave y yo les rompí el pescuezo y derramé su sangre sobre el fuego.

De acuerdo con la costumbre, debíamos subir al Coatépetl, donde ellos me despojarían de mis ropas, excepto del mashtlatl, y yo permanecería en meditación —comiendo y bebiendo una vez al día— en un cuarto hasta el día de mi presentación ante el pueblo y con un gran mitote. Pero no había tiempo. Debíamos mantener la guardia, organizar las tropas y conseguir alianzas con otros pueblos.

Entonces llamaron a los tenoshcas que no estaban vigilando Las casas viejas para hacerles el anuncio. Pronto el Recinto sagrado se llenó como en tiempos pasados. Pero en esa ocasión no hubo fiesta. La gente se veía cansada, triste, frustrada, enojada. Todo era tan extraño. Ni siquiera yo acababa

de creer lo que estaba sucediendo. Ya era el huey tlatoani
y seguía sintiendo que era tan sólo un miembro más de la
nobleza tenoshca. Me sentía como un usurpador, un traidor
a mi hermano...

—¡Meshícas! —dijo Tzilmiztli—. ¡Los hemos llamado para
informarles que Motecuzoma ha renunciado!

Hubo mucho silencio por un instante. De pronto las voces
comenzaron a escucharse. No entendíamos nada, pues eran
miles, pero estoy casi seguro de que estaban juzgando a mi
hermano, lo cual me generó un abatimiento incontenible.
Sentía una obligación con él, por su memoria. Se estaba convirtiendo ante a mis ojos en el tlatoani más odiado de nuestra
historia. También sabía que, si intentaba defenderlo en ese
momento, corría el riesgo de que el pueblo no me aceptara.
Yo no estaba ahí para imponer mis creencias, sino para defender a Meshíco Tenochtítlan.

Tzilmiztli alzó los brazos para que el pueblo se callara:

—¡Por ello hemos elegido a Cuitláhuac como nuevo tlatoani!
—continuó.

Todos permanecieron en silencio. Me miraron con atención y dudas.

—¡Él nos guiará en esta guerra contra los barbudos! ¡Él
logrará sacarlos de nuestras tierras!

Era una carga enorme la que Tzilmiztli me estaba colocando
sobre la espalda. Una carga que ahora no estoy muy seguro
de poder soportar. Mi cuerpo no responde a los fomentos
que el chamán mandó para que me lo aplicara en la piel, en
las mañanas, en las tardes y en las noches. Por más que me da
a beber esos caldos que preparan con harto esmero no logro
sentirme mejor.

—¡Cuitláhuac ha demostrado ser un hombre valeroso!...
—Tzilmiztli dio así un discurso sobre mis virtudes que creí innecesario en esa ocasión.

En el pasado, los discursos duraban todo el día y la gente se mantenía en silencio, con respeto. En esa ocasión sentí que era un desperdicio de tiempo. No estábamos en una celebración. Yo no podía concentrarme en algo así. Mi mente estaba en Las casas viejas. Aún conservaba la esperanza de poder rescatar a Motecuzoma, los señores de Tlatilulco, Tlacopan, Acolhuacan y los miembros de la nobleza. Entonces lo interrumpí, algo que jamás había ocurrido y que, por supuesto, nadie esperaba.

—¡Le ofrezco disculpas a Tzilmiztli, hombre sabio y honesto, pero ahora no tenemos tiempo para halagos; lo que nos debe preocupar es la estrategia que debemos abordar para combatir a los invasores!

En ese momento la gente me ovacionó. No lo esperaba. Por un momento me dejé llevar por ese instante de gloria, pero pronto comprendí que estaba cometiendo un grave error. Entonces alcé los brazos para que la gente se callara.

—¡No debemos festejar antes de tiempo! ¡Nuestros hermanos siguen ahí adentro, rehenes de Malinche!

La gente se mantuvo en silencio. No sé si se debió a lo que dije o que obedecieron cuando les dije que no era tiempo de festejar.

—¡Ellos siguen ahí! ¡Los invasores se han adueñado de nuestra ciudad! ¡Ya no tenemos tiempo! ¡Es hora de acabar con ellos! ¡Mañana mandaré embajadas a algunos pueblos vecinos y trataré de hacer alianzas para traer refuerzos! ¡Mientras tanto es indispensable que vayan a sus casas y fabriquen el mayor número de armas! ¡Consigan piedras, leña, lo que sea que pueda servir para defenderse! ¡Si saben de algún traidor o intruso no tengan misericordia: mátenlo! ¡Aquí no hay lugar para los traidores! ¿Me escucharon? ¡Quienquiera que esté ahí, si piensa ir a informarle a Malinche, sepa que no logrará vivir por mucho tiempo, los vamos a encontrar!

Hubo otra ovación. Alcé los brazos para callarlos.

—¡No bajen la guardia! ¡Mataremos de hambre o en combate a esos intrusos! ¡Ya no intenten capturarlos para llevarlos a la piedra de los sacrificios! ¡A ellos no les importa matar a quien se encuentre frente a ellos! ¡A nosotros tampoco! ¿Lo entendieron? ¡Sin clemencia! ¡Acaben con ellos! ¡Debemos estar listos, pues en cualquier momento intentarán salir! ¡De día o de noche!

Al terminar me dirigí a Las casas nuevas con los pipiltin. Mucha gente seguía ahí, lo cual dificultó nuestro paso. Ancianos y mujeres se acercaron a mí:

—Mi señor le ruego que me ayude, no puedo encontrar a mi hijo...

—No tenemos nada para comer...

—Mi esposo está muy herido...

—Tengo una hija enferma...

—Nos han robado todo...

—Yo ya no puedo caminar...

—Mi hijo recién nacido perdió las piernas en la noche del Toshcatl, mírelo...

Aquello fue devastador. El llanto en sus rostros me destrozó. Jamás había visto tanta tragedia en nuestra tierra. Les prometí que los ayudaría, sabiendo que no podría cumplir con sus demandas, sólo para tranquilizarlos, para darles un poco de paz.

Cuando llegué a Las casas nuevas me encontré con mis concubinas. Casi todas llegaron al Coatépetl cuando se hizo el llamado, pero no pude atenderlas ni saludarlas. Había muchísima gente; además, no era ni el momento ni el lugar adecuado.

Al llegar a otra de las habitaciones, hablé con ellas y les advertí de los peligros que corrían y les expliqué lo que debían hacer a partir de ese momento.

—Me han informado que los extranjeros están abusando de las mujeres. Por ello no deben salir de aquí. Mandaré una tropa para que vigile la casa. En cuanto Malinche se enteré de que soy el nuevo tlatoani intentará aprehender a alguna de ustedes para repetir su estrategia. Y probablemente intente torturarlas para que me delaten. Obedezcan mis órdenes: no salgan de aquí. No importa si uno de mis hijos está muriendo.

Todas me miraron con tristeza. Tres de ellas comenzaron a llorar.

—¿Qué está sucediendo con ustedes? ¡No es momento para llorar!

—Yólotl... —dijo Xochiyetl con las mejillas empapadas—. A ella la... —no pudo terminar de hablar, pero para mí fue suficiente para comprender lo que ella pretendía anunciarme.

—¿Quién fue?

—Hace unos días... —continuó Tonalna con más serenidad que las demás—. Ella fue a Las casas viejas y pidió que la dejaran hablar con usted o con Motecuzoma. Los soldados de la puerta le permitieron entrar únicamente para abusar de ella. Fueron tantos que ella no pudo resistir y se desmayó. Al terminar los soldados la lanzaron a la calle.

No pude contener mi rabia y grité repetidas veces:

—¡Los voy a matar! ¡A todos! ¡Acabaré con ustedes, perros desgraciados! ¡Los voy a matar! ¿Dónde está ella?

—En aquella habitación.

Entré a la habitación, la abracé y ella se desbordó en llanto.

—¡Mi señor, perdóneme! ¡Yo!...

—No digas más —la callé empujando su rostro con mi mano hacia mi pecho.

Mientras acariciaba su cabello yo también comencé a llorar. Lloré por ella, por Motecuzoma, por todos los que habían muerto días atrás, por las mujeres que también estaban sufriendo, por los niños huérfanos, por los abuelos indefensos, por la hambruna de nuestro pueblo, por la impotencia y por la incertidumbre.

Cuando Yólotl se tranquilizó, la llevé a su petate y la acosté. Permanecí de rodillas frente a ella por otro largo rato y cuando estuve a punto de retirarme, ella susurró:

—No me abandone... Por lo menos esta noche no, se lo ruego, mi señor.

Me recosté junto a ella y la abracé. Pensé que me sería imposible dormir, pero me llevé una gran sorpresa al despertar. No me di cuenta del momento en el que me quedé dormido. Yólotl dijo que apenas la envolví en mis brazos me perdí en un sueño profundo. No había dormido una noche completa desde que Malinche nos encerró.

—Debo irme —le dije a Yólotl aún acostado junto a ella. Todavía estaba oscuro.

—Ya no lo voy a volver a ver —dijo sin mirarme.

—No digas eso.

—Lo sé.

Me puse de pie y caminé a la salida. En la otra estancia, dos concubinas seguían despiertas. Platiqué con ellas. Me informaron sobre el estado de mis hijos y nietos: los mayores estaban en el ejército y los menores en el Calmecac. Las mujercitas estaban haciendo labores de cocina para alimentar a las tropas. Todos dispuestos a defender a nuestro pueblo con sus vidas.

—Ya me voy —dije minutos después.

—¿Quiere que lo acompañemos? —preguntó una de ellas.

—No —respondí—. Vayan a dormir.

—Pero...

—Es una orden. Sigan mis instrucciones. No salgan de aquí por ningún motivo. Cualquier cosa que necesiten, los soldados se lo traerán. Cuiden mucho a Yólotl —luego las abracé y salí.

Afuera se encontraba una tropa custodiando la casa. Dos de ellos me acompañaron al recinto de los guerreros águila, donde aún había mucha gente despierta. Seguían organizando las tropas y alimentando a los soldados que habían permanecido en guardia. Al entrar a la sala principal, encontré a ocho pipiltin alrededor de un hombre de rodillas, a quien no reconocí, pues su rostro estaba cubierto de sangre. Justo en ese momento uno de ellos le propinó tan fuerte golpe en el abdomen que lo derribó.

—¿Qué está sucediendo?

—¡Descubrimos que Cozcaapa es uno de los espías de Malinche!

—¿Cómo lo saben?

—Uno de nuestros soldados lo vio hablando en secreto con un tlashcalteca.

—¿Es cierto eso? —caminé hacia el acusado.

Entonces lo reconocí. Cozcaapa y yo nos conocíamos desde la infancia. Sabía perfectamente que él jamás había estado de acuerdo con la forma de gobernar de Motecuzoma. Y aunque exhorté a mi hermano a que lo sacara del gobierno, él insistió en que por ser miembro de la nobleza merecía permanecer, lo cual siempre provocó largas discusiones entre nosotros. Siempre le di muchas razones por las que los cargos en el gobierno debían ser asignados por méritos y no por linaje.

—Te hice una pregunta, Cozcaapa —me agaché para verlo a los ojos.

—Es falso —dijo, y su boca salpicó un poco de sangre sobre mi antebrazo.

—¿Quién es el soldado que lo descubrió? —me dirigí a los pipiltin.

—Fui yo, mi señor —dijo al mismo tiempo que se arrodilló ante mí.

—Dime con exactitud lo que viste.

—Estaba vigilando la orilla del lago, como se me asignó, cuando de pronto vi una sombra a lo lejos. Se movía con agilidad. Caminé en esa dirección, evitando ser descubierto. En ese instante llegó una canoa, de la cual bajó un hombre. Logré escuchar que le decía que avisaría a su señor en Tlashcalan. Entonces él —señaló a Cozcaapa— caminó de regreso a Tenochtítlan y el otro se subió a su canoa.

—¿Qué hiciste?

—Lo seguí hasta su casa.

—¿Y el otro hombre?

—Lo dejé partir.

—¿Por qué?

—Por un momento pensé en dispararle una flecha al de la canoa, pero corría el riesgo de fallar. El meshíca se daría cuenta y volvería para atacarme. Además sabía que de cualquier manera esperaban al tlashcalteca en su ciudad, y si no llegaba, sería una clara evidencia de que los habíamos sorprendido. Concluí que sería más útil seguir al traidor.

—¿A dónde se dirigió?

—Aquí. Así que en cuanto vi que se acercó al recinto, le grité a los soldados que hacían guardia que él era un traidor.

—¡Todo eso es mentira! —gritó Cozcaapa—. ¡Tú eres el traidor! ¡Yo te descubrí hablando con el tlashcalteca a la orilla del lago! ¡Yo venía a denunciarte! ¡Me perseguiste por un largo rato y cuando viste que estaba cerca gritaste: traidor, ahí está un traidor!

—¡Tú sabes que digo la verdad! —gritó el soldado.

—¡Te voy a matar! —le respondió.

—¡Ya cállense! —grité—. ¡Arresten al soldado!

—¿Por qué? —preguntó el soldado—. ¡No! ¡Yo no soy un traidor! ¡Cumplí con lo que se me ordenó!

No teníamos forma de comprobar cuál de los dos decía la verdad. Si arrestaba al soldado, los demás ya no buscarían a los traidores y mi credibilidad se derrumbaría.

—He ordenado que te arresten por faltar al respeto a tu tlatoani —luego me dirigí al resto de los pipiltin—. Hagan público el motivo por el cual lo mandé arrestar y llévenselo a la prisión.

Después caminé hacia Cozcaapa y lo miré directo a los ojos.

—Dame una prueba de que lo que dices es verdad.

—No la tengo —levantó la mirada con soberbia—. Él tampoco. Y si usted me mata sin pruebas, todos sabrán de su injusticia.

—Tienes razón. No te voy a matar, te voy a encerrar por faltarme al respeto.

—Acepto mi castigo por levantar la voz frente al tlatoani. Asimismo exijo mi liberación en cuanto se cumpla el plazo estipulado por las leyes tenoshcas.

—No te aproveches de la situación.

—No lo hago. Reclamo justicia. Sólo eso.

—Te conozco desde que éramos niños, Cozcaapa. Sé que eres un hombre muy inteligente y que siempre estuviste en contra de la elección de Motecuzoma. Escuché muchas conver-saciones tuyas en las que criticabas arduamente las decisio-nes de mi hermano.

—No lo niego. Jamás he sido un lambiscón. Digo lo que pienso con honestidad. ¿O es que acaso está prohibido expre-sar lo que uno piensa? Si es así, obedeceré y nunca más diré algo en contra del gobierno.

—Se cumplirá de acuerdo a las leyes el castigo por haber faltado al respeto al tlatoani. Mientras tanto, se llevará a cabo una investigación y si se consiguen evidencias, yo mismo te cortaré la garganta. Y lo haré muy lentamente, con tus muje-res e hijos presentes.

Ordené que se lo llevaran a la prisión y me dirigí al resto de los pipiltin.

—Necesitamos enviar embajadores a los pueblos vecinos para que soliciten ayuda.

Hubo un silencio. Todos ellos se miraron entre sí.

—Dudo que acepten —respondió temeroso uno de ellos.

Me quedé pensativo. No era necesario preguntar por qué.

—Iré yo mismo.

—¿Cuándo?

—No lo sé. ¿Tenemos soldados suficientes para contener una embestida de los barbudos?

—Sí.

A partir de entonces todas las decisiones que debí tomar se tornaron cada vez más difíciles. Siempre había un obstáculo, otra alternativa, una duda, un rechazo. Sabía que debía solici-tar auxilio de los pueblos vecinos, pero no podía abandonar la ciudad en medio de esa crisis. Cualquier cosa podría suceder en una mañana o una tarde.

—Entonces pospondré mi visita a los pueblos vecinos. ¿Quiénes están preparando los alimentos que le llevan a Motecuzoma?

Muchos se quedaron sorprendidos.

—Les hice una pregunta.

—Sí, sí —respondió uno de ellos—. Sólo que estábamos hablando de la visita a los pueblos vecinos y esto de la comida de Motecuzoma no tiene relación.

—Motecuzoma me ordenó que cuando estuviesen las tropas listas para atacar a los invasores les enviara sus alimentos envenenados.

—¿Él dijo eso? —preguntó uno de ellos.

—Yo creo que esto fue un ardid de Cuitláhuac para arrebatarle el gobierno a su hermano —dijo en voz baja otro.

—Tienes razón en dudar —caminé hacia él—, pero créeme que fue muy difícil escuchar eso de mi hermano y aún más obedecer.

—Yo no estoy de acuerdo —alegó otro—. No pienso asesinar al huey tlatoani Motecuzoma.

—¡No tenemos otra opción! —habló otro—. ¡De cualquier manera Malinche lo matará!

—Yo sí le creo a Cuitláhuac.

—Lo siento mucho —intervine antes de que la discusión subiera de nivel—, pero ésta no es una decisión que se pueda poner a votación. Es una orden de mi hermano y debemos obedecerla. Vayan por las mujeres encargadas de la comida de Motecuzoma y tráiganmelas.

16

IZTAPALAPAN —situada en la orilla del lago de Teshcuco, construida parcialmente en el agua, igual que Meshíco Tenochtítlan, con quince mil habitantes y con Chalco y Shochimilco como vecinos— prometía un gobierno bastante tranquilo para su nuevo tecutli.

Comparada con la jura del tlatoani de Meshíco, la del tecutli de Iztapalapan fue una celebración casi imperceptible en el valle del Anáhuac. Aunque se enviaron invitaciones a todos los pueblos, fueron muy pocos los que asistieron, y en su mayoría tetecuhtin de pueblos pequeños.

Al finalizar la celebración, Motecuzoma se despidió de Cuitláhuac en privado. Le aconsejó sobre la forma de gobernar y le pidió lealtad.

—La tienes, hermano, lo sabes bien —dijo Cuitláhuac.

—Háblame sobre Ehecatzin...

Cuitláhuac no supo qué responder en ese momento.

—Esperaba que me contaras todo, pero también comprendí que tenías motivos para callar.

—Le quiero enseñar a elaborar los libros pintados.

—Háblame con la verdad.

—Es mi protegido.

—¿Por qué?

—Él vio cuando mataron a Aztamecatl y por ello poco después mataron a dos de sus hijos… —Cuitláhuac permaneció en silencio por un instante, con la cabeza agachada—. Fue mi culpa —cerró los ojos para evitar que su hermano notara que estaba a punto de llorar—. Eran unos niños indefensos de cinco y siete años. Si yo no le hubiese pedido que fuese a espiar a Aztamecatl nada de eso habría sucedido.

—¿Ya sabes quién mató a Aztamecatl?

—No —respondió Cuitláhuac y luego se quedó pensativo—. ¿Confías en mí?

—¿Crees que te habría nombrando tecutli de Iztapalapan si no te tuviera confianza?

—Podría ser para callarme.

—Si quisiera callarte te mataría. O mandaría que te mataran.

—¿Como a Aztamecatl?

—Si yo hubiese ordenado su muerte, tú y Ehecatzin también estarían muertos desde hace mucho. O podría inculparte de la muerte de Aztamecatl, al fin que muchos te vieron hablando con Ehecatzin en el funeral de Ahuízotl. Igualmente te vieron borracho en uno de los barrios y casualmente él te defendió, poniendo su vida en peligro. Tú mismo me confesaste que lo estabas utilizando como espía. En cambio, he fingido no estar enterado de lo que haces todo este tiempo. Y vaya que los chismes llegan pronto. Por si tenías alguna duda también estoy enterado de tu plática con el cihuacóatl.

Cuitláhuac se echó ligeramente para atrás al mismo tiempo que abrió los ojos con asombro.

—Yo...

—Si no quieres decirme nada, lo entenderé... Pero que quede bien claro: no hay necesidad de que mientas.

—Él habló conmigo porque... —inhaló profundo—. Dice que tú mataste a Aztamecatl.

—Lo sé. No eres la primera persona a la que le dice esto. Lo tengo vigilado día y noche. Hay ciertas circunstancias que me están obligando a tomar algunas decisiones... —Motecuzoma miró fijamente a los ojos de su hermano—. Y no sé si debería mantenerte al tanto. Quizá no te interese convertirte en cómplice.

—Prefiero... —tragó saliva—. En esta ocasión prefiero no saber.

—Buena decisión —dijo y caminó a la salida.

Cuitláhuac se limitó a ver a su hermano de espaldas.

Semanas más tarde llegó una embajada de Meshíco Tenochtítlan.

—Mi señor —dijo el embajador tras cumplir con el protocolo—, el huey tlatoani le manda avisar que muy pronto irán a luchar contra los tlashcaltecas y los otomíes. Sin embargo le solicita que no envíe sus tropas pues de acuerdo con los cálculos del tlatoani el número de soldados meshícas y los aliados hueshotzincas y cholultecas será suficiente.

Motecuzoma sentía que había un gran peligro para los meshícas en la alianza de otomíes y tlashcaltecas; por lo tanto había enviado varias embajadas para que sobornaran a los otomíes y traicionaran a sus nuevos aliados, pero no lo consiguió; entonces hizo una alianza con Hueshotzinco y Chololan, la cual, años después, se rompería.

Semanas más tarde llegó una embajada a Iztapalapan para informar que los meshícas habían perdido la batalla contra los cuatro señoríos de Tlashcalan: Ocotelolco, Tizatlán, Tepeticpac y Quiahuiztlán.

—¿Por qué perdieron? —preguntó Cuitláhuac realmente sorprendido.

—Tengo entendido que el número de soldados enemigos los rebasaba.

—¿Por qué? —a Cuitláhuac le pareció una respuesta absurda. Sabía que su hermano jamás tomaba riesgos y que en otras campañas habían llevado el triple de soldados.

—¿Los acompañaron las tropas de Acolhuacan y Tlacopan?

—No.

—Únicamente fueron las tropas meshícas, hueshotzincas y cholultecas?

—¿Los traicionaron los hueshotzincas y cholultecas?

—No.

—¿Quién iba al frente de los ejércitos de Hueshotzinco y Chololan?

—Su hermano Tlacahuepan.

—¿Y qué dice él?

—Murió en la batalla, al igual que su hermano Macuilmalinali.

Cuitláhuac permaneció en silencio.

—También murió el cihuacóatl Tlilpotonqui —continuó el embajador.

—¿Por qué fue el cihuacóatl? Está... estaba demasiado viejo para ir a la guerra.

—No lo sé mi señor. Yo únicamente he venido a informarle que el huey tlatoani solicita su presencia en la ciudad isla Meshíco Tenochtítlan para los funerales.

—Dile que ahí estaré —respondió Cuitláhuac con tristeza.

En el camino, Cuitláhuac analizó todo lo sucedido.

Al llegar a Tenochtítlan las tropas ya habían sido recibidas con tristeza por todo el pueblo. Los sacerdotes se habían desanudado las trenzas, los soldados veteranos se vistieron como macehualtin. Los heridos y muertos habían sido colocados en el Recinto sagrado. Cuitláhuac se encontró con sus amigos, Ocelhuitl, Tepiltzín, Shiuhcóatl y Ueman, quienes habían ido a la batalla.

—¿Qué fue lo que sucedió? —les preguntó.

—Estaba el gigante Tlahuicole —explicó Tepiltzín—. En verdad es el hombre más alto de toda la Tierra. Yo apenas le llegaba a la cintura.

—¿Quién estaba con Tlacahuepan?

—Estaba solo —respondió Ueman.

—¿Por qué no lo defendieron?

—Eran demasiados. De pronto lo rodearon como cuarenta soldados. Fue imposible intervenir. Aún así, Tlacahuepan jamás se rindió: luchó con gran valentía. Fue la mejor batalla de su vida. Le cortó los brazos y piernas a muchos, hasta que no pudo más y los enemigos lo destazaron por completo.

—¿Y Motecuzoma?

Ocelhuitl, Tepiltzín, Shiuhcóatl y Ueman se miraron entre sí.

—Ahí estaba... —comentó Ocelhuitl—. Viendo de lejos.

—¿Luego?

—Ya sabes, el protocolo de siempre: revisar a los heridos y curarlos si se puede o matarlos si únicamente les espera sufrimiento.

—Hay rumores de que... —agregó Shiuhcóatl un poco inquieto—. Macuilmalinali herido, pidió ayuda, cuando terminó la batalla... y que Motecuzoma lo mató con su macahuitl...

—Yo no vi nada —aclaró Ocelhuitl—. Sólo te puedo decir que uno de los soldados a mi mando me informó que el tlatoani estaba caminando entre los heridos y los muertos cuando vio a Macuilmalinali en el piso.

—Al parecer —continuó Tepiltzín—, Macuilmalinali alzó la mano, solicitando auxilio y Motecuzoma respondió rápidamente con el macahuitl. Incluso uno de los soldados le preguntó si ése era su hermano y Motecuzoma lo mató también.

Cuitláhuac permaneció en silencio.

—Finalmente Motecuzoma dio la orden de volver a Tenochtítlan. Entonces un par de mensajeros corrieron a la ciudad para llegar primero y solicitar que, cuando llegáramos, todo estuviese listo para las ceremonias fúnebres. Motecuzoma no habló en todo el camino.

—¿Tú sabías algo de esto? —preguntó Ueman dudoso.

—No —Cuitláhuac se sintió culpable. Sabía que Motecuzoma estaba tramando algo y tuvo la oportunidad de informarse, mas no lo hizo para evitar su complicidad. Sin embargo, en ese momento se sentía igual de cómplice.

Entonces empezó el tiempo de los discursos: Cada uno de los pipiltin habló para todo el pueblo. Motecuzoma permaneció en silencio absoluto. Finalmente, cuando llegó su turno, dijo un poema que había hecho para su hermano, mientras iban de regreso a Tenochtítlan:

¿Acaso algo es verdadero?
¿Nada es nuestro precio?
Sólo las flores son deseadas, anheladas.
Hay muerte florida,
hay muerte dichosa,
la de Tlacahuepatzin e Ixtlilcuecháhuac.

Resplandece el águila blanca.
El ave quetzal, el tlauhquéchol,
brillan en el interior del cielo,
Tlacahuepatzin, Ixtlilcucecháhuac.

¿A dónde vas, a dónde vas?
Donde se forjan los dueños de las plumas,
junto al lugar de la guerra, en el teocali,
allá pinta la gente
ella nuestra madre,
Itzpapalotl, en la llanura.[7]

Jamás se volvió a hablar de las muertes de Tlacahuepan, Macuilmalinali y Tlilpotonqui. Cuitláhuac tampoco se atrevió a preguntarle a su hermano. Los principales detractores de Motecuzoma —Cuecuetzin, Imatlacuatzin, Tepehuatzin, Tlillancalqui, Cuitlalpitoc y Opochtli— cambiaron sus estrategias por completo. Nunca más contradijeron al tlatoani.

7 *Cantares mexicanos*, fol. 70 r.

17

Miércoles 27 de junio de 1520

B IEN SABES, tlacuilo, que la educación en Meshíco Tenochtítlan es muy severa pero la que impuso mi padre a sus
hijos fue aún más. Los castigos eran desaprobados incluso
por la gente más estricta. Si mentíamos, nos perforaba los
labios con espinas muy largas. Cuando robábamos nos daba
de golpes con una vara en las palmas de las manos. Faltarle al
respeto a un adulto era motivo para que mi padre nos azotara
la espalda con una fusta y luego nos enviara a trabajar para
el agraviado hasta que perdonara la ofensa, lo cual podía ser
entre un día o veinte. Incumplir una promesa hizo que, en
una ocasión, mi padre me dejara desnudo en el centro de la
plaza toda una noche, en medio de una tormenta. Yo tenía
siete años. Lloré en silencio toda esa noche, pero debido a la
lluvia no se notó mi llanto.

Motecuzoma siempre fue el más valeroso de todos los hijos de Ashayacatl. De niño jamás se le vio llorar, ni siquiera cuando era castigado. Conforme pasaron los años su valentía se hizo más notoria. Nuestro padre había muerto y el nuevo tlatoani era Tízoc. En el Calmecac se ganó el respeto de los demás desde el principio, lo cual no fue tarea sencilla, pues todos los compañeros le tenían envidia. Aunque cada uno de los hijos del tlatoani generaba celos entre los demás jóvenes de la nobleza, Motecuzoma fue el que más tirria les provocaba. Quizá porque desde entonces ya se percibía su capacidad de liderazgo. Hablaba poco y cuando lo hacía era para dejar callados a muchos. Yo en cambio decía lo que pensaba y por lo mismo me gané la enemistad de muchos, incluyendo tres o cuatro puñetazos en la boca. Mi hermano siempre me regañaba por completar las frases de los demás. «Deja hablar a la gente».

Desde jóvenes se nos enseña a no temerle a la muerte, pero eso no siempre se consigue. Al entrar al ejército Motecuzoma demostró su habilidad con las armas. Mientras todos los jovencitos se atemorizaban en el primer combate, él iba hacia adelante. El temor es incontrolable en algunas ocasiones. Muchos capitanes me han confesado en su lecho de muerte su miedo a morir. Algunos lo manifestaron abiertamente a lo largo de sus vidas. Otros intentaron ocultarlo pero sus acciones los delataron. Mi hermano jamás mostró el más mínimo temor. Y el día en que me dio la orden de que envenenara sus alimentos busqué en su mirada algo de miedo para, por lo menos, con eso tener una justificación para desobedecer. Pero no la encontré. Él estaba dispuesto a dar su vida con tal de acabar con esta invasión. Aunque le pedí que recapacitara, no lo logré. Yo sabía que no lo haría. Cuando tomaba decisiones como esas no había forma de convencerlo de que cambiara de opinión; lo cual no significa que tuviese la razón.

Un claro ejemplo de su obstinación fue cuando exigió que capturáramos al gigante Tlahuicole, capitán de los tlashcaltecas. ¿Lo recuerdas, Tlacuilo? Antes de él jamás se había visto a alguien tan alto y tan fuerte. Diez hombres eran incapaces de derribarlo. Mi hermano se obstinó en capturarlo y llevarlo a las tropas meshícas. Aunque alcanzó su objetivo, aquel hombre jamás luchó con el mismo ímpetu. Un día le rogó entre lágrimas al tlatoani que lo sacrificara, pues ya no podía volver a Tlashcalan. Motecuzoma, al comprender su error, aceptó. Para ello era indispensable que el prisionero entrara en combate con varios guerreros en La Casa de las Águilas, el edificio donde está el adoratorio dedicado al dios Tonatiuh. Si perdía sería llevado a la piedra de los sacrificios para que se le sacará el corazón y fuese entregado en ofrenda a los dioses. Si ganaba, sería liberado y nadie —en ningún pueblo— cuestionaría su honor, lo cual nunca ocurría. Al llegar a la cima del teocali, se le ató un pie a la piedra de combate, de forma circular, superficie plana, de aproximadamente dos metros de diámetro y hermosas figuras labradas, y se le entregó un macahuitl adornado con plumas, sin piedras de obsidiana. Mató a seis guerreros y dejó malheridos a doce; después cayó al suelo cansado de pelear tantas horas. Aún así Motecuzoma no le perdonó la vida.

Mi hermano era riguroso con las leyes y la religión. Lo demostró hasta el final de sus días. Admitió que le había fallado al pueblo meshíca y aseguró que no merecía ser el huey tlatoani. En muchas ocasiones pensé en postergar aquella asignatura de quitarle la vida, pero sabía que al hacerlo demoraría la agonía de Motecuzoma y la liberación de Tenochtítlan.

Fue aún más difícil continuar cuando varios pipiltin me soli-
citaron que desistiera. Escuché decenas de razonamientos,
todos muy válidos, aunque algunos imposibles o absurdos.

—Mi señor, si usted quiere podemos...

—No —les respondí—. Ha llegado el momento.

Nos encontrábamos en Las casas nuevas. Dos ancianas
muy delgadas y con canas tan blancas como las nubes esperaban frente a mí, de rodillas con las cabezas inclinadas como
solían hacerlo ante Motecuzoma.

—Levántense —dije y me arrodillé para ayudarles.

—Muchas gracias —dijo una de ellas muy avergonzada,
pues ningún tlatoani habría hecho algo así.

—¿Cómo se llaman? —pregunté.

—Yohualticitl —respondió la mujer de unas ojeras profun-
das, pómulos exorbitantes y cachetes inexistentes.

—Tzintli —dijo la de la cabellera que le llegaba a los pies.

La alimentación, la salud y la vida de Motecuzoma estuvieron en manos de ellas desde que fue jurado huey tlatoani; y
aunque tenían veinte ayudantes, eran las responsables de garantizar que ningún alimento estuviese envenenado, lo cual no era
tarea fácil, pues a Motecuzoma se le preparaba, todos los días,
un banquete de hasta treinta platillos distintos, de los cuales él
elegía tres y el resto lo entregaba a los miembros de la nobleza.

—¿Y qué es lo que más le gusta comer?

—Tamales —respondieron ambas al unísono.

—¿Cuándo fue la última vez que le enviaron tamales?

—Desde que el tecutli Malinche lo encerró. Mi señor Motecuzoma nos mandó decir que no quería que le hiciéramos
tamales, porque no quería tener un mal recuerdo de ellos.

—¿Están enteradas de que casi no ha comido en los últimos días?

—Sí, lo sabemos bien. Todos los días nos lo cuenta la que le lleva la comida.

—El tecutli Malinche jamás dejará libre a mi hermano.

Las dos ancianas se entristecieron y pronto sus ojos se llenaron de lágrimas. Ellas veían a Motecuzoma como a un hijo.

—Motecuzoma ha decidido morir para rescatar a Meshíco Tenochtítlan.

Tzintli —cuyas manos arrugadas temblaban sin parar— se agachó y su cabellera le cubrió el rostro y el cuerpo por completo. Yohualticitl se tapó la boca con ambas manos mientras sus ojos enrojecidos liberaban dos riachuelos de lágrimas.

—Ay, mi muchacho —dijo Yohualticitl con mucha dificultad. La voz se le cortaba—. Ay, mi muchacho.

—Pidió que le prepararan unos… —no pude completar la frase—. El día de su muerte…

Las dos ancianas se abrazaron. Los pipiltin y yo permanecimos en silencio. De pronto, ambas mujeres se arrodillaron.

—Así lo haremos —dijo Tzintli—. ¿Nos podemos retirar?

—Aún no he terminado de explicarles.

—No hay necesidad —respondió Yohualticitl sin dejar de sollozar—. Nosotras sabíamos que este día llegaría. Cumpliremos con el destino de nuestro amado huey tlatoani Motecuzoma. Le prometemos que no sufrirá.

—¿De qué están hablando? —pregunté confundido.

—La serpiente Nahui-Yakatl (cuatro narices) es la más venenosa de todas —dijo Tzintli al mismo tiempo que se limpió la nariz con su huipil.

Me quedé en silencio por un instante. Las mujeres me observaron, hicieron algunos gestos de lamento y se agacharon.

—¿Cuáles son los síntomas? —pregunté con dificultad.

—Con una dosis triple sentirá entumecimiento, dolor de cabeza, sangrado de nariz y náusea. Será rápido, debido a su estado de salud.

—¿Sufrirá mucho? —me sentí como un estúpido al preguntar esto.

—Su agonía no será mayor que la de vivir preso.

Mis ojos se llenaron de lágrimas. Las dos ancianas se dieron media vuelta y caminaron a la salida sin despedirse. Me sentí avergonzado, como si estuviese planeando un crimen, y no el último mandato del tlatoani. Las vi retirarse y no tuve el valor de darles más indicaciones. Sentí que ellas estaban al mando. Tampoco me atreví a preguntar por qué sabían lo que tenían que hacer ni cuándo sería el momento indicado. Me sentí devastado en ese momento. Nos miramos desconcertados. Ninguno de los presentes se atrevió a romper el silencio. Como si de pronto nos hubiesen quitado la facultad de hablar. Hasta que entró a la sala un informante.

Desde el amanecer me había llamado mucho la atención que los extranjeros no hubiesen salido. Por lo cual ordené que observaran desde los edificios más altos hacia el interior de Las casas viejas. Se me informó que habían permanecido casi toda la noche reparando los muros y construyendo unas paredes altas de madera. El informante no supo explicar qué era.

—Es momento de atacar —dijo uno de los pipiltin.

—¿Para qué los atacamos si no nos están atacando? —respondió Cuitlalpitoc.

—¿Tenemos que esperar a que nos ataquen para responder?

—¡No!, pero…

—Lo mejor es hacerlo ahora que están cansados y heridos.

—Tiene razón —intervine—. Ordenen a las tropas que comiencen el combate. No hay que dejar que el enemigo descanse.

Como en los días anteriores, los soldados atacaron con el mismo arrojo.

—¡Los mataremos a todos! —gritaban unos.

—¡Los sacrificaremos! ¡Les sacaremos los corazones y nos comeremos sus brazos y piernas en chile.

Lanzamos piedras y flechas sin parar, pero los barbudos no se atrevieron a salir.

—¡Sus restos se los echaremos a las fieras del zoológico!

—¡Los mataremos!

En ocasiones se asomaban por las almenas de los muros o las azoteas.

—¡A ustedes, tlashcaltecas, los vamos a engordar, para sacrificarlos poco a poco!

Nadie salió. Al llegar la tarde ordené que cesaran la ofensiva.

—Vayan a tomar un receso —dije luego de un largo rato—. Muchos de ustedes no han dormido bien en muchos días.

Aquella fue una noche muy larga. Aunque intenté dormir no pude dejar de pensar en mi hermano y en lo que tenía que hacer.

18

U N ANCIANO DESCALZO y sin penacho entró lentamente al aula de la escuela para nobles de Iztapalapan. Vestía un humilde tilmatli hecho de manta y tenía su cabellera en una trenza descansando sobre su espalda hasta la cintura. Ehecatzin lo estaba esperando de pie mientras contemplaba las imágenes pintadas en los muros.

—Así que tú eres el elegido —dijo con voz ronca.

Su sombra se pintó en el suelo desde la entrada hasta el muro en el otro extremo del aula.

—Me llamo Ehecatzin —caminó y el sonido rasposo de sus huaraches hizo eco.

—Oh —sonrió alegremente—, por fin encontré a alguien con menos dientes que yo —rió ahogadamente y un ligero silbido salió de su garganta.

Ehecatzin se mantuvo serio.

—Si no te ríes de ti mismo, otros lo harán y con otros humores —mantuvo su sonrisa.

—La gente ya ha comenzado a llamarme «viejo» o «chimuelo».

—Disfrútalo, ¿qué más da que te pongan apodos? Es más, cuando pregunten por tu nombre diles: «Viejo chimuelo». Recordarán eso mejor que tu nombre. ¿Sabías que Nezahual-cóyotl no se llamaba así? Cuando nació le pusieron Acolmiztli. Pero al vivir prófugo, la gente le nombró Coyote hambriento. Algunos dicen que era porque no comía y andaba entre los montes todo el tiempo; otros, aseguran que se refiere al hambre de venganza. ¿Tú crees que a Cuitláhuac le molesta que le digan Excremento divino?

—No —respondió y preguntó—: ¿Y usted cómo se llama?

—Perro enojado.

Ehecatzin sonrió apenado.

—Disculpe.

—A mí me gusta que me llamen así. La gente lo dice con cariño. Si demostrara enfado por esto, entonces la gente lo diría con desprecio u odio.

Ambos se mantuvieron en silencio por un instante. El anciano miró alrededor del aula y suspiró.

—Pues bien. Comencemos —dijo el anciano—. ¿Alguna vez has escuchado la frase «Suya es la tinta negra y la tinta roja»?

—Sí, se utiliza cuando se habla de un sabio o de alguien que sabe elaborar o interpretar los tlacuiloli.

—También les llamamos amoshtli. Cada pueblo, cada gobierno, cada tlatoani tiene su propio tlacuilo que observa y deja plasmado en los tlacuiloli o amoshtli su testimonio. Asimismo, es labor del tlacuilo, memorizar la historia. Pues no todo lo que sucedió está pintado.

El anciano caminó a una repisa y tomó un libro hecho con piel de venado y doblado en forma de biombo. Caminó al centro del aula y lo puso sobre una alfombra de algodón colocada con anticipación, debido a que se la había solicitado a Cuitláhuac.

—Debemos tener extremo cuidado de no maltratarlos —dijo al mismo tiempo que extendía las tiras que alcanzaron más de diez metros de longitud—, pues el tecutli Cuitláhuac los pidió prestados al Calmecac de Tenochtítlan.

—¿Cómo se llama este amoshtli? —preguntó Ehecatzin de rodillas frente al documento extendido.

—Éste es el Tonalamatl (libro de los días). Los dioses se presentan en la Tierra e influyen en todo lo que nos sucede: fuerzas divinas y malignas. Por ello se hizo este libro: para llevar un registro y poder pronosticar algunas cosas. El tonalpouhque (lector del destino) es el único que puede interpretar y predecir qué días son convenientes para los viajes de los mercaderes, para la guerra, para contraer matrimonio, para empezar o terminar los trabajos del campo y para pronosticar el destino de los recién nacidos.

El anciano, Perro enojado, señaló el Tonalamatl con el dedo índice:

—Para entender esto debes saber las dos formas en que se cuentan los días. La primera es por medio del año solar, de trescientos sesenta y cinco días y la segunda es con el ciclo adivinatorio de doscientos sesenta, donde veinte signos de los días se combinan con trece números. Cuando se agota toda posible combinación de los trece números con veinte nombres se cierra la cuenta: trece por veinte igual a doscientos sesenta. De ahí tienen que transcurrir doscientos sesenta días para que se repita la combinación del mismo signo del día con el mismo número. Las veinte unidades de trece días se llaman trecenas.

"Como el ciclo de doscientos sesenta días es más corto que el de un año de trescientos sesenta y cinco días, con un remanente de ciento cinco días, en cada año solar se repiten ciento cinco signos del calendario adivinatorio.

"Sobre la rueda calendárica de doscientos sesenta días, se desliza otra más grande de trescientos sesenta y cinco días. Esas dos ruedas se juntan cada cincuenta y dos años, y es cuando se acaba la posible combinación de los días del ciclo solar con los del Tonalamatl. Ese momento se llama Toximmolpilla (se atan nuestros años). El gran ciclo de cincuenta y dos años contiene setenta y tres ciclos del Tonalamatl. Estos son los veinte días del calendario:

Nombre del día	Deidad asociada
1. Cipactli, «caimán o lagarto»	Tonacatecuhtli
2. Ehécatl, «viento o aire»	Quetzalcóatl
3. Calli, «casa u hogar»	Tepeyóllotl
4. Cuetzpallin, «lagartija»	Huehuecóyotl
5. Cóatl, «serpiente»	Chalchiuhtlicue
6. Miquiztli, «muerte o calavera»	Tecciztécatl
7. Mázatl, «venado»	Tláloc
8. Tochtli, «conejo»	Mayáhuel
9. Atl, «agua»	Xiuhtecuhtli
10. Itzcuintli, «perro»	Mictlantecuhtli
11. Ozomatli, «mono»	Xochipilli
12. Malinalli, «hierba muerta»	Patécatl
13. Ácatl, «caña o flecha»	Tezcatlipoca
14. Océlotl, «ocelote o jaguar»	Tlazoltéotl
15. Cuauhtli, «águila»	Xipe Tótec
16. Cozcacuauhtli, «buitre»	Itzapapalótl
17. Ollin, «movimiento»	Xólotl

18. Técpatl, «cuchillo de pedernal»   Chalchiuhtotolin
19. Quiáhuitl, «lluvia»   Tonatiuh
20. Xóchitl, «flor»   Xochiquétzal

"Estos veinte días se combinan con trece números y se comienza con el nombre «Uno Caimán», «Dos Viento», «Tres Casa», hasta llegar al trece. El signo que sigue «Jaguar», ya no lleva el número catorce sino que vuelve al uno. Es decir que la segunda trecena empieza con el día «Uno Jaguar» y termina con «trece muerte». De ahí que los niños se llamen «Ocho Venado» o «Seis Mono».[8]

«Los años se cuentan por medio de dos ciclos interminables: el primero es contando del uno al trece, y el segundo consta de cuatro signos: tochtli «conejo», acatl «caña», tecpatl «pedernal» y calli «casa». Estamos por terminar un ciclo de trece. El siguiente será Uno Conejo (1506), de ahí sigue: Dos Caña, Tres Pedernal, Cuatro Casa, Cinco Conejo..."

En ese momento entró Cuitláhuac sin ser percibido por el anciano ni Ehecatzin y observó desde la entrada en silencio absoluto. Acababa de llegar de Meshíco Tenochtítlan.

—Éste otro amoshtli —continuó el anciano— trata sobre la peregrinación de las siete tribus nahuatlacas desde Aztlán. Como te darás cuenta, a diferencia del Tonalamatl, éste únicamente tiene dos tintas: la negra para los glifos y la roja para las líneas. Éstos fueron los colores básicos. Debes recordar siempre que al cambiar el color, cambias el significado de la palabra. Todo lo que se halla en los amoshtli tiene la intensión de decir algo, aun el color. ¿Cuántas dimensiones tiene un pliego?

—Dos.

8 Códice Borgia.

—Tres. Llenándolo con los signos se ha añadido la dimensión del tiempo: no hay escritura que podamos leer con una
sola mirada, ya que toda la secuencia de signos despliega su
significado en el tiempo.

”Aquí encontrarás dos tipos de glifos: las imágenes estiliza-
das de los paisajes, personas, animales y los dibujos compues-
tos, cuyos elementos representan sílabas y juntos forman una
palabra. Además hay líneas que unen a los signos entre sí.
Observa esta imagen. ¿Qué es lo que distingues?

—Un árbol sobre un rectángulo con puntos en su interior.

—En realidad es una flor y representa la palabra Xóchitl,
«flor». El rectángulo representa la palabra milli (tierra culti-
vada). Como ya sabes nuestra lengua es principalmente hecha
de palabras compuestas: Xochi-mil-co. Co significa «lugar».

”Los personajes pintados miran a la derecha, miran a la
izquierda y hasta pueden voltear la cabeza, mas nunca miran
de frente, pues es una convención pintarlos a todos de perfil.
Para poder entender a quién se representa en cada imagen debes
poner atención en diversos aspectos. El peinado y el vestido
revelan su género y jerarquía. Observa la primera lámina. El
personaje que aparece, de izquierda a derecha, es una mujer, y
el segundo, como nos muestra su corte de pelo, es un hombre.
Su traje y sus pies descalzos indican que pertenece a la nobleza.
La mujer tiene en las manos un bastón de madera, lo que señala
que se trata de una gobernante. El tercero es un sacerdote; lo
reconocemos porque tiene el pelo largo, atado con una cinta
blanca, y todo su cuerpo está pintado de negro.[9]

En ese momento Cuitláhuac salió del aula, para no interrumpir la clase, aunque ése era su objetivo desde el principio.

9   Tira de la peregrinación.

Había llegado muy entusiasmado de Meshíco Tenochtítlan y quería compartirlo con Ehecatzin.

Esa mañana se había encontrado con su amigo Pitzotzin, uno de los pochteca-tlatoque, que meses atrás le había prometido investigar quién había mandado matar a Aztamecatl.

Ambos abordaron una canoa y remaron hasta el centro del lago donde nadie podría escucharlos.

—No fue sencillo averiguar esto —le advirtió—. Primero, porque cada vez que iba a interrogar a algún conocido, recordaba lo que ese desgraciado le hizo a mi mujer y pensaba que le ibas a hacer justicia.

—Ya te dije que no es por él, sino para hacerle justicia a los hijos de Ehecatzin.

—Sí, ya me lo dijiste varias veces. ¿Qué quieres que haga? Cada quién tiene sus propios rencores.

—¿Entonces?

—Tuve que sobornar a muchas personas, incluyendo a varios miembros de la nobleza.

—¿Cómo justificaste tu interés?

—Les dije que era por el placer de saber quién había matado al cabrón que me había robado.

—¿Eso les dijiste?

—¡Claro! Era la mejor manera de justificarme.

—¿Y te dijeron quién lo mandó matar?

—Sí. Fueron Cuitlalpitoc, Opochtli y Tlillancalqui, que querían incriminar a Motecuzoma. Porque Aztamecatl no deseaba votar por Motecuzoma, sino por Tlacahuepan.

—Pero ellos estaban a favor de Tlacahuepan.

—Así es. Pretendían convencer al cihuacóatl de que Motecuzoma lo había mandado matar, para que él cambiaría su decisión el día de la elección. Pues sabían que Tlilpotonqui pensaba imponer a tu hermano como tlatoani.

—Jamás imaginaron que Motecuzoma destituiría al cihuacóatl.

—Fue cuando estuvieron más convencidos que nunca de que inculpar a Motecuzoma era una buena estrategia. Entonces se reunieron con el cihuacóatl, Macuilmalinali y Tlacahuepan y les propusieron matarlo. Alguien me dijo que pretendían envenenarlo.

—Por eso Motecuzoma los llevó a la batalla contra Tlashcalan con tan pocos guerreros.

—¿Motecuzoma sabe que Cuitlalpitoc, Opochtli y Tlillancalqui lo querían asesinar?

—Lo más seguro es que sí esté enterado —respondió Cuitláhuac.

—¿Entonces por qué los perdonó?

—No tengo idea.

—¿Quieres que averigüe?

—No. Eso lo haré yo.

—Únicamente te recuerdo que yo no voy a testificar en nada —Pitzotzin estaba muy nervioso—. Ni siquiera menciones mi nombre.

—No lo haré. No te preocupes.

—Ahora bien. Tengo algunas mercancías, en exceso, que no he podido vender. ¿Crees que en Iztapalapan se podrían…?

—Llévalas y dile a los pipiltin que yo di la orden de que te las paguen.

—¿Todas?

—Todas.

En ese momento Cuitláhuac tomó el remo y dirigió la canoa de vuelta a la ciudad isla. Al llegar se despidió de su amigo y caminó a las recién construidas Casas Nuevas. Pidió hablar con el tlatoani pero le informaron que se encontraba en su casa de descanso en el peñón de Tepeapulco, un cerro muy alto desde el cual se veía casi todo valle del Anáhuac, y donde Ashayacatl había construido un palacio para descanso de la nobleza. La única forma de llegar a ese lugar era por medio de canoas, lo cual tomaría poco más de dos horas, más otras dos horas de caminata cuesta arriba.

Pocas eran las veces que Motecuzoma tomaba descansos, pues detestaba el ocio, y por lo tanto trabajaba desde antes de que saliera el sol hasta que oscurecía. Regañaba a todo aquel que encontrara desocupado. Si le respondían que no tenían nada que hacer él les asignaba tareas. En una ocasión, al darse cuenta del exceso de indigentes desocupados, los obligó a recolectar piojos, aprovechando la propagación de una plaga. Poco tiempo después le llevaron costales llenos de piojos.

Consciente de que interrumpir a su hermano no era una buena decisión, Cuitláhuac se dirigió al Tlacochcalcatl y le ordenó que enviara a los soldados a arrestar a Cuitlalpitoc, Opochtli y Tlillancalqui.

—Yo no puedo hacer eso sin la aprobación del huey tlatoani —respondió tajante.

—Cuando él vuelva te premiará. Si no lo haces, espera el peor de los castigos por desobedecer mis órdenes.

—¿Qué hicieron?

—Mandaron matar a un miembro de la nobleza y planearon asesinar al tlatoani.

El tlacochcalcatl se preocupó. Y aunque dudó bastante, obedeció las órdenes de Cuitláhuac. Las tropas salieron cual torrente. Toda la población se percató de aquel suceso.

Muchos imaginaron —debido al número de soldados— que algún ejército enemigo se apresuraba a atacarlos. El chisme se propagó hasta Tlatilulco y los comerciantes guardaron sus mercancías y se retiraron.

Los soldados buscaron a Cuitlalpitoc, Opochtli y Tlillancalqui en todas las casas de los nobles. Entraron con violencia y golpearon a quienes se negaban a responder, tal cual lo hacían en los pueblos a los que iban a cobrar impuestos. Finalmente los llevaron heridos y maniatados a Las casas nuevas ante Cuitláhuac.

—Por fin —dijo muy orgulloso al tenerlos de frente—. Creyeron que iban a librarse de la justicia.

—¿De qué estás hablando? —respondió Cuitlalpitoc con la cara llena de moretones y sangre.

—Descubrimos que ustedes mandaron matar a Aztamecatl.

—¿Descubrimos? —preguntó Tlillancalqui—. ¿Quiénes?

—Eso no importa en este momento —respondió Cuitláhuac con mucha soberbia.

—¡Sí! ¡Sí importa! —habló Opochtli muy molesto con la boca llena de sangre—. ¡Ésta no es la manera de mandarnos arrestar!

—¿Cuál es la manera?

—Tiene que dar la orden el tlatoani, quien por cierto, está descansando en el peñón de Tepeapulco. Luego nos tienen que enviar un citatorio y si somos declarados culpables por los jueces, vamos a la cárcel o a la piedra de los sacrificios.

—Pues eso... —Cuitláhuac no supo responder. Por un momento pensó que aquello era falso—. No me importa. Cuando llegue mi hermano se las verán con él.

—¿Tienes pruebas?

—Sí.

—¿Cuáles?

—No tengo por qué discutir con ustedes —les dio la espalda y se dirigió a los soldados—. Llévenselos a una celda.

—¡No! —gritó Tlillancalqui muy molesto a los soldados—. ¡Esperen!

Los soldados obedecieron y Cuitláhuac volvió hacia ellos con seriedad.

—¿Ahora qué?

—Te voy a decir esto una sola vez, Cuitláhuac. Un día te vas a arrepentir.

Cuitláhuac sonrió.

—No lo creo. En cuanto el huey tlatoani regrese los condenará a muerte.

—No tienes idea de lo que estás diciendo.

—Ya lo veremos.

19

Jueves 28 de junio de 1520

AL DÍA SIGUIENTE nos reunimos los pipiltin y yo en Las casas nuevas. Todos se veían mejor que el día anterior. Ése fue el día en que te apareciste, tlacuilo. ¿Dónde estuviste desde que Malinche nos secuestró?

Olvídalo, no me respondas. No quiero saber. Mejor sigamos con nuestro relato.

—¿Desayunaron? —pregunté. ¿Lo recuerdas?

Todos respondieron de manera afirmativa.

—¿Hubo algún intento de fuga de los extranjeros? —le pregunté a uno de los oficiales del ejército.

—Sí, mi señor, dos hombres intentaron dirigirse a la calzada de Tlacopan.

—¿Los atraparon?

—Sí, los tenemos presos.

—Bien. Más tarde los interrogaremos.

—¿Algo más?

—Nada.

—Reúnan a todos los oficiales del ejército, aquí mismo. Asegúrese de que los soldados no bajen la guardia.

—Así lo haré, mi señor —el oficial se dio media vuelta y se marchó.

Los pipiltin permanecieron de pie, mirándome, esperando a que yo hablara.

—Debo hablar en privado con el joven Cuauhtémoc —les dije y noté que algunos se disgustaron—. Volveremos en un momento.

Caminamos por los pasillos hasta llegar a los jardines frente a Las casas nuevas, donde tuve la certeza de que nadie nos escucharía.

—Necesito que me ayudes a seleccionar a los nuevos capitanes de las tropas —dije.

Todos habían sido asesinados por los hombres de Malinche bajo las órdenes de Tonatiuh y únicamente teníamos oficiales.

—Pero... —se mostró inseguro.

—¿Qué ocurre?

—¿No es esto... demasiado precipitado?

—Todo será precipitado a partir de hoy. En cualquier momento atacaremos a los barbudos. Ya no tienen agua y comida; y sin rehenes no les quedará otra opción más que salir. Embestirán con todas sus armas y sus venados gigantes. Tendremos una sola oportunidad para terminar con ellos y si no la aprovechamos ellos acabarán con nosotros.

Cuauhtémoc asintió con mucha seguridad.

—Disculpe por poner en duda sus decisiones —me dijo con humildad.

—Está bien. En la situación en la que nos encontramos no debemos equivocarnos. Esto te lo digo únicamente a ti porque en este momento, además del tlacuilo Ehecatzin, eres la única persona en quien confío. Si algo me llega a ocurrir quiero que te hagas cargo de mis esposas e hijos. Lucha hasta el fin de tu vida por Tenochtítlan. No te confíes. Hay traidores por todas partes.

En ese momento apareció uno de los pipiltin para informarnos que ya habían llegado todos los oficiales del ejército.

—Avísales que estaré con ellos en un instante.

El joven Cuauhtémoc y yo hablamos sobre las estrategias a seguir y sobre algunos miembros de la nobleza que me causaban desconfianza. Poco después volvimos a la sala, la cual estaba llena de oficiales del ejército y pipiltin.

—Los he mandado llamar para informarles que dentro de muy poco, pueden ser unas horas, una noche, dos días, no lo sé, comenzará la batalla más importante en contra de nuestros enemigos. Ustedes ya saben que no deben confiarse de ellos. No siguen nuestros códigos de honor. Así que no intenten capturarlos. Los tlashcaltecas, entre otros pueblos que lucharon contra ellos, no los mataron porque, siguiendo los códigos de honor, querían capturarlos para llevarlos a la piedra de los sacrificios y comérselos. Nuestras armas no son nada en comparación con las de ellos. Ya lo vieron. En estos días yo he aprendido más de ustedes que ustedes de mí. De igual forma he notado que falta muchísima organización.

En ese momento hubo murmuraciones. Era de esperarse que hubiese inconformes.

—Estoy consciente de que esto se debe a la falta de capitanes, los cuales fueron asesinados en la fiesta del Toshcatl. Es por ello que urge nombrar nuevos capitanes del ejército. Y seguramente se preguntarán por qué los mandé llamar a todos si muchos de ustedes no pertenecen a la nobleza. La mayoría son muy jóvenes y quizá no saben que en los gobiernos de Ashayacatl y Ahuízotl los oficiales que no pertenecían a la nobleza también podían aspirar a ser capitanes de las tropas. Motecuzoma cambió esa ley. En su momento hubo muchos conflictos en el gobierno. Muchos rechazaron aquella decisión, entre los que me incluyo, pero debíamos acatar el mandato del tlatoani. Ahora eso cambiará. Es indispensable designar a los capitanes por sus méritos y no por su linaje.

Como siempre hubo respuestas a favor y en contra. Vi muchas sonrisas y también algunas caras molestas.

—A partir de hoy Cuauhtemoctzin será el tlacochcalcatl de Meshíco Tenochtítlan y, como tal, deberán obedecerlo en todo momento, con mayor razón si muero o soy herido de gravedad. Él será quien designe a los nuevos capitanes de las tropas.

El joven Cuauhtémoc bien supo disimular su sorpresa al escuchar aquel nombramiento. Ciertamente no se lo esperaba. En otras circunstancias habría sido motivo para festejar con gritos y brincos.

—Ahora cedo la palabra a Cuauhtemoctzin.

—Muchas gracias mi señor —dijo luego de hacer reverencia—. He decidido nombrar tlacatécatl (comandante de hombres) a Tepeyolotl.

Mientras Cuauhtémoc designaba a los nuevos dirigentes de las tropas volvió a mi mente el día que Motecuzoma fue nombrado cuachictin —cabeza rapada—, su primer nombramiento importante. Yo apenas había sido nombrado Yauhtachcauh —capitán—, un rango debajo de mi hermano.

—Los cuatro cuachictin son… —continuó Cuauhtémoc.

Éramos tan jóvenes. Soñábamos con apoderarnos de toda la Tierra. Fuimos educados para la guerra, para hacernos de enemigos, someter y exigir tributo. Y ninguno imaginó que un día llegarían estos seres tan extraños que someterían nuestra ciudad, que creíamos impenetrable, y muchas otras en tan poco tiempo y con un número reducido de soldados. Desperdiciamos tanta vida.

Al finalizar todos, incluyendo a Cuauhtémoc, los pipiltin y yo volvimos con las tropas para hacer público sus nombramientos.

Pero nos quedamos pasmados al llegar. De Las casas viejas salían tres cajones de madera del tamaño de una casa. Avanzaban muy lentamente.

—¿Qué es eso? —preguntó Cuauhtemoctzin.

—No lo sé, pero lo vamos a averiguar. Ordena a las tropas que no ataquen hasta que yo dé la orden.

—¿Va a permitirles que avancen?

—Sí. Entre más alejados estén de Las casas viejas mejor será para nosotros.

El joven Cuauhtémoc se dirigió a los soldados. Mientras tanto yo trataba de analizar el objetivo de esos armatostes y no les encontré otra utilidad que escudos gigantes. Las flechas no les harían daño y mucho menos unas piedras del tamaño de un puño. Minutos después regresó Cuauhtémoc.

—Van hacia Tlacopan —dije sin quitar la mirada de los artificios de madera—. Ordena a los soldados que consigan piedras del tamaño de una cabeza.

No era tarea difícil, pues desde los primeros ataques, los meshícas habían conseguido piedras de todos los tamaños. Lanzarlas desde las azoteas era menos pesado que desde las calles. Y eran mucho más destructivas. Uno de los oficiales me contó en algún momento que mató —golpeándolo en la cabeza— a uno de los extranjeros con una piedra tan grande que apenas si la pudo sostener un instante.

Después salieron varios hombres sobre sus venados gigantes, apuntando con sus trompetas de humo y fuego y sus arcos de metal. Le siguieron alrededor de quinientos barbudos a pie y tres mil tlashcaltecas.

—¿Ya se van? —preguntó Cuauhtémoc confundido.

—No creo.

—¿Entonces?

—Creo que van por comida —sonreí—. Ahora sí, que toquen los caracoles y los tambores.

Se escucharon los gritos por todas partes, tan ensordecedores como agresivos. Una lluvia de piedras cayó sobre los armatostes, sin lograr hacerles daño. Los barbudos respondieron con sus palos de fuego y arcos de metal. Cuando se acercaron a las casas, la distancia se hizo menor y fue más fácil atacar. Poco a poco rompimos su cajón de madera. Miré alrededor y noté que varios de nuestros hombres sangraban. Era inevitable. Los barbudos no necesitaban apuntar. Con disparar era suficiente: herían a uno, tres, o cinco tenoshcas a la vez. Éramos muchos y muy cercanos uno del otro. No obstante, nosotros logramos matarles a más de cuarenta y herir a más de cincuenta. Yo los vi arrastrarse por el piso con las flechas enterradas en los tobillos.

Entre los heridos vi a Malinche. Se estaba sacando una flecha de la mano izquierda. De su mano escurrió mucha sangre. Entonces todos volvieron a Las casas viejas. Yo di la orden de que no los dejaran entrar. Lo cual no fue fácil. Por un lado nos atacaban sus aliados con macahuitles y por el otro ellos con sus palos de fuego y sus flechas de metal. De pronto noté que algunos de ellos pretendían llegar al Recinto sagrado.

—¡Vayan al Coatépetl! —grité.

Tenía que evitar que subieran a él. Para nosotros, cuando el enemigo sube a la cima del teocali más importante la guerra está perdida. Yo también me dirigí al Monte Sagrado, para defenderlo con mi vida. Llegamos a la cúspide con gran facilidad, la cual ya estaba protegida día y noche, pero no lo suficiente para combatir al contingente que se acercaba en esos momentos. Éramos más de trescientos guerreros, los más preparados. Abajo seguían los combates, las batallas cuerpo a cuerpo contra los tlashcaltecas, hueshotzincas, totonacos, cholultecas. Los barbudos intentaron subir. Nosotros los atacamos con piedras y troncos. Muchos de ellos caían y otros simplemente se agachaban lo más posible y se aferraban a los escalones. Luego nos atacaban con sus palos de fuego y sus flechas de metal.

Malinche era muy bravo. No se daba por vencido. Aún con su mano herida, organizó a sus hombres para que formaran una barrera alrededor de la base del Coatépetl. Sus aliados seguían combatiendo contra los meshícas entre los otros teocalis. Malinche dio la orden y todos los que se hallaban cerca de él comenzaron a subir con dificultad. Se detenían a disparar y luego avanzaban un escalón. Malinche por su parte traía su escudo amarrado a su mano herida y en la otra su largo cuchillo de plata. Logramos derribar a muchos de ellos lanzándoles piedras. Unos caían suavemente e incluso permanecían acostados en los escalones. Otros rebotaban hasta caer al fondo y no se volvían a mover en cuanto tocaban el piso.

Asimismo, otros se defendieron con sus escudos de las piedras y flechas, como Malinche que aún con su mano herida, llegó a la cima del Coatépetl, donde lo recibimos el tlacochcálcatl y yo, con nuestros macahuitles. Él se defendió ferozmente con su escudo y su largo cuchillo de plata. Lo arrinconamos hasta la orilla y justo cuando estuvo a punto de caer llegaron en su auxilio dos de sus hombres. Tiramos a uno de ellos por los escalones, pero se sujetó con ambas manos hasta que el otro lo rescató. Entonces nos socorrieron más soldados meshícas a la cima del Coatépetl y los extranjeros huyeron, llevándose consigo a dos sacerdotes nuestros. Malinche y sus hombres más cercanos montaron sus venados gigantes y salieron rápidamente del Recinto sagrado.

Los perseguimos lanzando las piedras que hallábamos a nuestro paso. Poco antes de llegar a Las casas viejas, Malinche se desvió pues le habían dado aviso de que a Tonatiuh y sus soldados los tenían cercados en la calzada de Tlacopan. Malinche acudió en su auxilio e hizo retroceder a las tropas meshícas con sus venados gigantes y sus disparos. Luego, rescató a uno de sus hombres que estaba a punto de ser capturado por los meshícas. Lo cargó con una mano y lo subió a su venado gigante.

Cuando volvieron a Las casas viejas se encontraron con otro contingente que estaba derribando uno de los muros. Luchamos con mayor fuerza, a pesar del cansancio, el hambre y las heridas. Pero las tropas meshícas no pudieron evitar que los barbudos entraran de nuevo a Las casas viejas.

Nuestros ataques continuaron toda la tarde. Lanzamos piedras y flechas sin descanso. Y cuando pensamos que ya se habían rendido salió un grupo de soldados extranjeros con algunos tlashcaltecas y atacaron de frente. De pronto nos percatamos que nos querían distraer, pues por otro lado distintos soldados se dirigían a Las casas nuevas. Su objetivo era ganar el mayor terreno posible. Eran más de trescientos. Pero se encontraron con un ejército que hacía guardia ahí día y noche y que, al verlos acercarse, quitó el puente sobre la honda y amplia acequia que corre frente a Las casas nuevas. Algunos intentaron cruzar nadando pero fueron recibidos por los proyectiles que los soldados meshícas les lanzaron. Otros se ahogaron pues no sabían nadar y creían que no estaba hondo. Había una viga de madera en posición horizontal que cruzaba el canal, la cual servía para dar soporte al puente y jamás se removía. Para evitar que los barbudos cruzaran por ahí, los soldados meshícas la incendiaron. Uno de los extranjeros se aventuró a cruzar en medio del fuego. Los soldados meshícas saltaron sobre él. Los soldados extranjeros acudieron en su auxilio. Se dio un sangriento combate en el canal, que muy pronto se tiñó de rojo. Finalmente quedaron flotando decenas de cadáveres. Los barbudos volvieron heridos a Las casas viejas.

Más tarde, nos ocupamos de auxiliar a los heridos y recoger a los muertos para incinerarlos, lo cual era muy doloroso, pues debíamos informar a las madres, esposas, hijas, hijos y abuelos de los soldados. Mientras llevábamos a cabo este ritual, llegó uno de los capitanes para informarme que Malinche se hallaba en una de las azoteas de Las casas viejas, gritando que deseaba dialogar con el líder, con lo cual comprendí que aún no estaba enterado de que ya había sido jurado huey tlatoani.

Acudí al llamado, pero no entré a Las casas viejas, pues estaba seguro de que podría ser una trampa, así que hablamos de lejos. Al principio fue difícil lograr que toda la gente se callara. Finalmente Malinche desde la azotea y yo entre la gente, del otro lado del muro, comenzamos a hablar. La niña Malintzin estaba traduciendo:

—¡Dice mi tecutli Malinche que vean cuánto están sufriendo sus madres, hijas, abuelos, su pueblo! ¡Muchos guerreros están muriendo todos los días! ¡Su ciudad está siendo incendiada!

—¡Dile a tu tecutli que lucharemos hasta la muerte! ¡Nuestras leyes nos mandan a ser hospitalarios con los visitantes pero Malinche traicionó nuestra confianza, nuestras familias, nuestra hospitalidad! ¡Le dimos casa, alimento, oro y plata, y él secuestró a nuestro huey tlatoani! ¡Y mató a toda la nobleza! ¡Han destruido todo lo bueno que les dimos!

—¡Es momento de hacer las paces! ¡Si no aceptan, ellos acabaran con ustedes!

—¡Dile a tu tecutli Malinche que nosotros los rebasamos en número! ¡Si ustedes matan a cien meshícas, llegarán otros cien! ¡Ustedes morirán primero, de hambre o de sed, o de cansancio, o por una flecha o un macahuitl! ¡Harían mejor rindiéndose y muriendo en servicio de los dioses!

20

—¡Cihuapipil! —gritó un joven al salir del palacio de Izta-palapan y caminó por la calle.

Todos los que caminaban por ahí se detuvieron y voltea-ron a verlo. Las mujeres sonrieron al escuchar el nombre de una mujer.

—¡Cihuapipil! —gritó otro y caminó en dirección contraria.

—¡Cihuapipil! —gritó un tercero que también salió del palacio.

Los tres, como era costumbre cada vez que nacía un niño, estaban pregonando el nombre de una de las hijas del tecutli Cuitláhuac que acababa de nacer: Cihuapipil, que significaba «Mujer honrada».

Si el día del nacimiento no era considerado de mal agüero, la comadrona le ponía el nombre al niño al mismo tiempo que hacía oraciones y lo bañaba en un recipiente colocado sobre un petate en el patio.

—Cihuapipil —dijo la comadrona y los tres muchachos salieron rápidamente a las calles a pregonarlo.

Entonces la comadrona entregó a la recién nacida a su madre, caminó al patio con el cordón umbilical y unas miniaturas de utensilios domésticos y los enterró en un hoyo que había sido previamente cavado. De haber sido varón, hubiera enterrado el cordón umbilical con las miniaturas de armas e instrumentos musicales en un campo de batalla.

El nombre era asignado por la fecha en el calendario, alguna singularidad del recién nacido (generalmente a juicio de la comadrona), o de algún suceso en particular a la fecha del nacimiento. Se asignaban, por lo general, nombres de animales a los hombres; y de flores a las mujeres, principalmente para la obtención de favores de una deidad en particular.

—Cihuapipil —dijo la comadrona ante Cuitláhuac y su concubina—. Se llamará «Mujer honrada» por haber nacido tres días después del gran acto de justicia de su padre.

Había en la habitación alrededor de quince mujeres: ocho de ellas eran concubinas de Cuitláhuac y las demás pertenecían a la servidumbre. Afuera esperaban algunos miembros de la nobleza de Iztapalapan para felicitar al tecutli de aquella ciudad.

—Siempre se me ha hecho más fácil tener hijos varones —dijo Cuitláhuac sonriente.

—Eso se debe a que usted los educa y pasa más tiempo con ellos. Las niñas pasan todo el tiempo con la madre y casi no conocen a los padres, especialmente, cuando son miembros de la nobleza, siempre con tantas ocupaciones.

En ese momento se escucharon muchas voces afuera de la habitación. Cuitláhuac apenas si tuvo tiempo de voltear cuando Motecuzoma entró sin saludar, caminó enfurecido apretando los puños.

—Hola —dijo Cuitláhuac, preocupado al ver la actitud de su hermano quien no le respondió al saludo.

Entonces lo golpeó en la cara. Cuitláhuac se agachó y se llevó las manos a la mejilla. Al incorporarse se mantuvo sereno, tratando de no responder con otro golpe. Ambos se habían peleado a golpes varias veces en la infancia y en la adolescencia. Y ninguno de los dos jamás le tuvo miedo al otro. Pero en esa ocasión, Motecuzoma era el tlatoani y agredirlo se castigaba con pena de muerte.

Las mujeres que estaban alrededor salieron de la habitación rápidamente cargando a la recién nacida y a la madre. Motecuzoma le dio otro golpe a Cuitláhuac quien no se atrevió a responder a la agresión.

—¿Qué ocurre? —preguntó Cuitláhuac, antes de recibir el siguiente golpe en el abdomen.

Los hombres que se encontraban en la entrada tampoco se atrevieron a intervenir.

—Dame una explicación —insistió Cuitláhuac y recibió dos golpes más en la boca.

—¡Ahora yo tengo que darte explicaciones! —gritó Motecuzoma con los puños listos para el siguiente ataque.

La boca de Cuitláhuac estaba colmada de sangre.

—¿Es por lo de...? —no pudo terminar.

Motecuzoma lo volvió a golpear en la cara cuatro veces, al mismo tiempo que su hermano caminaba hacia atrás.

—¿Qué crees que estás haciendo? —preguntó el tlatoani cuando tuvo arrinconado a Cuitláhuac.

—Hice justicia —escupió sangre al hablar.

—¿Justicia? —lo golpeó de nuevo en el abdomen.

Cuitláhuac cayó al suelo. Entonces únicamente se tapó la cara con una mano, con la palma hacia afuera, como si con ella pudiera detener los golpes.

—¿Tienes idea de lo que provocaste?

—¡Encarcelé a tres criminales! ¡Tres asesinos! ¡Mataron a Aztamecatl y a los hijos de Ehecatzin! ¡Y pretendían matarte a ti!

—Te pregunto una vez más: ¿Tienes idea de lo que provocaste?

—No —Cuitláhuac se incorporó previniendo cualquier agresión.

—Provocaste el cierre del tianquiztli de Tlatilulco, por lo cual se perdieron muchas ganancias. Y no estoy hablando de ganancias mías ni de mi gobierno, sino de muchos comerciantes y muchos pueblos vecinos que vienen a comprar y vender. Detuviste el comercio por un día. ¡Eso no se puede permitir! ¡Jamás! Y lo peor de todo: enviaste a las tropas como si fuesen a combatir a un ejército. ¡Eran sólo tres hombres! ¿Por qué lo hiciste?

—Ya te lo dije. Mataron a Aztamecatl y a los hijos de Ehecatzin.

—¡Eso ya lo sé! ¿Crees que soy idiota?

—Si ya lo sabías, ¿por qué no los mandaste arrestar?

—¡Porque no me da la gana! —extendió los brazos hacia los lados—. ¡Porque yo soy el tlatoani! —se señaló a sí mismo con los dedos pulgares—. ¡Yo soy el que decide cuándo y a quién se encarcela y se manda matar! Además, ¿quieres encarcelarlos por eso? Ya pasó mucho tiempo. ¿Cuántos hombres has matado en campaña? Ya fuiste demasiado lejos. Ehecatzin es un sirviente, un macehuali, ¿qué importa si le matan a uno o a todos sus hijos? Los pipiltin me sirven más.

—Te van a traicionar un día —dijo Cuitláhuac apretando los puños.

—No —Motecuzoma dejó escapar una ligera sonrisa—. Los tengo bien controlados. Me tienen miedo —caminó hacia él y lo señaló con el dedo índice—. Tú sabes por qué... Con eso fue suficiente...

—¿Así es como gobiernas? —el enojo era evidente en el rostro de Cuitláhuac.

—¿Me vas a enseñar a gobernar?

—Parece que necesitas unas lecciones.

—¿Crees que porque estás a cargo de Iztapalapan ya sabes lo que es gobernar la ciudad más poderosa de toda la Tierra y más de trescientos pueblos vasallos? Eres un imbécil —el tlatoani le dio la espalda.

—Por lo menos he sido más justo que tú.

—Para gobernar no se necesita ser justo, se requiere ser astuto.

—¿Eso crees?

—No. Así es. Si yo fuese justo, Meshíco Tenochtítlan no sería tan poderoso. Seríamos tan indefensos e insignificantes como Iztapalapan. Seguiríamos siendo esclavos de los tepanecas o de los tlashcaltecas. ¿Me quieres dar lecciones de justicia? Lo que hiciste con ese macehuali se llama limosna, remordimiento, culpa, todo menos justicia. Habría sido justo que revivieras a sus hijos o que tú mataras a dos de tus hijos si es que en verdad te sentías culpable. La justicia es equidad. Todos ganan, todos pierden. En la justicia no hay premios de consolación. Hablando con franqueza, ese hombre salió ganando con ese nombramiento que le diste: aprendiz de tlacuilo. Con eso era más que suficiente. Pero te sentías culpable por la muerte de esos niños. Y en el fondo te sigues sintiendo culpable por la muerte de tu hijo.

—Cállate.

—No fue tu culpa.

—Cállate.

—Nació retardado mental. Era un niño inútil.

—¡Cállate!

—¡Se tenía que sacrificar! ¡Todos los niños defectuosos se sacrifican!

—¡Cállate! —Cuitláhuac cayó de rodillas y comenzó a llorar. Motecuzoma negó con la cabeza y salió de la habitación.

—¿Qué? —les preguntó enojado Motecuzoma a los que habían presenciado aquel suceso—. ¿No tienen nada que hacer? ¡Lárguense de aquí! ¡A trabajar!

Minutos más tarde, entró Ehecatzin a la habitación. Cuitláhuac seguía en el piso, en absoluto silencio. Ehecatzin lo observó por un instante sin decir una palabra y luego se dio media vuelta para retirarse.

—No te vayas —le dijo Cuitláhuac.

Ehecatzin regresó.

—Ordene.

—Siéntate ahí —señaló el piso.

—¿Viste lo que acaba de ocurrir?

—No —respondió preocupado—. Escuché algunas conversaciones allá afuera.

—Entonces sabes lo que dijo mi hermano.

—Sí.

—Te voy a confesar algo que jamás le he dicho a nadie. Y después de esto serás libre de irte a donde quieras. Sé que me odiarás. Tuve un hijo varón cuando era muy joven, pero nació defectuoso. Cumplió los cinco años y jamás pudo comportarse de acuerdo a su edad, sino como un recién nacido. Como sabes, los niños con retraso o defectuosos deben ser sacrificados. Yo no estaba de acuerdo. Cuando el día llegó se lo llevé a una mujer que vivía en un poblado muy pequeño y se lo entregué para que lo cuidara. Ahí vivió mi hijo varios años. Lo visitaba con frecuencia, a escondidas de todos, por supuesto. Y un día, el niño se subió a un árbol y se mató.

—Pero... —Ehecatzin se mostró dudoso—. ¿Qué hizo el día del sacrificio?

—Me robé a un niño y lo llevé al Recinto sagrado para que lo sacrificaran.

21

Viernes 29 de junio de 1520

AÚN NO SALÍA EL SOL cuando me avisaron que Malinche, sus soldados y aliados habían salido de Las casas nuevas. Apenas tuve tiempo de vestirme. Corrí a la salida donde ya me estaban esperando las tropas.

—¿Dónde está Cuauhtémoc? —pregunté mientras corría.

—Ya se le avisó, va en camino para allá.

—¿Hacia dónde se dirige el enemigo?

—A la calzada de Tlacopan.

Era la única que aún tenía puentes. En total eran ocho.

—¿Ya están ahí las tropas?

—¡Sí, mi señor! ¡Están en las azoteas!

Cuando llegamos ya había iniciado el combate. Igual que en días anteriores los barbudos disparaban en todas direcciones mientras los tlashcaltecas intentaban subir a las azoteas para atacar a los meshícas que desde ahí les lanzaban piedras, flechas, dardos y lanzas. Aquella distracción ayudó a que los extranjeros avanzaran. Asimismo le prendieron fuego a todas las casas alrededor, lo cual obligaba a nuestros soldados a bajar de las azoteas. En el piso eran atacados por los troncos de humo y fuego, capaces de destruir muros y puentes. Lo cual obligó a las tropas meshícas a retroceder.

Así, los extranjeros comenzaron a arrastrar todo tipo de materiales que caían de las casas en fuego: vigas, piedras para tapar los canales y cruzar caminando o sobre sus venados gigantes. Aunque nuestro ataque no cesó ellos tampoco se dieron por vencidos.

Fue una lucha muy larga y cansada. Poco después de medio día, los barbudos lograron cruzar toda la calzada. Pensé que sería un buen momento para recuperar Las casas viejas, así que me dirigí en aquella dirección. Mi sorpresa fue que seguía igual de protegida por los enemigos como antes. Malinche no había sacado todas sus tropas. Hubo un receso.

Ese mismo día también fuimos atacados por el lado oriente de la ciudad por algunos soldados acolhuas, en canoas, liderados por Ishtlilshóchitl, el joven.

Dejé a las tropas vigilando Las casas viejas y me dirigí a Las casas nuevas donde me encontré con Yohualticitl y Tzintli. Las vi de lejos pues nos encontrábamos en lados opuestos de la sala. Ellas se mantuvieron en silencio en la entrada. Caminé hacia ellas con pasos muy lentos. No quería escuchar lo que me iban a decir. No quería que se cumpliera el mandato de Motecuzoma.

—Estamos listas, mi señor —dijo Yohualticitl.

Había en sus rostros algo de tristeza y seriedad. Tzintli llevaba en las manos una canasta cubierta con un pequeño y delgado trapo de algodón.

—Si ustedes no quieren, podemos... —estuve dispuesto a acatar lo que ellas mandaran.

A lo largo de mi vida maté a cientos de hombres. Algunos en combate, otros en la piedra de los sacrificios y algunos por asuntos personales y ninguno me causó pena o vergüenza. Pero cargar con la muerte de mi hermano era más de lo que podía imaginar. Aunque supe —y entendí perfectamente— sus motivos, jamás me atreví a preguntarle a Motecuzoma cómo se había sentido por matar a Tlacahuepan y Macuilmalinali. Él lo había hecho por el bien de su gobierno, para poner un alto a una larga serie de intrigas.

—No sienta culpa, mi señor —Yohualticitl se acercó a mí y puso sus manos sobre mi cabeza, yo me agaché—. Usted está cumpliendo con la tarea que le han asignado los dioses.

Tomé sus manos y las besé.

—Ustedes saben cuánto me está doliendo esto —la miré a los ojos.

—Sí. A nosotras también nos duele.

—Apurémonos, que Motecuzoma está sufriendo.

—Vamos... —suspiré profundamente antes de darme la vuelta y dirigirme a la salida.

Caminé con ellas hasta Las casas viejas. Mucha gente me reconocía y se detenía a saludarme, luego seguía su camino. El día estaba nublado.

—Abuelas, les pido que cuando salgan me esperen ahí, junto a esa casa —les dije antes de llegar.

En la entrada nos recibieron dos soldados tlashcaltecas.

—Traemos los alimentos del huey tlatoani Motecuzoma —dijo Tzintli.

—¿Qué le pasó a la mujer que los trae todos los días? —preguntó uno de ellos.

—Es una mujer con marido y a usted no debe importarle dónde está.

—Déjeme ver —ordenó el otro.

Ella alzó el trapo de algodón y él observó con cautela.

—Tamales... —sonrió con cinismo—. Si me deja dos le ayudo a cargar la canasta.

—¿Qué? Yo no soy su criada. Que le haga de comer su esposa.

—No tengo —se rió.

—Esta comida es para mi señor.

—Su tlatoani ya ni come —se encogió de hombros.

—Si no se calla le diremos al tecutli Malinche que usted intentó quitarnos la comida.

—¡Ya, ya, ya pásele! —se hizo a un lado para que las mujeres entraran, luego se postró frente a mí, aunque yo no había movido un píe—. Él no —no me veía a mí, sino a ellas que ya habían entrado—. Saben que está prohibido el paso a los hombres.

—¿Y quién dijo que iba a pasar? Nos acompañó para cuidarnos de abusivos como tú —dijo y caminó al interior del palacio.

—¿Sí? —el hombre volteó a verme a la cara por primera vez—. ¿Qué me vas a hacer? —frunció el ceño, arrugó los labios y permaneció pensativo por un instante—. Yo te he visto antes.

—Soy Cuitláhuac, hermano de Motecuzoma —me mantuve firme ante él.

El hombre se mostró asombrado. Dudó por un instante en lo que debía hacer. Las dos ancianas ya iban a la mitad del patio. Cuando vi que entraron di media vuelta y me dirigí al lugar donde se encontraban cientos de soldados haciendo guardia. La batalla en la calzada de Tlacopan había terminado.

—¿Dónde está el tlacochcalcatl? —le pregunté a uno de ellos.

—¡En aquella dirección, mi señor!

—¿Ya comieron?

—¡No, señor!

—Ordenaré que les traigan de comer.

Caminé entre los soldados por un rato. Observé detenidamente el lugar. Las casas viejas estaban bastante resguardadas, como siempre. Adentro había por lo menos cuatro mil soldados tlashcaltecas, cholultecas, totonacas y hueshotzincas. Analicé todas las salidas. En cuanto me encontré con el joven Cuauhtémoc le pedí un informe sobre la batalla en la calzada de Tlacopan. Me dijo que no había logrado quitar a los barbudos, que se habían apoderado del puente y que por el momento estaban disparando con sus troncos de humo y fuego a quienes se acercaran. Me dolió escuchar aquella noticia.

—Los soldados ya estaban heridos y cansados —respondió Cuauhtémoc—, así que los mandé a curar sus heridas y a comer.

—Muy bien —entendí perfectamente lo que me dijo. Yo también me sentía muy débil—. También hay que alimentar a los soldados que están frente a Las casas viejas.

Poco más tarde comenzó a lloviznar. Luego volví al lugar en donde debía ver a las dos ancianas. No las encontré. Esperé un rato. Entonces, pregunté a la gente que estaba alrededor si las habían visto.

—¿Dos ancianas muy delgadas? —dijo un anciano.

—Sí. Una de ellas tenía el pelo largo hasta los pies.

—Se fueron hace mucho en aquella dirección.

El anciano apuntó hacia Las casas nuevas. Ellas vivían ahí. Yo necesitaba saber si habían visto a Motecuzoma y si le habían entregado los alimentos, así que caminé a Las casas nuevas. Al llegar me dirigí a la cocina. Únicamente encontré a dos mujeres que les ayudaban.

—Estoy buscando a Yohualticitl y Tzintli.

—Llegaron hace un rato y se fueron a sus dormitorios...

—¿Dónde están sus dormitorios?

—Al fondo.

En cuanto llegué, me encontré con un grupo de diez o quince mujeres en la entrada. Todas estaban llorando desconsoladas.

—¿Qué ocurre? —pregunté desconcertado.

—Yohualticitl y Tzintli... —una de ellas respondió con la voz entrecortada—. Están muertas...

—Déjenme pasar...

Era una habitación pequeña. En el interior había siete mujeres llorando. Todas ellas ayudantes de la cocina. Yohualticitl y Tzintli yacían sobre sus petates. En medio de ellas se encontraba un plato con tamales.

Sin que yo hiciera alguna pregunta, una de las que se encontraban arrodillas alrededor dijo con los ojos rojos y las mejillas empapadas:

—Llegaron hace rato. Dijeron que su labor había terminado y se vinieron acá —se pasó el antebrazo por la nariz—. Primero creímos que se referían a la primera comida del día, pero luego nos hicimos preguntas entre nosotras. Pensamos que se sentían enfermas o tristes. Desde que el huey tlatoani Motecuzoma está encerrado, ellas ya no comían y ya casi no querían hablar con nadie. Poco más tarde entré para ver cómo estaban y las encontré así, acostaditas bocarriba en sus petates, con las manos sobre sus pechos, como si se fueran a dormir. Yo sabía que ellas nunca dormían de día ni muchos menos en las condiciones en las que nos encontramos. Les hablé y no me respondieron. Entonces me acerqué a ellas e intenté despertarlas y me di cuenta de que estaban muertas.

Se quitaron la vida con esos tamales. Desde anoche comenzaron a cocinarlos y no dejaron que ninguna de nosotras les ayudáramos. Incluso nos corrieron de la cocina.

—Que nadie coma de esos tamales. Entiérrenlos. Después encárguense de organizar sus exequias. En un momento daré la orden para que les proporcionen todo lo necesario.

Al terminar de decir esto me retiré. En uno de los pasillos me topé con uno de los pipiltin y le pedí que se hiciera cargo de las ceremonias fúnebres de las mujeres. Luego me dirigí a Las casas viejas. Mientras caminaba concluí que ésta era la señal de que Motecuzoma también había muerto. Entonces me sentí desolado. Estuve a punto de caer de rodillas y llorar en medio de la llovizna, tal cual lo había hecho el día en que mi padre me castigó. Caminé muy lentamente y sin deseos. En cuanto Cuauhtémoc y los miembros de la nobleza me vieron, me preguntaron qué me había sucedido. No les pude decir una sola palabra. No podía asegurar nada aún.

Permanecimos toda la noche en absoluto silencio frente a la entrada principal de Las casas viejas. Éramos alrededor de cinco mil soldados, todos con macahuitles, lanzas, arcos y flechas en mano. Cientos de mujeres caminaban entre nosotros y nos entregaban alimentos y bebidas, que muy pocos recibían. Llevábamos más de doce horas sin atacar a los extranjeros. Estuvo lloviznando toda la noche, por lo cual resultó casi imposible mantener encendidas las antorchas y las fogatas.

De pronto, en la penumbra, surgió una silueta. La sombra de la muerte se extendió sobre el piso. Salió de Las casas viejas un hombre con la cabeza soslayada. No cargaba penacho, ni joyas, ni macahuitl; tan sólo un mashtlatl. Desde lejos se notaba su tristeza.

—El huey tlatoani Motecuzoma ha muerto —dijo el hombre.

Yo lo había enviado a Las casas viejas con un mensaje para Malinche. Debía decirle que estábamos dispuestos a abrir el tianquiztli de Tlatilulco con la condición de que nos entregaran a Motecuzoma, lo cual era falso. Yo no pensaba darles de comer, pero necesitaba información y el único modo era enviando un espía. Además, estaba seguro de que Malinche no liberaría a mi hermano.

—¿Qué te dijo?

—No me quiso atender.

—¿Cómo sabes que Motecuzoma está muerto?

—Me lo dijo uno de los soldados totonacos, en tono de amenaza burlona.

—¿Qué te dijo?

—Que nos preparemos porque los barbudos piensan salir en cualquier momento. Y que Malinche prometió matarnos a todos.

—¿Qué más viste?

—Todos están caminando apurados de un lugar a otro, quemando cosas y guardando oro, plata y joyas en unos baúles. Eso es todo lo que vi.

Esperamos el resto de la madrugada en vela, debajo de la llovizna y el viento que amenazaba a veces con derrumbar algunos árboles. A lo lejos se escuchaba el ulular de un tecolote y por todas partes la estridulación de los grillos. Las gotas cayendo sobre el piso eran como aplausos lejanos. Cuando un rayo alumbraba el cielo, en los charcos se reflejaba la cima del Coatépetl. El dios Tláloc nos enviaba un mensaje.

—Debemos intimidar a los enemigos —me dijo uno de los sacerdotes.

—Háganlo —respondí sin quitar la mirada de la entrada de Las casas viejas.

Entonces el sacerdote se dirigió a las tropas y dio la orden de que comenzaran el ritual de intimidación. Primero se escuchó el largo y grueso graznido del caracol. Luego, el silencio implacable. Un xoloitzcuintle aulló de pronto. Después continuó el caracol. Siempre largo y lento. Diez veces se escuchó el silencio y luego el caracol. Después el ehecatlshictli —silbato de la muerte— con su sonido caótico. Después el teponaztli: Tum... Tum... Tum... Más tarde el huehuetl, retumbó muy lentamente: Pum... Pum... Pum... Y finalmente, los gritos de los soldados, como si los estuviesen torturando, de la forma más aterradora posible.

Poco antes del amanecer salieron cuatro soldados tlashcaltecas con un bulto muy grande y lo dejaron en la calle. Nosotros permanecimos en silencio, mirando de lejos. Ellos se detuvieron un breve instante bajo la llovizna para mirarnos, como si nos quisieran decir algo, y luego volvieron al interior. En aquel momento corrimos, entre los charcos y el lodo, hacia el bulto y lo abrimos: era el cuerpo de Motecuzoma envuelto en mantas de algodón.

22

N UNCA MÁS se volvió a hablar de la muerte de Aztamecatl ni de los responsables en Meshíco Tenochtítlan.
Motecuzoma jamás se disculpó ante Cuitláhuac ni él guardó
rencor. Sin embargo, su severidad en la aplicación de las leyes,
sobre todo de las religiosas, le hizo ganarse el temor de sus
súbditos. El huey tlatoani había alcanzado su objetivo: intimidar a todos en su gobierno. Los años siguientes, Motecuzoma
mandó construir Las casas nuevas y el teocali de Quetzalcóatl,
ubicado frente a Coatépetl. Asimismo, dedicó la mayor parte
de su tiempo en castigar a los pueblos rebeldes y a conquistar
otros cuarenta y cuatro, lo que sumó un total de trescientos
setenta pueblos vasallos, convirtiendo a Meshíco Tenochtítlan en la ciudad más poderosa de toda la Tierra.

El año Doce Pedernal —1504— todo el valle del Anáhuac
sufrió una sequía que provocó una terrible hambruna en el año
siguiente, Trece Casa —1505—. Para garantizar la alimentación de sus hijos, la gente comenzó a venderlos como esclavos

en otros pueblos. Tras entregar al pueblo todo el alimento que
tenía en sus reservas, el tlatoani aprovechó la circunstancia
para debilitar a todos los miembros de la nobleza: les pidió
que entregaran todas sus riquezas para comprar alimento
para toda la ciudad.

Los años siguientes, Motecuzoma los ocupó en ganarse
el respeto, el temor y la obediencia de todos los señoríos. La
alianza que había hecho con Chololan y Hueshotzinco no
funcionó y aquellos señoríos también se separaron en el año
Uno Conejo —1506—, y se declararon la guerra. Tenochtítlan tuvo que intervenir. Según el tlatoani, tenía que preser-
var intacta la ciudad sagrada de Chololan.

En el año Dos Caña —1507— terminó el ciclo cósmico de
cincuenta y dos años. En el año Cuatro Casa —1509—, poco
después de la medianoche, cruzó el cielo una bola de fuego
y humo. El tlatoani trató de averiguar el significado con sus
agoreros, pero ninguno le supo decir. Entonces los mandó
encarcelar y ordenó que trajeran a todos los adivinos de los
pueblos vecinos. Hubo entre ellos muchos charlatanes que
pronosticaban el fin del mundo, guerras, terremotos, hambrunas e incendios. Ninguna de estas predicciones convenció al
tlatoani los mandó encarcelar a todos.

La inclemencia del tlatoani llegó a niveles tan altos que no
perdonaba siquiera la derrota de sus tropas. En el año Cinco
Conejo —1510—, tras la pérdida de una batalla contra Tlashcalan, castigó a todos sus soldados. Ordenó a todo el pueblo que
ignoraran al ejército cuando regresara a Tenochtítlan y prohibió la realización de cualquier ceremonia para los muertos en
aquella batalla. Asimismo, mandó que les cortaran el cabello
a los capitanes y soldados distinguidos, lo cual era símbolo de

fracaso. Les exigió que entregaran sus armas y sus insignias; y les prohibió usar calzado y ropas de algodón por un año.

En el año Seis Caña —1511— Hueshotzinco se alió a Tlashcalan. Y como prueba de esta alianza, una noche aprovechando el descuido de los guardias, los hueshotzincas prendieron fuego al teocali de Toci, la madre de los dioses. Esto despertó la ira del tlatoani, quien mandó encarcelar —descalzos sobre finos trozos de obsidiana— a los sacerdotes encargados de cuidar el templo y los condenó a morir de hambre, no sin antes limitarles el alimento al máximo para incrementar su sufrimiento. Luego marchó junto a sus tropas para cobrar venganza en contra de los hueshotzincas. Tras una guerra que duró casi dos semanas, las tropas meshícas volvieron con los dos mil prisioneros que Motecuzoma les había exigido. Días después los sacrificaron a todos.

La muerte de esos dos mil soldados fue suficiente razón para que los hueshotzincas rompieran su alianza con los tlashcaltecas, quienes en venganza les declararon la guerra; les quemaron todos los sembradíos y, como consecuencia, Hueshotzinco sufrió tan terrible hambruna que se vieron obligados a suplicar la ayuda de Meshíco Tenochtítlan. Motecuzoma los recibió y les exigió a cambio cuatro años de servidumbre.

El huey tlatoani aprovechó la presencia de los hueshotzincas para debilitar a los tlashcaltecas arrebatándoles a su mejor guerrero, un hombre al que llamaban el gigante Tlahuicole. Luego de muchas batallas lograron capturarlo y llevarlo preso a Tenochtítlan. Motecuzoma le ofreció mantenerlo con vida a cambio de que se uniera a sus tropas. El hombre acudió a diversas batallas, pero jamás peleó como solía hacerlo con su gente. Finalmente el tlatoani lo mandó sacrificar.

En esos años, Motecuzoma recibió un grupo de embajadores provenientes de las costas del sur. Venían a avisarle que
habían llegado dos hombres barbados (Gerónimo de Aguilar y Gonzalo Guerrero) y que se habían quedado a vivir con
los mayas.

Para entonces ya nada intimidaba al tlatoani, quien tenía
bajo su mando a más de trescientos cuarenta pueblos. En su
palacio había todos los días alrededor de seiscientas personas,
cada una con sus propios servidores, ocupadas en las labores
de gobierno. En su gobierno se crearon cientos de protocolos jamás utilizados en esas tierras. El que faltara a los regla-
mentos era severamente castigado. Nadie podía verlo, excepto
algunos familiares y personas cercanas. Todo el que entrase a
la sala donde daba audiencia tenía que vestir humildes ropas
tejidas de henequén y sin calzado ni penachos. Todos tenían
que hacer tres reverencias al presentarse ante el tlatoani. De
igual manera debían saludarlo con las palabras: «tlatoani,
notlatocatzin, huey tlatoani». Entonces se sentaban en cuclillas con la cabeza inclinada y la mirada hacia el piso. Lo que
tuvieran que decir debía ser en voz baja y utilizando el mejor
de los lenguajes. Uno de los hombres que siempre acompañaba
al tlatoani le murmuraba al oído lo que escuchaba. Entonces
Motecuzoma le respondía en voz casi inaudible. Para retirarse,
debían caminar hacia atrás, haciendo las tres reverencias y
repitiendo: «tlatoani, notlatocatzin, huey tlatoani».

Se cambiaba de ropa hasta tres veces al día y nunca más
las volvía a utilizar. De igual forma las vajillas las utilizaba
una sola vez. También tenía vajillas de oro y plata pero no las
usaba para evitar deshacerse de ellas. Para comer se le presen-
taban decenas de platos —en ocasiones más de doscientos—
al día, en una ceremonia y él seleccionaba dos o tres platillos,

lo demás se lo regalaba a los pipiltin. Comía solo, con un biombo frente a él, para que nadie lo viera. Sin embargo había junto a él varios pipiltin con quienes platicaba. Los demás se mantenían en absoluto silencio, mientras un grupo de músicos le hacía acompañamiento.

Luego, el tlatoani fumaba liquidámbar mezclado con tabaco, o se entretenía con algún juego de salón, o disfrutaba de algún espectáculo que se hacía para él por enanos, corcovados, bailarines, cantores, poetas o bufones. Al finalizar, podían comer todos los miembros de la nobleza.

Cuando salía, era transportado en ricas andas, adornadas con plumas finas, oro, plata y joyas preciosas. Delante de él iba un hombre con tres varas largas que iba avisando a todos que debían arrodillarse ante el tlatoani, quien ya jamás tocaba el piso. Por donde caminara se colocaba una alfombra de algodón.

También fue reconocido por premiar a la gente humilde y honesta. Mandó construir un asilo para los veteranos de guerra y del servicio público en Culhuacan.

Por otro lado, las relaciones entre Motecuzoma y Nezahualpili se fracturaron para siempre, luego de que el señor de Acolhuacan mandara ejecutar a su hermana, Chalchiuhnenetzin, concubina de Nezahualpili, a quien acusó de adulterio y al destierro de su suegro, Tezozómoc, señor de Azcapotzalco, también por adulterio, a pesar de que Motecuzoma le pidió que los perdonara. Además, el tlatoani estaba muy molesto con Nezahualpili por su falta de participación en las guerras. Entonces le pidió que asistiera a una guerra florida en contra de los tlashcaltecas, con quienes se había aliado en secreto para matarlo, pero éste no acudió a la batalla.

Nezahualpili se aisló en uno de sus palacios en Teshcuco, dejando a cargo del gobierno a sus parientes. Nadie supo cómo

ni cuándo murió, pero muchos lloraron por él en Acolhuacan y en Tenochtítlan. Se cree que fue cuando tenía 51 años
de edad, entre el año Diez Caña —1515— y Once Pedernal
—1516—. Muchos acusaron a Motecuzoma de haberlo asesinado en secreto, entre ellos Ishtlilshóchitl, hijo de Nezahualpili, quien exigía ser nombrado sucesor de su padre.

Fue electo, a petición de Motecuzoma, Quetzalacyoyatl,
pero murió poco después. Eligieron al hermano: Tlahuitol-
tzin, pero también murió poco después. Finalmente Motecuzoma designó a Cacama, pero Ishtlilshóchitl, joven de
17 años de edad, se declaró enemigo de Motecuzoma y lo
amenazó públicamente de atacarlo con sus tropas, lo cual
no ocurrió en ese momento.

Entonces comenzaron a llegar rumores de que unas casas
flotantes habían llegado a las costas del sur. La atención del
tlatoani se enfocó en indagar sobre el tema: envió espías a
que los siguieran desde las costas día y noche. Pronto recibió
informes sobre las personas que viajaban en las casas flotantes,
sus armas, sus venados gigantes, sus alimentos y sus dioses.
Entonces, para decidir la estrategia, se reunió con sus hombres
más cercanos, entre los que se encontraban: Ueman, Shiuhcóatl, Ocelhuitl, Tepiltzín, Cuecuetzin, Imatlacuatzin, Tepehuatzin, Tlillancalqui, Opochtli y Cuitlalpitoc.

23

Sábado 30 de junio de 1520

I NMENSAS NUBES opacaban el cielo. Tú estuviste ahí, tlacuilo, a un lado mío. La llovizna caía fina y constante. Apenas iba a amanecer, por ello había poca luz. El viento ya no soplaba como la noche anterior.

Aún no cargábamos el cuerpo de Motecuzoma, cuando salió el mismo grupo de tlashcaltecas con otro bulto. No dijeron nada, únicamente lo dejaron en el piso y se fueron. Al abrirlo encontramos el cuerpo de Itzcuauhtzin, señor de Tlatilulco. Era evidente que él acababa de morir.

—Llevémoslos a Las casas nuevas —dije con mucha tristeza. Luego me dirigí a Cuauhtémoc—. Pídeles a las tropas que no bajen la guardia.

Las mujeres lloraban desconsoladas. Cientos de personas caminaron detrás de nosotros. La noticia se esparció rápidamente. Se escucharon gritos a lo lejos:

—¡Mataron a Motecuzoma!

—¡Motecuzoma está muerto!

—¡Los barbudos asesinaron a Itzcuauhtzin!

Al llegar a Las casas viejas colocamos los cuerpos en el centro de la sala principal.

—Entiendo que lo más apropiado sería llevar a cabo el duelo de ochenta días, pero las circunstancias no lo permiten —expliqué—. Únicamente incineraremos sus cuerpos...

—¡Motecuzoma no merece ninguna ceremonia! —dijo Tlillancalqui con enfado.

—¡Esa mujercita de los barbudos! —agregó Cuitlalpitoc con remedo, como si fingiera ser mujer.

Rápidamente se escucharon los reclamos de la oposición.

—¡Debemos hacer todas las ceremonias correspondientes a la muerte de un tlatoani!

—A un tlatoani valeroso, capaz de luchar contra los enemigos, algo que no hizo Motecuzoma —respondió Opochtli.

—¿Eres tú el que habla de lucha contra los enemigos? Nadie te ha visto allá afuera. Tenemos rumores de que tú y él —señaló a Tlillancalqui— están enviando mensajes a Malinche.

—Compruébalo.

—No tenemos pruebas —intervine—, pero hay mucha desconfianza. Desde que fui nombrado tlatoani me has refutado en todo; y lo has hecho en público repetidas veces. Bien sabes que mi hermano no te habría perdonado un solo desplante. Fui tolerante porque creí que ésa debía ser la manera de gobernar, pero ahora entiendo perfectamente por qué Motecuzoma cambió su forma de ser en cuanto fue nombrado huey tlatoani. Él sabía a lo que se estaba enfrentando. Así que si quieren continuar entre nosotros, tú y tus aliados, más les vale que comiencen a cuidar sus palabras y a respetar mis órdenes. ¿Queda claro?

Los tres asintieron de mala gana.

—No les estoy pidiendo permiso —continué—. No llevaremos a cabo ninguna ceremonia ni luto hasta que saquemos a los extranjeros de nuestra ciudad. Mientras tanto sus cuerpos serán lavados e incinerados.

—Solamente quiero hacer una última solicitud —dijo Tlillancalqui.

—Habla... —no lo miré.

—Pido que les exijamos a los extranjeros la liberación del tlamacazqui «uno de los sacerdotes más importantes.»

—¿Por qué a él? No tengo nada en contra de él, pero hay muchos familiares, amigos, sacerdotes y capitanes que siguen presos. ¿Cuál es tu interés en él?

—Quiero que nos diga lo que pensaba Motecuzoma sobre tu elección.

Sonreí, cerré los ojos y negué con la cabeza para no golpearlo. Todo aquello era cada vez más frustrante.

—Debemos pedirle a Malinche que lo libere.

—¿Y si no lo libera?

—Buscaremos otra solución.

—Ordenaré que vaya un embajador a pedir la liberación del tlamacazqui.

—Iré yo.

—No tengo tiempo para discutir. Si quieres ir tú, hazlo, pero de cualquier manera tendrá que ir uno de mis embajadores.

Mientras tanto, nos ocupamos de lavar los cuerpos de Motecuzoma e Itzcuauhtzin, luego les pusimos sus prendas más elegantes y sus joyas más preciadas, pues para entonces ya habían llegado los familiares de Itzcuauhtzin desde Tlatilulco con las pertenencias de su tecutli.

Más tarde volvieron Tlillancalqui, Cuitlalpitoc y Opochtli con el tlamacazqui y otros cinco pipiltin. Los recibí en otra de las salas. Todos ellos se veían más flacos y más sucios de lo que estaban el día que fui liberado. En cuanto estuve frente a ellos, no supe qué decir. Preguntar cómo estaban hubiese sido ingenuo. Me interesaba saber qué exigía Malinche por haberlos liberado, pero no supe si sería correcto preguntar eso en ese momento, especialmente frente a Tlillancalqui, Cuitlalpitoc y Opochtli.

—Manda decir Malinche que si desean hacer las paces, ellos se retirarán en ocho días y nos devolverán el oro y las joyas —dijo el tlamacazqui.

—¿Y tú le creíste?

—No. Sabemos que no cumplirá. Lo que quiere es comida, tiempo y espacio. También dijo que recomendaba que nombráramos tlatoani a Chimalpopoca, hijo de Motecuzoma, a quien está dispuesto a liberar, pues a Cuitláhuac no le viene por derecho.

—¿Qué sabe Malinche sobre nuestros derechos? ¡Lo que él quiere es poner un tlatoani pelele!

En ese momento se me informó que uno de los capitanes quería hablar conmigo. Ordené que lo hicieran pasar.

—¡Mi señor! —su voz estaba agitada—. ¡Hemos recuperado la calzada de Tlacopan!

Hubo mucha alegría en ese momento.

—¿Qué fue lo que ocurrió?

—Comenzamos el ataque muy temprano. Matamos a varios de los extranjeros y a decenas de tlashcaltecas. Luego salió Malinche en su venado gigante y otros más. Hicieron estallar sus trompetas de humo y fuego. Mataron a muchos de los nuestros, pero no pudieron sostener el combate ante tantos escuadrones que los tenían cercados, incluso desde las canoas. Finalmente se dieron a la huida. Con sus largos cuchillos de plata, sus arcos de metal, sus lanzas con forma de murciélago y sus venados lograron abrirse paso. Luego al llegar a uno de los puentes saltaron sobre el agua. Muchos de ellos cayeron al lago con sus venados gigantes y fueron rápidamente apedreados. También fueron atacados cuerpo a cuerpo por los soldados meshícas que se encontraban en las canoas y que saltaron al agua para atacarlos. Matamos a dos de los barbudos y capturamos a uno. Malinche fue herido en la rodilla en dos ocasiones, aún así logró pelear con gran valentía y brincar sobre su venado gigante. Poco a poco se fueron alejando hasta llegar a Las casas viejas.

—No deberías elogiar al enemigo —dijo uno de los pipil-tin—. Dices «logró pelear con gran valentía», con admiración.

—Es lo que sucedió. ¿Qué quiere que le diga?

—Que lo lastimaron y ya.

—¡Silencio! —grité—. No es momento de discutir por tonterías.

—Pero...

—Al que vuelva a decir una palabra lo mandaré encerrar.

Hubiese querido hacerlo, pero las circunstancias no eran aptas. No teníamos ni el tiempo ni la gente para estar cuidando prisioneros. Además, hacer algo así, únicamente serviría para generar desconfianza entre mis vasallos, algo que de ninguna manera me convenía.

—Cuauhtémoc, ordena a las tropas que se preparen para esta noche. Que coman, que curen sus heridas y que arreglen sus armas.

—Así lo haré —dijo y se marchó.

Llovizno toda la tarde, pero, apenas se hizo de noche, cayó un aguacero tan fuerte, con enormes bolas de granizo, que no había manera de permanecer afuera. Varios árboles fueron derrumbados por el viento. Se calmó poco después de que oscureciera. Entonces tomamos nuestras posiciones de vigilancia, escondidos en las azoteas, canoas y detrás de las casas. A la media noche comenzaron a salir de Las casas viejas. Primero aparecieron los capitanes de Malinche sobre sus venados gigantes, luego salieron más de doscientos hombres a pie.

—¿Y ahora qué traen ahí? —preguntó un soldado meshíca.

Traían cargando una enorme pieza plana hecha de madera. Detrás de ellos caminaban miles de soldados tlashcaltecas, cholultecas, hueshotzincas, totonacos. En total serían entre siete u ocho mil hombres, de los cuales mil trescientos eran extranjeros. El oro iba en siete venados gigantes. Esperamos a que llegaran a la calzada de Tlacopan. Aún dentro de la ciudad cruzaron fácilmente los canales más pequeños: el de Tecpantzinco, Tzpotlan y Atenchicalco. Cuando los vimos llegar a Mishcoac y Mixcoatechatitlan, donde estaba el cuarto canal, llamado Tlaltecayoacan, comprendimos que aquella pieza gigantesca de madera era un puente para pasar las cortaduras. Era tan grande y tan pesada que se requirieron más de quinientas personas para colocarlo. Así que ordené a las tropas que atacaran.

Pronto se escucharon los silbidos de los caracoles, los huehuetl, los teponaztli y los gritos de guerra. La lluvia de piedras, flechas y lanzas fue atroz. Los barbudos y sus aliados corrieron por el puente que habían colocado, el cual pronto se aglomeró. Eran demasiados. No lograron cruzar todos, pues en ese momento, llegaron miles de soldados meshícas por el lado de la ciudad. Los que no pudieron cruzar (más de cien) lucharon con todas sus fuerzas, pero al ver que no podrían contra tantos huyeron hacia Las casas viejas. Al llegar ahí se encontraron con otro ejército. Entonces corrieron hacia el Coatépetl, donde se llevó a cabo un combate brutal. Finalmente lograron subir hasta la cima y desde ahí estuvieron disparando, hasta que ya no pudieron usar sus palos de humo y fuego. Entonces las tropas meshícas subieron por ellos. Algunos murieron en el combate y otros se dieron por vencidos.

Mientras tanto, en la calzada de Tlacopan se llevaba a cabo otra batalla sanguinaria. Miles de meshícas habían llegado por los dos lados en canoas; eran tantas que chocaban entre sí y contra la calzada. Lanzaron flechas y piedras. Luego subimos a la calzada. Los venados gigantes relinchaban y elevaban sus patas delanteras y traseras ante los ataques. Algunos soldados meshícas habían atado a sus lanzas los largos cuchillos de plata que habían robado a los extranjeros en combates anteriores, con lo cual lograron intimidar aún más al enemigo. Cientos de guerreros enemigos cayeron al agua. Hubo centenares de batallas cuerpo a cuerpo dentro y fuera del agua. Los barbudos enterraban con gran facilidad sus largos cuchillos de plata en las gargantas, pechos y estómagos de nuestros guerreros, que, a pesar de eso, luchaban hasta el último aliento. Los macahuitles no les hacían daño a los extranjeros pues sus trajes de metal los protegían. Los aliados de los enemigos intentaron quitar el puente que habían construido pero no pudieron, las vigas se habían enterrado en la tierra que se había reblandecido.

Al llegar a la otra cortadura, sin puente, colocaron una viga no muy ancha, por la cual comenzaron a cruzar con dificultad, pues caían al agua debido a que estaba resbalosa debido al agua y el lodo. Los demás se vieron obligados a brincar. Uno de los venados gigantes no logró llegar y cayó con su hocico en la orilla. El hombre que lo montaba nadó hasta llegar a la calzada. El animal quedó flotando. De igual manera los venados que llevaban el oro, la plata y las joyas murieron ahogados en el lago. Eran tantos y tal la presión de los de atrás, que muchos de adelante fueron empujados al lago. Primero uno, después otro y otro. Luego cinco, siete, diez más. Aunque hacían gran esfuerzo para salir, eran golpeados por una piedra, un macahuitl o alguien que caía sobre ellos, porque seguían cayendo como granizo. Pronto la cortadura de la calzada quedó llena de cadáveres, entonces los barbudos comenzaron a cruzar sobre ellos. El agua les llegaba a la cintura. El lago ya se encontraba teñido de rojo. La gritería era atroz. Por primera vez vimos a los barbudos aterrorizados. Hubo algunos que en lugar de luchar se lanzaron al agua. Otros se desmayaron del miedo. Los meshícas que estaban en el agua, se encargaron de matar a los que caían al agua por descuido, abatimiento o por las batallas. A otros los ataron de manos y los subieron a sus canoas para sacrificarlos más tarde. Jamás en Meshíco Tenochtítlan se había visto tanta sangre, tantos muertos, tanto odio.

Los extranjeros traían consigo varias mujeres de servicio. Pero había una que estaba en el ejército y que esa noche luchó con gran valor, incluso mejor que algunos que se acobardaron al final. A pesar del gran número de soldados meshícas, la mayoría de los hombres de Malinche llegaron al otro lado del lago, dejando atrás a sus aliados, quienes dieron su vida por un grupo de extranjeros que les ofreció una victoria que jamás sería de ellos. Tan solo el placer de la venganza. Una venganza inútil.

Aunque Malinche ya había salvado su vida al llegar al otro extremo de la calzada, volvió en su venado gigante para defender a varios de sus hombres que estaban en peligro. Y así, mientras los que ya estaban desarmados o heridos huían hacia el otro extremo de la calzada, Malinche y tres de sus hombres y alrededor de veinte aliados les protegieron la retaguardia enterrando sus largos cuchillos de plata y sus lanzas con forma de murciélago a quienes se acercaban. Tonatiuh había quedado atrás, del otro lado de la cortadura de la calzada. Intentó cruzar con su venado, pero al percatarse de que era mucha la distancia, bajó del animal, se lanzó al agua y abrazando un madero que flotaba por ahí, nadó hasta el otro lado, donde Malinche le extendió la mano para que saliera.

—¡Ordena que cesen el combate! —le dije a Cuauhtémoc—. Manda a cincuenta mensajeros que vayan en distintas direcciones hacia Azcapotzalco, Tenayuca y los pueblos cercanos para que les avisen que los extranjeros se dirigen hacia allá. Que los maten a todos.

Pronto se escuchó el silbido del caracol que anunciaba el fin de la batalla. Los extranjeros se marcharon dejando atrás a sus demás compañeros. Después llegaron a Petlacalco donde había otro canal, el cual cruzaron con la ayuda de un tablado, ahí por fin tuvieron un instante para recuperar fuerzas. Nosotros decidimos volver a la ciudad para buscar a los demás pipiltin que habían permanecido presos. Sabíamos que Malinche se había llevado consigo a muchas mujeres e hijos de Motecuzoma, los cuales no pudimos rescatar. Muchos murieron en el camino y otros lograron huir.

—¿Por qué no los perseguimos? —preguntó Cuauhtémoc luego de cumplir con las instrucciones que le había dado.

Observé hacia el final de la calzada, respiré profundo sin decir una palabra. Luego de un breve instante respondí:

—Es demasiado riesgoso. En la calzada los teníamos acorralados. Entre los maizales es distinto. Si salimos en este momento ellos podrían aprovechar para entrar. Es mejor que nuestros vecinos hagan el trabajo.

—¿Y si no lo logran?

—Lo haremos nosotros, luego. Fuera de la ciudad, con nuestras tropas mejor organizadas.

—Uno de los capitanes me acaba de informar que Ishtlilshóchitl y su gente intentaron entrar a la ciudad por el lado oriente de la isla.

—¿Los detuvieron?

—Sí.

—¿Cuántos eran?

—Alrededor de tres mil.

—Vamos, tenemos mucho trabajo. Llama a los capitanes y ordénales que organicen las tropas para que saquen a los muertos y heridos del lago. Otro grupo que se encargue de los que se encuentren en tierra. Luego que los separen. A los extranjeros en un grupo, a sus aliados en otro y a los meshícas en otro. Este último grupo sepárenlos por sexo y edades. En cuanto termines de organizarlos déjalos y avísame para que me acompañes a Las casas viejas.

Al alba retiraron de los canales los cuerpos de los extranjeros y de sus aliados por medio de canoas, después en los juncos blancos, justo entre los tules, los meshícas fueron a tirarlos. A las mujeres las echaron a tierra, estaban desnudas, embarradas de amarillo. Los desparramaron, los abandonaron completamente desnudos. Y a los españoles los colocaron a parte, los pusieron en filas separadas. Como raíces blancas de caña, como retoños blancos de maguey, como cañas blancas de maíz, como raíces blancas de caña eran sus cuerpos. Y sacaron los venados que llevan a las gentes, a los que se llaman caballos. Y a todos sus bienes, todo lo que cargaban sobre la espalda, todo fue robado, todo fue arrancado como si se tratara de recompensas. Aquel que encontraba algo se lo apropiaba rápidamente, se apoderaba de ello, se lo llevaba a su casa. Y en cierta forma, ahí donde había tenido lugar la masacre, todo tipo de cosas que habían abandonado por el espanto y numerosas armas de guerra fueron robadas ahí: grandes trompetas de fuego, pólvora, espadas de metal, lanzas de metal, lanzas con forma de murciélago, arcos de metal y flechas de metal. También allí fueron robados, como si se tratara de recompensas, cascos de metal, chalecos de metal, escudos de cuero, de metal y de madera, oro en lingotes, discos de oro, oro molido y collares de oro con dijes. Y cuando ya todo había sido robado se pusieron a buscar sin descanso en el agua, algunos hurgaban con las manos y otros con los pies.[10]

Mientras tanto Cuauhtémoc, los pipiltin y yo entramos a Las casas viejas, la antigua casa de mi padre, un lugar que había representado la grandeza de su gobierno. Se encontraba en peores condiciones de cómo la había visto el día en que fui liberado. Había mierda, marcas de orines, escombros, restos de fogatas, mantas de algodón sucias, comida descompuesta y basura por todo el patio. Al entrar nos cruzamos con un cadáver. Se trataba de uno de los miembros de la nobleza que tenía la espalda perforada por un disparo. Era evidente que había intentado huir en el último momento. Su sangre había hecho un charco alrededor de su cara. Hacia afuera habían quedado

10   Códice Florentino.

marcadas decenas de huellas de botas ensangrentadas que habían pasado por ahí. Más adelante nos topamos con otro cuerpo lleno de sangre. Al revisarlo lo reconocí enseguida: era Ocelhuitl, uno de mis mejores amigos, y le habían perforado la espalda con uno de esos largos cuchillos de plata. Me detuve por un instante para lamentar aquella pérdida. Cuauhtémoc volteó y me miró por un instante.

—¿Estás bien? —preguntó.

—Sí —respondí, aunque mi expresión era deprimente—. Continuemos.

Al entrar a la sala principal, nos encontramos con una laguna de sangre: todos los pipiltin que habían permanecido presos, o mejor dicho, los que habían sobrevivido a la masacre de Tonatiuh, habían sido brutalmente asesinados. A unos los habían degollado, a otros les habían perforado el pecho con sus largos cuchillos de plata y a otros les habían dado un disparo en el rostro. Entre ellos encontré a mi amigo Tepiltzín. Asimismo estaban ahí algunas concubinas de Motecuzoma y mujeres de servicio. Todas desnudas. Las habían violado, torturado y asesinado. A tres de ellas les cortaron los senos. Con cada paso que dábamos se escuchaba el sonido viscoso de la sangre en nuestros pies. De pronto mi pie tropezó con la cabeza cercenada de un bebé. Hasta entonces notamos en un rincón los cuerpos decapitados de los hijos menores del tlatoani. Permanecimos un largo rato en silencio, observando aquella desgracia.

—Recojan a todos los cuerpos con cuidado —ordené y me di media vuelta.

—¡Mi señor! —dijo uno de los soldados—. ¡Aquí hay uno vivo!

24

LA MIRADA del tlatoani se hallaba ausente. Todos los pipiltin esperaban su respuesta en absoluto silencio. La inminente llegada de los extranjeros a las costas totonacas había cambiado todos los planes de Motecuzoma.

—Yo opino que los dejemos llegar a Meshíco Tenochtítlan —dijo Opochtli.

—¿Dejarlos entrar a la ciudad para que nos ataquen? —reclamó Cuitláhuac—. Ésa sería la peor decisión.

—¿A qué le tienes miedo? —intervino Cuitlalpitoc.

—No se trata de miedo, sino de precaución.

—Yo creo que sí tienes miedo —se burló Tlillancalqui.

—¡Ya basta! —los regañó el tlatoani—. No pueden estar un día sin discutir.

—Disculpe, mi señor —Tlillancalqui se arrodilló humildemente.

—Dejarlos entrar sería un grave error —dijo Shiuhcóatl.

—Lo mejor será enviar nuestras tropas y acabar con ellos de una vez —agregó Ueman.

—¡Atacarlos! —reclamó Cuitlalpitoc—. Pero ellos ni siquiera nos han ofendido.

—Han atacado a otros pueblos y eso es razón suficiente —respondió Ocelhuitl.

—Capturaron a cuatro habitantes adelante del pueblo llamado Tlacotalpan, en las orillas del río Papaloapan —informó Cuitláhuac.

—Tenemos suficientes aliados como para derrotarlos —medió Tepiltzín.

—Lo mejor sería que enviáramos una embajada para que les pregunte qué es lo que están buscando de nosotros —sugirió Tlillancalqui.

—Ya lo sabemos: quieren oro, plata, joyas preciosas —alegó Ueman muy molesto.

—Lo mejor será entablar el diálogo —intercedió Imatlacuatzin.

—Mandaremos gente a varios pueblos de las costas totonacas con alimentos y regalos —decidió Motecuzoma—. Si se ven obligados a tratar con los extranjeros, deberán hacerlo con respeto. Asimismo les preguntarán a los extranjeros qué desean de nosotros.

Semanas más tarde volvieron aquellos que habían ido a las costas totonacas.

—No hay manera de conversar con ellos —dijo el informante—. No hablan nuestra lengua ni nosotros la de ellos.

—Con todo respeto, mi señor —intervino Tlillancalqui—, creo que fue un grave error no haber enviado embajadores.

—Déjalo que termine de hablar —respondió Motecuzoma.

—Aunque no hablan nuestra lengua —continuó el informante—. Insistieron en que querían oro, mostrando las piezas que cargaban. Los señores principales ya les cedieron collares, máscaras, zarcillos, brazaletes, figuras de animales y todo tipo de adornos. Pero eso no los satisfizo.

Los extranjeros les entregaron peines, cuchillos, tijeras, cinturones, bonetes, trajes, vestidos, camisas de Castilla, sandalias, espejos y trastes.

El tlatoani se mantuvo en silencio por un largo rato.

—Tlillancalqui, Opochtli y Cuitlalpitoc —dijo el tlatoani—. Quiero que vayan a las costas totonacas, se hagan pasar por comerciantes e investiguen todo lo posible.

—Así lo haremos —respondió Opochtli muy satisfecho con aquella decisión.

En cuanto terminó la reunión, Cuitláhuac habló con Cacama, tecutli de Acolhuacan, Totoquihuatzin, tecutli de Tlacopan e Itzcuauhtzin, tecutli de Tlatilulco y les requirió su presencia en una audiencia que había solicitado en privado con el tlatoani, quien lo hizo esperar hasta después de la comida.

—No deberías ser tan… —dijo Cacama.

—Impetuoso —lo interrumpió Cuitláhuac.

—Sí —hizo una mueca.

—Motecuzoma siente que lo tuyo contra Tlillancalqui, Opochtli y Cuitlalpitoc ya es un asunto muy personal —dijo Totoquihuatzin.

—Eso ya no me importa —se defendió Cuitláhuac—. En verdad. De eso hace tantos años. Incluso Ehecatzin lo ha dejado por la paz.

—¿Entonces? —preguntó Itzcuauhtzin.

En ese momento entró uno de los miembros de la nobleza y anunció que el tlatoani estaba por entrar a la sala. Los tres

se arrodillaron, tocaron el piso con una mano, se la llevaron
a la boca y colocaron sus frentes en el piso.

—Buenas tardes —saludó el tlatoani con mucha cordialidad.

Los cuatro tetecuhtin lo saludaron.

—¿En qué les puedo ayudar?

—Queremos hacer de su conocimiento nuestra inconformidad —dijo Cuitláhuac— con la resolución de enviar a Tlillancalqui, Opochtli y Cuitlalpitoc a las costas totonacas.

—¿Los cuatro?

Cacama, Totoquihuatzin e Itzcuauhtzin asintieron sin
decir una palabra.

—¿Explícame, Cacama? ¿Cuál es su motivo?

—Creemos que no es una buena... —hizo una pausa—,
decisión enviar a... —olvidó los nombres—, a hablar con
los extranjeros.

—¿Por qué?

—Lo traicionarán, mi señor —intervino Cuitláhuac.

Motecuzoma se dirigió al pipiltin encargado de comunicar
sus palabras cuando no tenía deseos de hablar directamente
con su interlocutor.

—Dile al tecutli de Iztapalapan que la próxima vez que interrumpa ordenaré que lo saquen de la sala.

—Tecutli de Iztapalapan —dijo del pipiltin—. Dice el huey
tlatoani que la próxima vez que interrumpa ordenará que lo
saquen de la sala.

Cuitláhuac se puso de pie y miró directamente al tlatoani.

—¡Era lo único que quería decir! ¡Esos tres te van a traicionar! —se dio media vuelta y salió.

Semanas más tarde volvieron Tlillancalqui, Opochtli
y Cuitlalpitoc y le informaron a Motecuzoma todo lo que
habían visto.

CUITLÁHUAC, ENTRE LA VIRUELA Y LA PÓLVORA

—¿Cómo son las casas flotantes? —preguntó Motecuzoma.

—Las dibujamos aquí —presumió Cuitlalpitoc muy orgulloso al mismo tiempo que mostró los lienzos de algodón en los que habían pintado todo lo que habían visto y los extendieron sobre la alfombra de algodón. El tlatoani se acercó y se agachó para verlos de cerca.

—Éstas son unas mantas que tienen las casas flotantes pendiendo de un madero muy alto. Las extienden cuando quieren que éstas se muevan y las enrollan por las noches.

—¿Esos son los venados? Me habían informado que eran más grandes.

—No; esos son unos xoloitzcuintles. La diferencia es que estos tienen pelo en todo el cuerpo y son más agresivos.

El tlatoani observó por largo rato las casas flotantes, los animales, los vestidos y utensilios que estaban dibujados.

—No hablen de esto con nadie —ordenó.

A la mañana siguiente, el huey tlatoani reunió a todo el Consejo y les informó que enviaría a Opochtli, Tlillancalqui y a Cuitlalpitoc una vez más a las costas totonacas. Nadie cuestionó su decisión. Todos estaban enterados de lo sucedido con Cuitláhuac.

Opochtli, Tlillancalqui y Cuitlalpitoc marcharon frente a las costas de Chalchiuhcuecan con un grupo de tamemes para que llevaran comida y regalos para los extranjeros. Al llegar los tamemes se regresaron a Tenochtítlan para que los hombres blancos no dudaran de los supuestos comerciantes. Al encontrarse con ellos les dieron tortillas, tamales, frijoles y codornices asadas, venados en barbacoa, conejo, chile molido, huevos, pescado, quelites cocidos, plátanos, anonas, guayabas y chayotes. Ninguno de los dos grupos supo darse a entender más que con señas.

Después los extranjeros les entregaron parte de la comida que ellos traían: Bizcochos y tocino. Después entraron a las casas flotantes, donde los extranjeros les dieron a beber vino.

—Queremos que vayan a Meshíco Tenochtítlan —dijo Tlillancalqui.

Su dirigente (Juan de Grijalva) preguntó en su lengua qué significaba lo que le decían.

—Meshíco Tenochtítlan —insistió Cuitlalpitoc—. Casa. Vayan a nuestra casa.

—Meshíco —dijo Opochtli—. Meshíco, allá —señaló hacia tierra firme—, Meshíco.

Esa noche terminaron borrachos con el vino. Al día siguiente Opochtli, Tlillancalqui y Cuitlalpitoc se despertaron con una resaca muy severa. Desayunaron y se regresaron a tierra firme.

Al bajar de la canoa que los llevó hasta la playa, Tlillancalqui insistió, con la mano, para que los siguieran.

—Meshíco.

Los extranjeros se negaron.

De regreso en Meshíco Tenochtítlan Opochtli, Tlillancalqui y Cuitlalpitoc le informaron al tlatoani que los extranjeros habían sido muy amigables y le entregaron los regalos que habían recibido. En cuanto Motecuzoma vio el bizcocho dijo que parecía una piedra de tepetate. Apenas le dijeron que era para comer, le ordenó al cihuacóatl que fuera por una piedra de tepetate para compararlas.

—Son muy parecidas —expresó Motecuzoma asombrado.

Tras analizarla por un largo rato, ordenó a uno de los sacerdotes que lo probara.

—Sabe dulce —informó—, y está suave.

—¿Qué tan suave?

—No muy suave. Es duro comparado con los tamales pero suave comparado con la carne quemada.

Motecuzoma asintió, sonrió y ordenó que se lo llevaran como ofrenda —en una jícara sagrada— al dios Quetzalcóatl. Al son de los teponaztli y caracolas fue llevado en procesión hasta Tolan —Tollan— y enterrado con humo perfumado, en el teocali de Quetzalcóatl.

Al año siguiente, Opochtli, Tlillancalqui y Cuitlalpitoc se dirigieron en secreto hasta las costas totonacas y se infiltraron en una embajada enviada por Motecuzoma, fingiendo que se habían cruzado en el camino. Al llegar buscaron a Malinche y le ofrecieron su apoyo incondicional.[11]

11   De acuerdo con el testimonio de Hernán Cortés, tras su llegada a la Villa Rica de San Juan de Ulúa —el jueves santo, 21 de abril de 1519— el sábado de gloria llegaron tres hombres "a saber de mi venida y lo que se me ofrecía y a pedirme licencia para pintar la gente y los navíos con un gran presente de oro y mantas y hacernos jacales. Y a señas que hacían dos principales de ellos, doña Marina y Gerónimo de Aguilar los entendieron y les dijeron que guardasen todo sigilo y secreto que no llegara a noticia del gran *Montesuma*."

25

Domingo 1 de julio de 1520

AMANECIÓ Y DEJÓ DE LLOVER; sin embargo, el cielo estaba igual de nublado que el día anterior. En el lago seguían flotando cientos de cuerpos, algunos se los había llevado la corriente hasta Tepeyacac y a otros por Chapultepec y Mishcoac. La ciudad hedía a muerte. Por todas partes había rastros de sangre. Incluso el fango se veía rojo. Las mujeres, ancianos y niños ayudaban a limpiar. Algunos iban al lago, llenaban pocillos y ollas de agua y los transportaban a la ciudad para lavar los pisos y paredes. Yo estaba caminando entre la gente, organizando y buscando soluciones a cada problema que se presentaba. De pronto una niña de aproximadamente siete años caminó frente a mí con el brazo mutilado de algún meshíca. Me observó en silencio y alzó las manos para entregarme aquella extremidad llena de sangre y lodo.

—Llévalo allá —señalé una pila de cadáveres que yacía frente a una casa.

No recuerdo el instante en que la niña se alejó. Comencé a escuchar todo como si estuviese muy lejos mientras que mi respiración la escuché muy cercana. Creo que quise decir algo. O no sé si lo dije. Súbitamente se me nubló la vista. Sentí nauseas y mareo y perdí el conocimiento.

Cuando desperté me encontraba en la habitación principal de Las casas nuevas, rodeado por mis concubinas, algunos de mis hijos, varios pipiltin, Cuauhtémoc y tú, mi buen amigo, Ehecatzin. Un chamán de aproximadamente setenta años estaba arrodillado a mi derecha. Comencé a toser.

—¿Qué es eso olor? —pregunté y me llevé la mano a la nariz.

El chamán había puesto a hervir unas hierbas que hicieron que me despertara y puso unas hojas sobre mi nariz. Luego entregó el pocillo de agua hirviendo a uno de sus ayudantes para que se lo llevara. Yo no entendía por qué estaba ahí.

—¿Qué sucede? —pregunté—. ¿Qué hacen aquí?

Quise levantarme pero el chamán me lo impidió poniendo su mano sobre mi frente.

—No se mueva —ordenó—. Todavía no acabo.

—Te desmayaste —respondió Cuauhtémoc.

—Meshíco... —sentí un gran temor de que la batalla de la noche anterior hubiese sido un sueño—. ¿Sacamos a los extranjeros?

—Sí, los sacamos a todos —Cuauhtémoc sonrió con orgullo.

Cerré los ojos y exhalé suavemente. Sentí mucha tranquilidad en ese momento. El chamán puso su oído sobre mi pecho.

—Respire otra vez...

Luego se acercó a mi rostro, jaló mis párpados para ver mis pupilas.

—¿Cuándo fue la última vez que comió?

—No lo recuerdo...

Me abrió la boca presionando mis cachetes con sus dedos índice y pulgar.

—Saque la lengua.

El chamán se puso de pie y caminó hacia un pocillo que tenía sobre unas brasas.

—Recuerdo que una niña me quiso entregar un brazo mutilado —expliqué.

—Es usted un irresponsable —dijo el chamán en cuanto volvió a arrodillarse junto a mí.

—Yo sólo le dije a la niña que llevara el brazo a una pila de cadáveres.

—No. Digo que es usted un irresponsable por no cuidar su Tonalli, su Teyolía y su Ihíyotl.

—¿Eso qué significa?

—Son las tres fuerzas anímicas principales: Tonalli, en la coronilla, el Teyolía, en el corazón y el Ihíyotl, en el hígado. El Tonalli permite el crecimiento y vitalidad de los hombres, y su ausencia causa enfermedad y hasta la muerte. Es la clave para conservar el balance y el equilibrio. El buen desempeño de un cargo, sobre todo el de una autoridad o el de un noble, por ejemplo, fortalece su Tonalli. La salud es equilibrio y la enfermedad es desequilibrio. Para tener un cuerpo equilibrado es esencial la moderación de la dieta, el ejercicio y un comportamiento adecuado. El trabajo y el cansancio crean un desequilibrio de varias maneras, sobre todo un sobrecalentamiento del Tonalli de la persona.[12]

—Entonces me desmayé por...

12 *Arqueología Mexicana*, núm. 74.

—Por no comer ni beber agua —el chamán me tomó de la nuca, levantó ligeramente mi cabeza y puso frente a mí un pocillo con caldo—. Beba un poco de esto. Usted le hizo una promesa al pueblo meshíca. ¡Mire sus brazos y piernas! Está usted muy flaco. No se debe dirigir un ejército sin comer ni dormir bien. Tuvo mucha suerte de que no lo mataran en el combate.

—Tiene razón.

—¡Claro que tengo razón! En este momento va a tomarse este caldo, luego se va a dormir. Y cuando despierte va a comer. Así que dígale a toda esta gente que se vaya a cumplir con sus labores.

—Ya lo escucharon…

—Solamente podrán estar aquí algunas de sus concubinas.

Obedecí las instrucciones del chamán no tanto por su autoritarismo, sino porque en verdad me sentía muy cansado y hambriento. En los últimos días había olvidado comer y había dormido muy poco. En cuanto todos se fueron, comí el caldo que me había dado el chamán y unas tortillas con frijoles y chile. Dormí todo el día y en la noche me dieron de comer otra vez. Platiqué un rato con mis concubinas de asuntos que no tuvieran relación con la situación política; luego volví a dormir. Toda la noche. Estoy seguro de que pude dormir debido a que me sentía tranquilo. Sabía que aún tenía muchos asuntos pendientes. Malinche y su gente estaban por algún lugar. No tenía idea de dónde. Tampoco intenté informarme. Pero tenía la certeza de que las tropas y los espías los estarían persiguiendo. Por otra parte debía llevar a cabo las exequias de Motecuzoma y los pipiltin que fueron asesinados, pero me tranquilizó saber que eso podía esperar, por lo menos uno o dos días.

Desperté a la mañana siguiente, poco después de la salida del sol, con más fuerzas y mejor ánimo. Desayuné bastante bien, me bañé con mucha tranquilidad en el temazcali y salí a ver cómo iban con la limpieza de la ciudad.

—Así que fue un desmayo —dijo una voz a mis espaldas.

Al girarme encontré a Opochtli, mirando al cielo, como si buscara algo.

—Sí.

—De dos días... —alzó las cejas.

Estuve a punto de explicar que había despertado en cuanto me llevaron a Las casas nuevas y que el chamán me había ordenado dormir y comer, pero me contuve. No tenía porque darle explicaciones a Opochtli.

—Yo también habría fingido un desmayo con tal de no limpiar tanta mierda, tripas y sangre —continuó.

—¿Estuviste limpiando? —pregunté con sarcasmo—. Eso sí sería asombroso.

—Estuve haciendo lo que tú deberías haber hecho: organizar a la gente.

—Justo lo que necesitamos: personas como tú —me alejé de ahí.

Faltaba mucho por hacer. Había casas en cenizas y escombros. Además de los cuerpos apilados por todas partes. La melancolía en los rostros de la gente era distinta a la que había visto en días anteriores: aunque tristes por tantas muertes, de cierto modo se sentían compensados por la salida de los extranjeros.

Poco después se acercaron a mí varios pipiltin. Preguntaron cómo me encontraba. Algunos fueron excesivos con sus atenciones, otros con mi primera respuesta tuvieron más que suficiente.

—Tengo que hablar con todos ustedes —les dije y luego me dirigí a uno de los soldados que caminaba por ahí—. Busca al tlacochcalcatl Cuauhtémoc y avísale que lo estaremos esperando en Las casas nuevas.

Era urgente nombrar nuevos funcionarios, lo cual había pospuesto debido a la prioridad que tenían los combates, pero ya superados, era indispensable nombrar embajadores, cobradores de impuestos, comisionados de asuntos urgentes, ministros de comercio, agricultura, pesca y reconstrucción. No sólo Meshíco Tenochtítlan había permanecido estancada, también todo el señorío: pueblos aliados, vasallos y enemigos. El problema más grande en ese momento era la falta de alimento.

Tras nombrar a los nuevos funcionarios y asignarles sus obligaciones, hablé con los capitanes del ejército, quienes me dieron un informe de lo acontecido en el día anterior. Me informaron que la noche en que huyeron los extranjeros —o mejor dicho, la madrugada— fueron perseguidos por varios de nuestros soldados, quienes únicamente los espiarían.

—Caminaron entre los maizales hacia Tlacopan —explicó el informante—. El tecutli Malinche iba cuidando que nadie se quedara atrás. Todos iban descalzos, mojados, sucios de lodo, heridos, sangrando, cojeando y lamentándose. Entre nosotros iban varios soldados meshícas para auxiliarnos en caso de ser atacados. Tres de ellos, desobedeciendo las órdenes del tlacochcalcatl de no atacar, se filtraron entre los maizales y sin ser percibidos, capturaron a cuatro extranjeros por la espalda, tapándoles la boca y poniéndoles un cuchillo de pedernal en el cuello. Se los trajeron para sacrificarlos a los dioses y nos dejaron ahí. Poco antes de llegar a Tlacopan, los barbudos fueron atacados, con flechas y lanzas, por las tropas de aquel pueblo, que obedeció al llamado de Meshíco Tenochtítlan, pero, luego de un rato, lograron espantarlos con sus trompetas de fuego.

—¿Cómo? ¿Por qué?

—No tenían suficientes soldados para combatir cuerpo a cuerpo.

—¿Cuántos soldados tiene Malinche?

—No lo sé, mi señor, no los pude contar. Estaban entre los maizales.

—¿No pudiste calcular si eran quinientos o cuatro mil?

—Supongo que no eran quinientos, pero tampoco creo que hayan sido cuatro mil.

—¿Les tuvieron miedo?

—Parece que sí. Pero les mataron un venado.

—No me interesa que maten a sus venados —respondí muy enojado—, quiero que acaben con ellos.

—Disculpe.

Me arrepentí de no haber perseguido a los enemigos hasta acabar con ellos. Luego pensé en Ishtlilshóchitl, quien, con facilidad, se hubiese apoderado de nuestra ciudad si la hubiésemos dejado sin protección.

—Perdón. No es tu culpa —comprendí que no debía enojarme. Ya no había forma de cambiar eso—. Continúa con lo que me estabas diciendo.

—Salió la luz del sol y fue más difícil seguirlos. Ya no nos podíamos mover igual entre los maizales. Antes del medio día apareció un ejército meshíca, pero no los vieron.

—¿Quién a quién?

—Los meshícas a los extranjeros.

—¿Y los extranjeros vieron a los meshícas?

—Sí. Y se escondieron.

—¿Y ustedes qué hicieron?

—Nos quedamos en silencio.

—¿Cuántos espías eran?

—Cinco.

—¿Por qué no dieron aviso a los meshícas?

—Estábamos muy lejos de ellos y muy cerca de los enemigos y lo único que lograríamos sería que nos mataran con sus trompetas de fuego.

—¿Qué ocurrió después?

—Siguieron caminando hasta que uno de sus venados cayó al suelo. Estaba muy malherido y apenas si podía caminar. Uno de los hombres de Malinche se acercó al animal y le puso la punta de su arma en la cabeza. Otro de ellos se lo impidió. Discutieron un rato. Entonces Malinche se acercó y les dijo algo. Se veían muy cansados. Tras matar al animal, varios hombres comenzaron a destazarlo y a repartir trozos de carne. Uno de ellos intentó encender una fogata para cocinar la carne y Malinche lo regañó.

—El humo hubiese alertado a las tropas meshícas que los estaban buscando.

—La carne del venado gigante no fue suficiente para tantos soldados. Algunos de ellos pidieron permiso a Malinche de matar a otro de sus animales, pero él se negó. Otro de ellos señaló al animal que iba hasta atrás, con la pata delantera muy lastimada. Era imposible que sobreviviera un día más. Entonces Malinche les dio permiso de sacrificarlo. Luego de comer siguieron su camino. Más tarde aparecieron dos hombres de la zona que les traían alimentos y agua. No pude distinguir si eran de Tlashcalan o Hueshotzinco.

—¿Pudiste escuchar la conversación?

—No. Estaban muy lejos. Pero por lo que vi, comprendí que le estaban ofreciendo ayuda. Los acompañaron hasta Tlacopan donde un pequeño ejército de tepanecas los atacó, mató a tres extranjeros e hizo que se marcharan de ahí. Malinche y sus hombres siguieron hacia el norte, donde fueron atacados por la gente que vivía en los pueblos cercanos. Aunque en realidad no les hacían daño, pues únicamente les lanzaban piedras y flechas. La gente de Malinche no tenía energías para seguir combatiendo así que en cuanto podían se daban a la fuga. Pasaron por Tiliuhcan, Shocotlihiouican y Shococotla, donde murieron Chimalpopoca, hijo de Motecuzoma y Tlaltecatzin, el señor tepaneca.

—Esos traidores.

—¿Traidores?

—Sí. Chimalpopoca ya se había aliado a Malinche. Incluso estaba dispuesto a ser nombrado tlatoani y entregarle el poder a Malinche. Y el otro igual, ya se había doblegado ante el enemigo. Cuando estuve preso, le escuché decir en repetidas ocasiones que lo mejor sería rendirnos y dejar que Malinche hiciera justicia. ¿Justicia para quién? ¿Para los tepanecas? Quería vengar la muerte de su abuelo Mashtla.

—Pues sí. Porque yo vi que los trataban bien. Incluso, Tlaltecatzin les iba indicando el camino a los españoles.

—¿Y qué hicieron los extranjeros con los cuerpos de Chimalpopoca y Tlaltecatzin?

—Los dejaron ahí.

—Ahí tienen su justicia —dije con una sonrisa vengativa.

El informante bajó la cabeza.

—¿Qué ocurrió después?

—Cruzaron caminando el pequeño río de Tepzolatl, cuya corriente, a pesar de estar ajetreada, les llegaba al pecho; luego anduvieron hasta a un poblado pequeño, llamado Acueco, el cual encontraron vacío, pues sus escasos habitantes huyeron en cuanto los vieron. Malinche y su gente tomaron el pueblo y el templo de Otoncalpulco. Al atardecer llegó un ejército meshíca y los atacó; entonces, los extranjeros se subieron al templo e impidieron que a los tenoshcas subieran.

—¿Y qué hicieron los meshícas?

—Se regresaron heridos a Tenochtítlan... Pero no vaya usted a pensar que fue por cobardía. Lucharon hasta quedarse sin flechas y lanzas. Fue porque ya iba a oscurecer y no habían comido en todo el día.

—Lo sé.

—Al llegar la noche, los extranjeros quemaron todas las flechas, curaron sus heridas y comieron algunos conejos y jabalíes que cazaron en el camino, lo cual no fue suficiente para alimentar a tanta gente. Luego se turnaron para dormir y vigilar. Pero para su sorpresa, a media noche llegaron alrededor de treinta locales. Les hicieron reverencias a los extranjeros y les ofrecieron tamales, guajolotes asados y hervidos, huevos de guajolote, guajolotes vivos, para que los comieran en los siguientes días.

—¿Sabes de dónde son?

—Por la oscuridad no pude reconocerlos, aunque debido a que había mucho silencio, alcancé a escuchar que el señor que los iba guiando se llama Otoncoatl.

—Otoncoatl... —suspiré y cerré los ojos—. Es el señor de un pequeño pueblo otomí llamado Teocalhueyacan. No está muy lejos de ahí. Ese poblado tiene muy pocos habitantes, pero es peligroso que convenzan a sus vecinos de que ayuden a Malinche.

El informante bajó la cabeza y permaneció en silencio por un instante.

—¿Qué sucede? —pregunté consternado.

—A esas horas los que iban conmigo y yo decidimos volver a Tenochtítlan. No habíamos comido ni bebido agua en todo el día. Pero uno de los barbudos nos descubrió, prendió a uno de los nuestros por el cabello y le puso un cuchillo de plata en la garganta. Nos ordenó, en náhuatl, que soltáramos nuestros macahuitles y nos arrodilláramos. Obedecimos, pero uno de nuestros espías intentó recuperar su macahuitl y atacar al barbudo, quien rápidamente degolló al que tenía cautivo, sacó su largo cuchillo de plata, se puso en guardia y dio aviso a los otros. Mi acompañante luchó cuerpo a cuerpo con el barbudo. Los otros tres recuperaron sus armas y también comenzaron a luchar con los que se acercaron rápidamente. Entonces escuchamos los disparos. Yo sabía que si me quedaba me iban a matar. Eran demasiados, así que corrí. Perdóneme, mi señor, fui un cobarde, pero... —comenzó a llorar.

—Entiendo que lo hiciste para salvar tu vida. No había otra opción.

—Yo no quería pero...

—Es suficiente. Retírate.

En ese momento salí de Las casas nuevas y me dirigí a donde estaban apilando los cadáveres. Observé detenidamente. El olor era insoportable. La mayoría de los que estaban cerca utilizaban trozos de tela en la boca y nariz para soportar la pestilencia.

—¿Alguien está contando los cuerpos? —le pregunté a un hombre que se había acercado con un cadáver en el hombro derecho: se trataba de algún extranjero.

—No, mi señor, aún no.

—¡Ustedes, vengan acá! —le llamé a varios soldados.

Se acercaron a mí con lentitud. Se notaba el cansancio en sus rostros.

SOFÍA GUADARRAMA COLLADO

—Necesito que cuenten todos los cadáveres por separado. Extranjeros, tlashcaltecas, hueshotzincas, totonacos, cholultecas, meshícas. Hombres y mujeres. ¿Quedó claro?

Todos respondieron al mismo tiempo:

—¡Sí, mi señor!

—Tú, comienza a contar los cuerpos de aquel montón —le dije a uno de ellos—, tú cuenta los de allá, tú cuenta aquellos y tú esos. ¿Dónde hay más cadáveres?

—En la otra calle y en la otra y en la otra...

Recorrí toda la parte central de la ciudad y le ordené a la gente que encontraba en mi camino que contara los cadáveres y les dije que me fueran a ver al Coatépetl. Poco antes de anochecer, tuvimos un número aproximado, debido a que todavía habían cuerpos dentro del lago y en el otro extremo de la calzada de Tlacopan. Eran poco más de seiscientos extranjeros, cuatro mil aliados, cuarenta y seis venados gigantes, y más de ocho mil meshícas, entre ellos, cuatro hijos de Motecuzoma, llamados Tecocoltzin, Matlalacatzin y Cuauhtlatoa, así como tres hijas y dos hijos de Nezahualpiltzintli.

...

Entiendo tu sufrimiento, tlacuilo. Sé que esa noche murieron todos tus hijos y gran parte de tus nietos.

26

Tres días después de la huida de los extranjeros llegaron los pochtecas a la ciudad isla, lo que causó mucha alegría entre los meshícas, pues las reservas habían llegado a su límite más bajo. La mala noticia era que no traían muchas mercancías, suficientes apenas para alimentar a todo el pueblo en los siguientes cinco días.

—Hay grande congoja en toda la Tierra —explicó viejo Pitzotzin con tristeza al huey tlatoani Cuitláhuac mientras caminaban entre los muertos apilados—. No ha habido pueblo al que lleguemos y encontremos mujeres llorando y ancianos suplicando por alimento.

De pronto el viejo Pitzotzin se detuvo, se tapó la cara con las palmas de las manos.

—¡Oh, no! —lloró mientras miraba el cuerpo mutilado de un hombre—. ¡Amigo! ¡Qué dolor encontrarte así! —se arrodilló y le acarició la mejilla embarrada de lodo.

Los ojos del cadáver parecían enfocarse en el fondo de la calle que daba al Recinto sagrado. Pitzotzin abrazó a su amigo sin un brazo y con las tripas de fuera.

—¿Por qué? ¡Oh, no!

Entonces dirigió la mirada a la izquierda y se encontró con una mujer que también conocía.

—¡Atzín! —caminó hacia ella y la abrazó—. ¡Tú también! ¡No!

Cuitláhuac no pudo contener el llanto y también lloró de pie, contemplando la melancolía de su amigo que había estado ausente tantos meses y que al volver encontró muerta a la mayoría de la gente con la que había tratado toda su vida.

—¡Coauyohuali! ¡No! ¡Ya no! —sus manos temblaban sin cesar—. ¡Son demasiados!

Pitzotzin lloró un largo rato, tocando los rostros de sus amigos, familiares, socios, comerciantes y clientes.

Cuando se puso de pie miró al tlatoani y lo abrazó.

—Todo esto me duele mucho.

—Lo sé —respondió Cuitláhuac—. Sé que todas estas personas fueron muy importantes para ti. Y también para mí.

—Necesito decirte algo —dijo Pitzotzin muy serio.

—Dime.

—Aquí no. Tiene que ser en un lugar donde nadie nos escuche.

Ambos se dirigieron a Las casas nuevas.

—Tú sabes que jamás me ha gustado ser un soplón pero en esta ocasión no puedo quedarme callado. Hace varios meses fuimos a las costas totonacas y varios señores de allá me informaron que el año pasado anduvieron por allá con los extranjeros, Opochtli, Tlillancalqui y Cuitlalpitoc. No iban como

embajadores; por el contrario, pidieron a todos que no le dijeran nada a Motecuzoma.

—¡Se lo dije! —dijo Cuitláhuac enfurecido—. ¡Le dije a
Motecuzoma que no confiara en esos cabrones! Por eso no
fueron apresados como nosotros por los extranjeros.

—Le ofrecieron su apoyo incondicional a Malinche y le
llevaron algunos amoshtli (libros pintados).

27

—¿Vencimos? —preguntó enfurecido uno de los miembros de la nobleza.

—No —respondió el otro.

—Siendo francos ni siquiera podemos adjudicarnos la salida de los extranjeros. Nosotros no los echamos de la ciudad, ellos ya iban de salida. Estaban huyendo porque, sin alimentos y sin el rehén más importante: Motecuzoma, no tenían otra opción.

—¿Estás diciendo que no tenemos ningún mérito? ¿De nada sirvió que les negáramos el alimento y que los atacáramos todos los días hasta acorralarlos?

—Eso es lo único que hicimos: negarles el alimento y pelear con todo lo que pudimos para evitar que volvieran a Las casas viejas. Habría sido una gran victoria si hubiésemos entrado a su fortaleza y los hubiésemos matado a todos. Por lo mismo, no hay razones para celebrar.

Ambos tenían razón hasta cierto punto. Faltaba mucho por hacer. Con Malinche y su gente allá afuera, corríamos muchos riesgos. Tenían aliados por todas partes, dispuestos a entregarle sus ejércitos completos y podían regresar en cualquier instante. De día o de noche. Esta guerra no era como las que habíamos vivido en toda nuestra historia. Sin embargo, un grupo de tenoshcas comenzó a celebrar con algunas danzas, comida y bebidas. Frente a mí se encontraban algunos pipiltin indignados por el suceso. Exigían que los fuera a callar.

—Estamos de luto —dijo uno de ellos.

Tenían mucha razón. Pero también los otros poseían una justificación: después de tantos meses sin fiestas lo que menos que les importaba era el motivo. Los meshícas somos un pueblo que vive en las fiestas. Tenemos celebraciones todo el año. ¿Quién nos impuso esta costumbre o forma de ser? No lo sé. Hay quienes dicen que fue Tlacaeleltzin, que para llevar a los meshícas a tantas guerras inventó todas las celebraciones religiosas como un bálsamo o un premio. Motecuzoma también siguió esa doctrina al pie de la letra. Si ganaba una guerra hacía fiestas que duraban días y noches sin descanso, pero si perdían los castigaba, quitando todos sus privilegios a los soldados.

En alguna ocasión mi hermano me dijo: «El pueblo está para servir a su gobierno, pero hay formas de exigir sumisión: por las buenas y por las malas. Por las buenas se obtienen mejores resultados. Si no les das mitote a tus vasallos, ellos no te darán lo que les pidas». Aunque Motecuzoma fue un tlatoani despiadado, a la hora de convencer al pueblo era como un brujo. Las celebraciones que hacía y todos los banquetes que ofrecía, hipnotizaban hasta a sus enemigos. El arte de la tiranía consiste en no parecer tirano.

CUITLÁHUAC, ENTRE LA VIRUELA Y LA PÓLVORA

Lo que es innegable es que ahora los tenoshcas no podemos vivir sin el mitote. Si yo intentaba detener aquella pequeña celebración, únicamente lograría ponerlos en mi contra.

—Por supuesto que estamos de luto —respondí—. ¿Pero cuántos de ustedes no se sienten felices de que por fin hayamos echado a los enemigos de nuestras tierras? Esas personas necesitan un respiro. Un momento de alegría. Ya mañana volverán a trabajar.

—Ya habrá tiempo para celebrar —dijo uno de ellos.

—Y también habrá tiempo para trabajar y limpiar. ¿Cuántos son? ¿Quinientos? ¿Mil?

—Son alrededor de doscientos.

—Eso no es nada.

—Pero...

—¿Cómo piensan detener aquella celebración? ¿Quieren enviar al ejército para que los castiguen, que los encierren? Sería peor. No desperdicien su tiempo en cosas sin importancia.

Me quedé pensativo por un instante. Todos me miraron con atención.

—Lo mejor será pedirles que esperen —agregó otro de los pipiltin.

—No —respondí tajante—. Lo mejor será avisar a todo el pueblo que se prepare para la celebración.

—¿Qué? —respondieron todos con asombro. Muchos comenzaron a murmurar. Vi a lo lejos algunos rostros molestos.

—¡Sí! —continué con entusiasmo—. ¿Cuántos extranjeros tenemos presos?

—Cuarenta y ocho.

—Los sacrificaremos a todos en el Coatépetl y le mandaremos este mensaje a Malinche. Que sepa lo que le espera. ¿No es esto lo que todos ustedes deseaban desde hace mucho?

¿No querían sacrificar a nuestros enemigos? Ahora es el momento preciso.

Los rostros de todos ellos cambiaron. Muchos de ellos se mostraron entusiasmados. Otros intentaron disimular su placer, pero no pudieron.

—Vayan y avisen a todos los meshícas que vamos a celebrar. Y que ofrendaremos los corazones de nuestros enemigos a nuestros dioses. Díganles que para ello es indispensable que se apuren a limpiar la ciudad. De esta manera los que ya están celebrando se verán obligados a trabajar y celebrar con todos.

En cuanto terminé de decir eso todos salieron de la sala principal, excepto uno de ellos.

—Mi señor —dijo con voz pausada—. Mi hermano... ya despertó...

—¿Quién es tu hermano? —lo miré confuso.

—Yaotecatl...

—Sí, tu hermano Yaotecatl —recordé en ese instante y me sentí muy apenado—, disculpa. Tengo tantas cosas en mente que por un momento no te reconocí. ¿Cómo está él?

—Débil, pero consciente. Quiere hablar con usted.

—Vamos.

Salimos de Las casas nuevas y nos dirigimos a su casa en medio de todo el alboroto que había en las calles por el anuncio de la celebración. Al llegar encontramos a Yaotecatl acostado en su petate.

—Hola, Yaotecatl. Me alegra que estés con vida.

Nos conocíamos desde la infancia.

—Si esto es vida —sonrió con sarcasmo y luego se quejó del dolor—. Las heridas aún duelen mucho.

—Entiendo.

—Mi hermano me informó que te eligieron tlatoani.

—Así es.

—También sé que por fin sacaron a los barbudos de nuestra ciudad.

No respondí por un instante.

—Escaparon —dije como un lamento.

—Pero ya no están aquí y eso es lo que más importa.

—Tenemos varias tropas recorriendo todo el valle.

—Espero que los capturen a todos y los lleven a la piedra de los sacrificios.

—Hoy precisamente los sacrificaremos.

—Eso me da gusto —luego se quejó al mismo tiempo que se llevó las manos al abdomen.

Hubo un breve silencio. Nos miramos atentamente. Él quería hablar pero no se atrevía. Había mucho dolor en sus gestos.

—¿Qué fue lo que sucedió en Las casas viejas?

—Poco después del medio día entró Malinche a la habitación donde nos tenían encerrados y ordenó que nos llevaran a la sala. Comenzó a gritar enfurecido. Se fue directo contra Itzcuauhtzin y lo jaló de la cabellera. La niña Malintzin dijo que su tecutli Malinche le exigía que saliera con él hasta Tlatilulco y que ordenara a su pueblo que dejara las armas. Itzcuauhtzin se rehusó. Entonces Malinche puso sus manos sobre el cuello del señor de Tlatilulco y lo asfixió hasta matarlo....

Yaotecatl comenzó a llorar. Yo no pude hacer más que esperar a que se tranquilizara.

—Luego ordenó a sus hombres que nos asesinaran a todos. Los barbudos caminaron rápidamente hacia nosotros y con sus largos cuchillos de plata les perforaron el pecho a los que tenían en frente...

Una vez más Yaotecatl dejó de narrar lo que recordaba.

—A Cacama..., que se puso muy violeto, uno de los hombres de Malinche le enterró un cuchillo corto muchísimas veces, no sé cuántas, pero más de las que se pueden contar. Todo eso fue muy rápido. El hombre no desistió hasta que sus compañeros le tomaron de los brazos y lo cargaron, pues no se quería quitar de encima del cadáver de Cacama. A otros les pasaron el cuchillo por la garganta... A mí me atravesó el estómago uno de ellos con su cuchillo de plata y me dejó en el piso. De ahí ya no supe más, pues salieron de la habitación apurados. Sólo escuché que estaban arrastrando cosas.

Después de eso, Yaotecatl permaneció en silencio por un largo rato.

—Descansa —dije con mucha tristeza—. Luego platicamos. En este momento voy a sacarles el corazón a los barbudos que tenemos presos.

Con lo que me acababa de contar Yaotecatl, el aborrecimiento que sentía hacia los extranjeros se incrementó de manera descomunal. Jamás había sentido tanto odio hacia alguien. Y en ese momento iba a saciar mi ira.

Salí de ahí con deseos de enterrarle el cuchillo de obsidiana al primer extranjero que se pusiera en mi camino. A mi paso fueron apareciendo varios pipiltin. Querían informarme algo, pero no les escuché.

—¿Dónde está Cuauhtémoc? —pregunté sin verlos. Tenía los ojos en las labores de limpieza.

—No lo sé, mi señor —respondió uno de ellos agobiado, caminaba con rapidez para alcanzarme—, ¿quiere que lo busque?

—Ya deberías estar buscándolo —dije mirando siempre hacia el frente.

Algunos de ellos se marcharon en busca de Cuauhtémoc y otros siguieron conmigo. Dos de ellos me estaban hablando de algo, pero no los escuché, pues más adelante, encontré siete jóvenes sentados, con sus espaldas recargadas en un muro. Por sus gestos pude percatarme de que estaban bromeando. Me detuve y caminé hacia ellos.

—¿Qué están haciendo aquí? —pregunté molesto.

—Eso a ti no te importa, viejo —dijo uno de ellos con altivez.

Los pipiltin que iban conmigo dieron algunos pasos hacia adelante.

—Estamos descansando —dijo otro y se puso de pie rápidamente, luego se dirigió a su compañero con mucho temor—. Es el nuevo tlatoani.

Todos se incorporaron asustados.

—Lleven a ese insolente a una prisión. Los vamos a sacrificar junto a los extranjeros esta noche —le dije a los miembros de la nobleza.

Los compañeros de aquel muchacho se quedaron mudos. Uno de ellos comenzó a llorar. Entonces me dirigí a ellos:

—Vayan a trabajar.

—Mi señor, perdóneme —se arrodilló—. Jamás conocí al tlatoani Motecuzoma, nadie lo conoció, ¿cómo iba a saber que usted era el tlatoani?

—Esto servirá para que nadie cometa el mismo error que tú y principalmente para que aprendan a respetar a cualquiera que les hable en la calle —me di media vuelta y seguí mi camino.

El joven siguió implorando perdón a gritos, pero lo ignoré. Quizá, tres días atrás lo habría perdonado, pero ya me había hartado de tantas impertinencias. Apenas llevaba unos días en el cargo y ya no sólo los pipiltin se atrevían a cuestionar mi autoridad, sino que ahora también cualquier imbécil en la calle se atrevía a ningunearme. Comprendí que la benevolencia mal acostumbra a los pueblos.

—Mi señor —dijo uno de los pipiltin que caminaba a mi lado.

—Dime.

—Desde hace rato quiero comunicarle que llegaron a la isla catorce mujeres que los extranjeros llevaban presas la noche de la huida.

Aquello llamó mi atención. Caminé a paso lento sin quitar la mirada de la ciudad y la gente que seguía limpiando.

—¿Escaparon o las liberaron?

—Ellas dicen que escaparon mientras los extranjeros eran atacados en un pueblo.

—¿Ya las identificaron?

—Sí. Cuatro de ellas eran concubinas de Motecuzoma, nueve eran de la nobleza y una niña, hija de su hermano.

—¿Quién es?

—Tecuichpo.

—¿Dónde están?

—En Las casas nuevas. Las están alimentando.

—Vamos a verlas —le dije al que me había informado y luego me dirigí a los otros—. Ustedes organicen todo para los sacrificios de esta noche. En cuanto sepan algo de los espías que están siguiendo a Malinche y su gente avísenme.

Al llegar a Las casas nuevas encontré a las mujeres sentadas formando un círculo sobre una gruesa estera tejida de palma y tendida sobre el piso. Comían con apuro, apenas si masticaban cuando ya estaban tragando el bocado y dándole otra mordida a sus tortillas y trozos de carne de guajolote. Estaban, sucias, pálidas y desnutridas. Conforme me fui acercando noté en sus rostros, brazos y piernas varios moretones y cicatrices. Las saludé en voz baja. Ellas dejaron de comer y se apresuraron a arrodillarse.

—No, no hagan eso —dije rápidamente—. Sigan comiendo.

Me miraron con temor y vergüenza. Como si jamás hubiesen vivido entre nosotros. Como pequeños animalitos indefensos.

—No tengan pena —me senté algo retirado de ellas para que no se sintieran incómodas.

Comenzaron a comer con más tranquilidad. Una de ellas tenía el ojo a punto de reventar.

—¿Qué te pasó? —le pregunté.

La mujer agachó la cabeza y dejó de masticar.

—La golpearon los barbudos —dijo otra con ira.

Era una mujer muy hermosa. Su ropa estaba rota y sucia. Toda ella estaba hecha un desastre. Todas. Estuve a punto de preguntar por qué la habían golpeado, pero no me atreví.

—Abusaron de nosotras —continuó la que había hablado al principio. Le temblaban las manos y los labios.

Todas dejaron de comer. Sus ojos enrojecieron. Yo sentí una corriente de aire frío en mi pecho.

—Era todos los días —intervino otra de ellas—. Y era con todos. Un día entraban unos y otro día otros.

Algunas de ellas comenzaron a llorar en silencio. Entonces dirigí mi atención a Tecuichpo, quien también estaba agachada, tapándose la cara. Yo permanecí en silencio total.

—A veces llegaban en las mañanas —continuó otra—, a veces en las noches o incluso a medio día. Los primeros días nos golpeaban y luego abusaban de nosotras. Luego, dejamos de oponer resistencia para que ya no nos pegaran, pero eso no les satisfacía; y de cualquier manera nos golpeaban.

—Todas estamos preñadas —agregó otra—. Traemos aquí adentro a sus engendros. Algunas tuvieron abortos ahí adentro.

—¿Cómo? —pregunté temeroso.

—Por las golpizas y el poco alimento.

—Y lo más cruel fue el día de la huida —agregó otra con la voz quebrantada y las mejillas empapadas—. Nos llevaron a las sala principal con nuestros hijos y ahí, frente a nosotras, frente a los pipiltin que aún seguían vivos, y que no habíamos visto desde que Malinche se apoderó de Las casas viejas, degollaron a un bebé de apenas un año. Su cabecita cayó al piso y rodó por unos segundos, dejando una horrible mancha de sangre en el piso. Después cargaron a otro niño de tres años e hicieron lo mismo. Nosotras escondimos a los demás niños detrás de nosotras, y caminamos hacia atrás, hasta dar con la pared; ahí los barbudos nos golpearon para que nos quitáramos de su camino. Nosotras nos aferramos a nuestros hijos, de rodillas, otras acostadas en el suelo, con todas nuestras fuerzas, mientras ellos asustados lloraban y gritaban. A muchas mujeres las mataron por no soltar a sus hijos de cuatro, cinco, seis, siete, ocho años.

—Su objetivo no era matar a las mujeres —explicó otra—. Ya nos habían avisado que nosotras iríamos con ellos para que les hiciéramos de comer en el camino.

—Y también para violarnos... —dijo otra enfurecida.

Me sentí destrozado. Imbécil. Impotente. Yo creía que había visto todo mientras estaba preso en Las casas viejas. Jamás imaginé el tormento por el cual habían tenido que pasar todas las concubinas de Motecuzoma y las cihuatl-pipiltin, incluidas tres de mis concubinas.

—¿Cuántos días tenían sin comer?

—Una semana. Y antes de eso nos daban de comer cada tres o cuatro días.

—¿Cómo lograron huir?

—Llegamos a un pueblo al que jamás habíamos ido. Estaba despoblado. Los barbudos se adueñaron de las casas, de la comida y animales que encontraron, la cual era muy poca. Nos obligaron a hacerles de comer. Entonces llegó una tropa meshíca y los atacó. Nosotras aprovechamos el alboroto para huir.

—Me duele todo esto —dije con lágrimas—. Todas ustedes son mis hermanas, primas, sobrinas.

Hubo un largo silencio. Tanta injusticia, tantos abusos, tanta muerte, era demasiado para ellas y para mí. Inimaginable en nuestras vidas meses atrás.

—Esta noche cobraremos venganza —dije muy enojado—. Sacrificaremos a todos los barbudos que tenemos presos.

Las mujeres no mostraron satisfacción. El dolor que sentían no se curaba con la venganza. Las muertes de sus hijos no se pagaban con las vidas de aquellos asesinos y violadores.

—Debo irme. Coman, báñense, duerman todo lo que necesiten.

Al salir, me encontré con Cuauhtémoc y algunos pipiltin. Estuvimos el resto de la tarde organizando los sacrificios de aquella noche. Concluimos que lo mejor sería quemar todos los cuerpos esa noche. Los sacerdotes, danzantes y músicos ya se estaban preparando. Asimismo se estaba cocinando un banquete, aunque muy modesto y nada comparado con los que Motecuzoma solía ofrecer al pueblo en sus mejores días.

Poco antes de que oscureciera me dirigí a la prisión donde se encontraban los extranjeros y sus aliados. Todos estaban atados de pies y manos. No habían comido ni bebido agua desde la noche de la huida. Caminé alrededor de ellos con una rabia que jamás había sentido. Ni siquiera en nuestras peores guerras. La crueldad había llegado a su máximo nivel.

Los rostros de los extranjeros se veían sucios y flacos. Ellos también habían sufrido el hambre, lo cual me dio satisfacción. Sus barbas eran muy largas, en algunos casos les llegaban hasta el abdomen. Por primera vez los veía sin sus atuendos de metal. Estaban desnudos. Tenían sus pechos llenos de vellos. De pronto uno de ellos dijo algo que no comprendí, pero por su risa supe que se estaba burlado. Me dirigí hacia él y lo miré a los ojos con odio, entonces sonrió con cinismo, dijo algo en su lengua y me escupió en la cara. Sin pensarlo, le di un puntapié en los testículos. Se retorció del dolor.

—¿Sabes lo que vamos a hacer con ustedes? —le pregunté.

Respondió con insultos. En el tiempo que estuve preso aprendí principalmente sus insultos, los cuales repetían todos los días: indio de mierda, perro maldito, hijo de puta, coño.

—Hoy te vamos a sacar el corazón —dije y le di una patada en la cara—. Y tú serás el primero. Te voy a abrir el abdomen con un cuchillo de pedernal, luego te voy a sacar las tripas, meteré mi mano con el mismo cuchillo hasta llegar a tu corazón, cortaré cuantas venas pueda y lo arrancaré con todas mis fuerzas. Sentirás que se estira, pues algunas venas, son muy duras. Pero voy a jalar duro para que tu corazón salga latiendo, y en cuanto lo tenga afuera, te lo voy a mostrar, para que lo conozcas. Entonces cortaré las venas más gruesas y apretaré la porquería que tienes ahí adentro para exprimirle toda la sangre.

—¡Perro maldito! Mi capitán Hernando Cortés volverá y os matará a todos vosotros. Vuestra raza se extinguirá.

—Pensándolo bien, tú serás el último. Te llevaré hasta la cima del Coatépetl, y te obligaré a observar mientras les saco los corazones a tus compañeros.

—Chupadme la polla, hijo de puta.

Exigí a uno de los guardias que me entregaran un cuchillo de pedernal, regresé ante aquel brabucón, le di cuatro fuertes golpes a puño cerrado en el hocico —sus dientes tronaron—, metí la mano en su boca, le saqué la lengua y la corté. Él gritó tan fuerte que me quedó un zumbido en el oído poco después.

—Para que aprendas a callar —le mostré su lengua y luego se la metí en la boca.

Al incorporarme noté que todos los guardias me observaban aterrorizados.

—Y al que vuelva a insultarlos le hacen lo mismo —ordené.

Todos asintieron sin decir una palabra.

—Ordenaré que les traigan refuerzos. Si se fuga uno de estos cabrones, los sacrificaré a todos ustedes. ¿Me entendieron?

—Sí, mi señor.

Al caer la noche, el Recinto sagrado ya se encontraba limpio; sin embargo, las construcciones incendiadas y demolidas le daban un aspecto lóbrego. Se encendieron las hogueras y se adornaron las calles con algunas flores que se trajeron del otro lado del lago. Los danzantes esperaban a un lado de La Casa de las Águilas —el edificio donde está el adoratorio dedicado al dios Tonatiuh—, pues la procesión entraría justo en ese punto al inicio de la celebración. Poco a poco el recinto se llenó. Aún así, un gran número de soldados permaneció vigilando toda la isla.

En cuanto ordené que hicieran el primer llamado, se escuchó el sonido del caracol, grave y largo. Quería que Malinche y sus hombres escucharan que Meshíco Tenochtítlan estaba más vivo que nunca y por ello había decidido a quemar los cadáveres de sus soldados y sus aliados esa noche, para que el fuego iluminara toda la ciudad y se viera desde cualquier parte del Valle.

La gente que aún seguía en sus casas comenzó a salir. Pronto el Recinto sagrado quedó completamente lleno, como en los viejos tiempos. Se escuchó el huehuetl y el teponaztli. Yo me encontraba con los prisioneros, cuyas manos estaban atadas a sus espaldas y sus pescuezos amarrados a un palo de madera en posición horizontal. Si uno intentaba huir, todos tenían que correr con él. Si uno tropezaba, todos tropezaban.

El brabucón ahora estaba con la cabeza agachada. Detrás de él había un hombre joven que lloraba desconsolado. El que estaba detrás de él le ordenó en repetidas ocasiones que se callara; incluso le dio una patada en el trasero. Caminé hacia el joven y contemplé su llanto. Él alzó la mirada por un instante y al notar mi rostro pintado de negro y rojo y mi enorme penacho, comenzó a temblar exasperadamente; entonces acerqué mi cara a la suya e hice un gesto y un sonido imitando a un jaguar a la defensiva... y el joven se orinó. El que estaba detrás de él vio el charco que se formó entre los pies del joven y negó con la cabeza.

—¡No me mate! —rogó.

El sonido del huehuetl se escuchó a lo lejos: Pum... Pum... Pum... Era el aviso de que diéramos inicio a la procesión. Entramos de manera lenta. Primero los sacerdotes con sus pebeteros, luego los miembros de la nobleza, con sus finos atuendos, sus largos penachos, argollas y rostros pintados; después yo con un ejército. Detrás venían los prisioneros y al final los danzantes, que permanecieron bailando frente al Coatépetl, mientras los pipiltin subimos los ciento veinte escalones lentamente. Cuando por fin llegamos el tlamacazqui dio la orden a los músicos que se callaran; por consiguiente los danzantes también se detuvieron.

El tlamacazqui hizo los rituales correspondientes a nuestros dioses y luego, siguiendo el protocolo, yo ofrecí un discurso en el que explicaba al pueblo los motivos por los cales nos encontrábamos ahí, aunque era ya sabido por todos. Luego ordené que subieran a los primeros prisioneros. Entre ellos estaba el brabucón al que le había cortado la lengua. Mientras subían el huehuetl sonaba Pum... Pum... Pum... como si marcara cada uno de sus pasos. Al llegar los dejaron atados del pescuezo mientras otros soldados sostenían fuertemente el palo que los unía, para evitar que intentasen lanzarse al vacío con algunos de los sacerdotes o pipiltin.

—Traigan al primero —dijo el tlamacazqui.

Los soldados se acercaron al brabucón y lo desataran del palo de madera.

—No —intervine—, éste será el último. Le toca presenciar la muerte de cada uno de sus compañeros. Tráiganlo para acá —me dirigí a dos soldados que estaban ahí cerca—. Ustedes, vengan aquí y cuiden que este tipo no se escape.

El brabucón hizo algunos sonidos con la boca llena de sangre.

—¿Qué está diciendo? —preguntó el tlamacazqui.

—No lo sé —respondí casi con burla—. Le corté la lengua hoy en la tarde.

Algunos de los pipiltin y otros soldados comenzaron a reír.

—Prosigamos —dijo el tlamacazqui y se dirigió a la piedra de los sacrificios.

Cuatro soldados llevaron al joven que había implorado que no lo matáramos. Hasta el último momento rogó por piedad. Me miraba con dolor. Los soldados lo acostaron sobre la piedra de los sacrificios con mucha dificultad.

—¡No! —gritaba al mismo tiempo que forcejeaba con los soldados—. ¡No! ¡No!

El brabucón estaba a un lado mío, detenido por dos soldados. De pronto bajó la cabeza y cerró los ojos. Me dirigí a él y lo obligué a levantar el rostro.

—No dejen que cierre los ojos —ordené a los soldados—. Para violar a nuestras mujeres y matar niños no cerró los ojos ni se puso a llorar, ¿o sí?

El tlamacazqui enterró el cuchillo de pedernal en el abdomen del joven. Intentar abrir el pecho directamente era demasiado laborioso y en la mayoría de las ocasiones, casi imposible. Sus tripas se desbordaron hacia los lados. Luego introdujo su mano y cortó las venas. Los gritos del joven eran ensordecedores. El brabucón hizo todo lo posible por evitar ver aquella escena. El joven no resistió mucho. Antes de que el sacerdote le sacara el corazón, éste ya había muerto. El huehuetl retumbó.

Pum, pum, pum.

El sacerdote alzó los brazos con el corazón escurriendo sangre, lo mostró a los cuatro puntos cardinales y luego lo echó al fuego que estaba a un lado suyo. Entonces los otros sacerdotes lanzaron al primer cadáver por los escalones. Se escuchó una gran ovación. Todo el pueblo estaba feliz, porque por fin podían cobrar venganza. Estábamos cobrando con unas cuantas vidas las de otros miles.

El brabucón ahora estaba llorando.

—¡Piedad! —suplicó.

Me acerqué a él, puse la mano sobre su cabellera y jalé hacia atrás para que su rostro quedara en dirección al mío:

—No se le puede pedir clemencia a un pueblo que no recibió clemencia —dije y le escupí en la cara.

El siguiente sacrificio me correspondía a mí. Los siguientes los haría el sacerdote. El brabucón vio como cada uno de sus compañeros fueron sacrificados. Cuando llegó su turno, yo tomé el cuchillo de pedernal y lo recibí en la piedra de los sacrificios.

—Tu muerte será muy, pero muy lenta —le dije al oído.

El hombre estaba sudando. Intentó liberarse, pero le fue imposible. Me agaché, lo miré al rostro y le sonreí con cinismo. Entonces enterré el cuchillo de pedernal en su abdomen y lo dejé ahí por un instante. Levanté la mirada y observé la ciudad destruida, las calles llenas de cadáveres, el lago teñido de rojo. El hombre gritaba tan fuerte que la gente que estaba abajo se quedó en silencio total.

—¿Ocurre algo? —preguntó el tlamacazqui intrigado por mi actitud.

—No. Estoy pensando en todo el daño que estos hombres le han hecho a nuestra ciudad.

Corté el abdomen del hombre y sus tripas comenzaron a salirse. Me dirigí al tlamacazqui y le hice una pregunta:

—¿Usted cree que Malinche y sus hombres ya se habrán dado cuenta de que estamos sacrificando a sus compañeros?

El brabucón seguía gritando y retorciéndose de dolor. El sacerdote dirigió su mirada hacia el sacrificado y apuntó con el dedo.

—Es cierto, lo había olvidado —volví a lo que estaba haciendo.

Saqué las tripas del hombre y metí la mano. Al llegar al corazón lo envolví en mis manos y apreté fuertemente, al mismo tiempo que miraba al hombre directamente a los ojos.

—Tienes el corazón muy duro.

El hombre tuvo mucha dificultad para respirar y murió en ese momento. Cumplí con el protocolo: le saqué el corazón, lo ofrendé a los dioses, lo eché en el fuego, lancé el cadáver al vacío y ordené que quemaran a todos los muertos en ese momento. La hoguera que se hizo fue tan grande que se alumbró toda la ciudad y gran parte del lago. Entonces no me quedó duda de que Malinche y su gente, en donde quiera que se hallaran estaban conscientes de que estábamos sacrificando a sus compañeros.

28

Lunes 2 de julio de 1520

APROVECHANDO que los espías meshícas se habían reti-rado llegada la madrugada, el tecutli Malinche decidió emprender la huida, dejando las hogueras encendidas —en la cima y alrededor del templo— para que quien se acercara, creyese que aún seguían ahí. Asimismo facilitaba el traslado de los heridos, evitándoles el calor. Su objetivo era llegar a un pueblo otomí llamado Teocalhueyacan, para lo cual fueron guiados por sus aliados tlashcaltecas, sobrevivien-tes a la noche de la huida.

Poco antes del alba, fueron descubiertos por una tropa meshíca que los andaba cazando desde el día anterior. El sonido de las caracolas, los tambores y los gritos alertaron a los habitantes de las pequeñas aldeas colindantes. Se dio, pues, una feroz persecución en medio de una arboleda que a veces se convertía en llano y a veces en maizales. Malinche y sus hombres intentaron responder a sus ataques utilizando sus trompetas de humo y fuego, pero no funcionaron.

—¡Se ha mojado toda la pólvora! —gritó uno de ellos.

A pesar de la inutilidad de los palos de fuego y la gran cantidad de hombres heridos, incapaces de luchar, los extranjeros libraron la mayoría de los ataques recibidos. Mucho se debió a la inexperiencia de los nativos en ese tipo de batallas.

Conforme avanzó el día, el número de tropas enemigas se incrementó. En medio de una de tantas persecuciones, los extranjeros entraron a un pequeño pueblo llamado Calacoayan, ubicado en la cima de un cerro. La gente se había escondido en sus casas. Malinche y sus hombres bajaron de sus venados gigantes y llamaron a los habitantes. Al no obtener respuesta comenzaron a buscar en las casas, donde descubrieron decenas de hombres, mujeres, ancianos y niños aglomerados, invadidos por el pánico. Los soldados de Malinche los observaron en silencio por un breve instante. Algunos de ellos sonrieron con malicia.

—Acá hay más indios —gritó alguien desde otra de las casas.

Malinche salió de la casa, se llevó las manos a la cintura, dirigió la mirada al sol, se secó el sudor de la frente y ordenó que los mataran a todos. Se escucharon los primeros gritos y varias mujeres lograron salir de las casas, cargadas con sus bebés, pero los hombres de Malinche les dispararon con sus arcos de metal. No se salvó una sola.

Tras robar todo el alimento posible bajaron del cerro y llegaron a Tizapan, donde no encontraron a nadie. Los pobladores se habían dado a la fuga, pues ya les habían informado de la matanza en el pueblo vecino. Malinche y su gente siguieron caminando hasta llegar a Teocalhueyacan, donde fueron bien recibidos por los otomíes.

—Ustedes podrán descansar en el barrio de Otoncalpulco —dijo con mucha hospitalidad el señor de aquel pueblo—. En un momento les daremos de comer a todos ustedes y a sus venados.

Esa misma tarde llegó un grupo de otomíes de un pueblo llamado Tliliuhquitepec.

—Tecutli Malinche, hemos venido a ofrecerle nuestro vasallaje. Pueden contar con todas nuestras tropas, nuestras casas y nuestros alimentos. Usted ordene lo que quiera, pero le rogamos que regrese a Meshíco Tenochtítlan y acabe con ellos. Todos los pueblos vecinos ya estamos cansados de su tiranía. Todos los años es lo mismo. Nosotros vivimos en la pobreza y debemos pagarles tributos, aunque no tengamos para comer.

Malinche escuchó la traducción de la niña Malintzin, a pesar de que ya había entendido la mayoría del discurso, pues bien había aprendido la lengua en los últimos meses.

—Dice mi tecutli Malinche que les promete hacer justicia. Y para ello les pide que busquen alianzas con todos los pueblos vecinos, para que cuando llegue el momento de acabar con los meshícas no haya ejército que los detenga.

Aquella noche pudieron descansar un poco y curar sus heridas. A la mañana siguiente (3 de julio), poco antes de que saliera el sol, se prepararon para seguir su camino hacia Tlashcalan, donde estarían más seguros, pues serían perseguidos mientras estuviesen en territorio meshíca.

Así fueron sobreviviendo a todo tipo de ataques y trampas en el camino, pues aunque la zona estaba muy poblada, la gran mayoría de la gente les temía. Y los que tenían el coraje para ir a pelear eran pocos e incapaces de dañar a los enemigos.

Poco después de mediodía llegaron a Cuauhtitlán, pueblo que encontraron vacío y sin alimentos para robar, por ello siguieron hasta Tepotzotlan (también abandonado), donde había un lago colmado de patos, gansos y otras aves. Aquello garantizaba un banquete, entonces cazaron todos los que pudieron y los asaron. Ahí les cayó la noche. Poco después llegó un hombre solo. Los soldados lo arrestaron rápidamente pero él pidió hablar con su tecutli.

Malinche lo reconoció en cuanto lo tuvo en frente. Lo miró con desconfianza por un instante. Luego ordenó que lo liberaran.

—Me habéis traicionado —le dijo Malinche.

—No pude informarle porque me estuvieron vigilando todo el tiempo —respondió Opochtli.

—Pues lo que tengáis que decirme ya me es inservible —dijo Malinche con desdeño.

El hombre suspiró, alzó las cejas y apretó los labios. Malinche comprendió lo que aquello significaba pero esperó a que el hombre hablara.

—Ya tienen un nuevo tlatoani —dijo con inquietud.

Malinche miró a la niña Malintzin con reprobación. Las llamas de la fogata bailoteaban al fondo.

—¿*Mutezuma* tenía más hijos legítimos?

—No, mi señor, no que yo sepa —dijo ella con temor.

—El nuevo tlatoani es el hermano de Motecuzoma —dijo Opochtli—. Se llama Cuitláhuac.

—¿*Cuetravacin*? —Malinche miró a sus hombres de confianza—. No es ése el que liberamos y prometió que abriría el mercado de Tlatilulco?

—Sí —respondieron todos—. El mismo que nos ha atacado en la cima de su templo mayor.

—Pero, ¿no se supone que deben elegir a uno de los hijos del tlatoani? —preguntó Malinche con enfado.

—No —respondió el hombre.

—¿Por qué no habéisme explicado eso? —le preguntó Malinche a Malintzin casi gritando.

—Usted nunca me lo preguntó —se encogió de hombros.

—¡No tengo por qué preguntaros por algo que ignoro! ¡Es vuestra obligación decirme todo lo que sabéis!

La niña Malintzin se agachó atemorizada.

—¡Maldito! —gritó Malinche—. ¡Debí haberlo matado como a Cacama!

—Por eso *Mutezuma* insistió tanto en que liberara a ese perro —dijo Tonatiuh.

—¿Y qué me pueden decir de ese *Cuetravacin*? —preguntó Malinche.

—Cuitláhuac fue señor de Iztapalapan…

—Eso ya lo sé. ¿Cómo es?

—Es un poco más alto que yo…

—¡No! ¡Habladme de su forma de ser!

El hombre suspiró, se mantuvo pensativo por un instante y luego respondió:

—Es un hombre astuto, arrebatado e impaciente. En las conversaciones le quita la palabra a la gente. Termina las frases sin escuchar el argumento de otros. Se anticipa a todo, por lo cual en ocasiones se equivoca. Y lo peor: le preocupa muchísimo lo que los demás piensen de él; y además, le molesta saber que a otros les vaya mejor, que tengan algo que él no, o que hagan algo y no lo tomen en cuenta, que no sea parte de los grupos o que lo dejen fuera en las pláticas. Supongo que ahora que es huey tlatoani no tendrá esos problemas. Le gusta que las cosas se hagan de inmediato. Le molesta que se hagan cosas sin su consentimiento. Hace valer su autoridad y deja callados a muchos en muchas ocasiones. No obstante le preocupa su familia y su gente. Quiere rescatar a los meshícas. Le gusta mucho la arquitectura, la poesía y la jardinería.

—¿Y qué ha hecho desde que lo nombraron huey tlatoani?

—Ordenó que mataran a todos los que estuviésemos a favor de ustedes, entre ellos al cihuacóatl, a Tzihuacpopocatzin, a Cipocatli y a Teucuecuenotzin (hijos de Motecuzoma y de Ashayacatl.) A otros nos mandó espiar. También organizó el ataque contra ustedes la noche de su huida...

—¿Cuál «huida»? —Malinche estaba muy molesto—. Nosotros no huimos —luego le dio la espalda, suspiró, bajó la cabeza, se mantuvo en silencio un rato y volvió—. Decidme lo que vuestros... —cerró los ojos e hizo un mueca— esos perros hicieron aquella «noche triste».

—Cuitláhuac ordenó a todo el pueblo que recuperaran a todos los muertos en el lago y los acomodaran en pilas. Luego los organizaron y separaron. Asimismo se llevó a cabo la limpieza de la ciudad, la reinstalación de los dioses y la reparación de los templos importantes. Después llevó a cabo una ceremonia en la que sacrificaron a sus soldados...

—¿Eso era?

—¿Qué?

—Anoche vimos una gran lumbrera.

—Los quemaron a todos. De igual forma ha enviado embajadores a todos los pueblos vecinos para solicitarles su apoyo. A muchos de los pueblos vasallos les han prometido perdonarles los impuestos por dos años.

—¿A qué habéis venido?

—A confirmarle mi lealtad.

—¿De qué me sirve?

—Si no le interesa me retiro.

—¿Creéis que os voy a dejar ir así... sin más?

—Usted es el que me ha dicho que no le sirvo.

—Dadme una razón para creer en vos. ¿Cómo sé que no sois un espía?

—Los espías están allá afuera, escondidos entre los árboles. Yo vine a hablar con usted. Habíamos hecho un pacto.

—Eso fue cuando *Mutezuma* estaba vivo.

—Podemos hacer otro.

—¿Qué queréis ahora?

—Ser huey tlatoani.

Malinche sonrió y luego liberó una carcajada.

—¿Cómo pensáis lograr eso?

—Muy sencillo. Regresen a la ciudad isla.

—¿Así nada más?

—Yo me he encargado de que más de la mitad de los pipiltin se opongan a las decisiones de Cuitláhuac. Créame, no le ha sido fácil gobernar. Si yo quiero, puedo conseguir más.

—Bien —respondió Malinche—. Nosotros os ayudaremos a derrocar a ese *Cuetravacin*, seréis jurado tlatoani, nos darás el oro que nos pertenece y nos marcharemos de aquí, para siempre. ¿Estáis de acuerdo?

Luego de aquel pacto, Opochtli se retiró y los extranjeros decidieron dormir un poco, dejando algunos centinelas, antes de huir en la madrugada. Los siguientes días transcurrieron de la misma forma: pasaron por las lagunas de Tzompanco, Citlaltepec y Xoloc, por otras poblaciones abandonadas, donde pasaron las noches, respectivamente, y siguieron su camino poco antes del amanecer. De igual manera fueron atacados por algunos habitantes y ellos, en respuesta quemaron las casas y los templos.

Iban sedientos, hambrientos, asoleados, cansados y heridos. De pronto uno de los hombres de Malinche notó, muy a lo lejos, algunas siluetas, apenas visibles, sobre la cima de un cerro ubicado frente a ellos. Algunos aseguraron que se trataba de aliados; otros, expresaron su temor de que fuesen enemigos. Entonces Malinche decidió averiguar y ordenó a cinco hombres que lo acompañaran en sus venados gigantes mientras los demás esperaban. Hicieron que sus animales galoparan lo más rápido posible. Conforme se fueron acercando al cerro, vieron con más claridad que se trataba de cinco hombres con flechas y lanzas. Uno de ellos le sugirió a Malinche que volvieran, pero él quiso ver qué había detrás del cerro. Siguió cabalgando y encontró un pueblo mucho mayor a los que habían visto a su paso; y también descubrió que los estaban esperando miles de soldados enfurecidos. En cuanto se vieron mutuamente, los extranjeros dieron media vuelta y huyeron a todo galope, mientras que los otros los siguieron con piedras, flechas, lanzas y macahuitles.

No los pudieron alcanzar debido a que sus venados gigantes eran mucho más rápidos. Al llegar a donde habían dejado a los otros les gritaron que huyeran. Los otros se habían confiado y descuidado la retaguardia. Apenas si tuvieron tiempo de incorporarse y correr. Los habitantes del pueblo llegaron en ese momento. La lluvia de piedras, lanzas y flechas los alcanzó y muchos fueron heridos, incluyendo a Malinche. Cinco de ellos quedaron en estado grave y tres murieron. De igual forma, tres de los venados gigantes también cayeron al suelo, y luego se levantaron. Otro murió a manos de una docena de hombres enfurecidos que lo destazaron con sus macahuitles.

Aquella huida los dejó en muy mal estado. Muchos de ellos estuvieron a punto de renunciar. Mientras unos exigían a Malinche que los llevara de vuelta a las costas totonacas, otros insistían en continuar con su guerra. Ese día no consiguieron agua y alimento por ninguna parte. De pronto, uno de ellos sacó su cuchillo y se le enterró a uno de los cadáveres que iban sobre uno de los venados gigantes, le abrió el abdomen, le sacó el hígado y se lo comió crudo. Sus compañeros no se atrevieron a intervenir.

Pero apenas se enteró Malinche —quien iba a la delantera del ejército— se regresó montado en su venado gigante. Al llegar y corroborar lo que uno de sus hombres le había informado, enfureció, bajó del animal y se fue a golpes contra el hombre que tenía la boca y las manos llenas de sangre. El hombre no respondió. Ambos cayeron al piso. Malinche se sentó, como montándolo sobre el abdomen del hombre, y lo golpeó en la cara con las dos manos. En ese instante llegaron tres de los hombres más cercanos a Malinche y lo detuvieron. Discutieron por un largo rato. Malinche exigió que ahorcaran a ese hombre que se había comido el hígado de uno de sus soldados. Argumentó que jamás permitiría que sus hombres se comieran entre sí, que su dios no aprobaba esas barbaries, que ellos habían llegado a esas tierras para erradicar el canibalismo y el salvajismo. Al hombre lo llevaron al árbol más cercano, le pusieron una soga en el cuello y le preguntaron si se había arrepentido, a lo cual respondió que no, que no le importaba morir de esa manera y que prefería eso a morir de hambre o en la piedra de los sacrificios. Entonces Malinche le perdonó la vida.

Más tarde uno de los venados gigantes murió tras las heridas recibidas ese mismo día. Malinche dijo a todos sus hombres que debían agradecer a su dios por el milagro, pues de una u otra forma siempre les enviaba alimento. Esa tarde lo asaron y se lo comieron, incluyendo la piel, pues al ser tantos las porciones resultaron pequeñas e insuficientes, a tal punto que hubo entre ellos varios altercados. Malinche tuvo que intervenir en dos ocasiones, pues ya habían llegado a los golpes y las amenazas con armas.

Poco antes de que anocheciera, fueron atacados por una tropa meshíca, pero pronto lograron repelerlos. Llegaron a Aztaquemecan y luego a Zacamulco, ambos abandonados por sus habitantes. Pasaron la noche en un pequeño templo que se hallaba cerca de ahí.

Al día siguiente (sábado 7 de julio) el trayecto se tornó más complicado, pues iba cuesta arriba, desde Otompan hasta Tlashcalan. Malinche había ordenado a un par de hombres que se adelantaran para que les dieran aviso en caso de alguna emboscada y así, poco después del medio día volvieron apurados. Del otro lado del cerro se hallaban cientos de soldados vestidos de blanco, formados en varios grupos. Los capitanes eran los únicos que llevaban penachos muy grandes, hermosos atuendos y joyas. Venían de Otompan, Calpolalpan y Teotihuacan y otros pueblos vecinos, en respuesta a la solicitud de auxilio enviada por el huey tlatoani Cuitláhuac.

El tecutli Malinche se dirigió a sus hombres montado en su venado gigante. Debido a que tenía muy poco tiempo habló rápido y con exaltación. Les dijo que dejaran esa batalla a su dios, sus vírgenes y santos. Luego les dio instrucciones de cómo arremeter al enemigo. Los que iban sobre venados gigantes correrían al centro de las tropas para separar a los guerreros. De igual manera les ordenó que se mantuviesen en grupos, con sus lanzas con forma de murciélago a la altura de los rostros de los enemigos. Los que llevaban largos cuchillos de plata debían atacar a los vientres.

Las tropas enemigas se acercaron lentamente hasta llegar a una distancia en la que ninguno de los dos ejércitos se podría hacer daño. Entonces salió del centro unos de los capitanes con su hermoso penacho, rico atuendo y joyas en orejas, labios, brazos y piernas.

—¡Tecutli Malinche, en nombre de Cuitláhuac, tlatoani de Meshíco Tenochtítlan, te declaro la guerra!

Aquel capitán y sus soldados aún no sabían que los extranjeros no combatían bajo el código de guerra de los pueblos locales, que era declarar la guerra, ofrecer armamento, comida y mujeres para que les cocinaran y llegado el momento de la batalla, capturar el mayor número de soldados enemigos, y por lo mismo, se llevaron una gran sorpresa al ver que el ejército de Malinche no esperó para atacarlos, por delante los soldados tlashcaltecas, hueshotzincas y totonacos. Los soldados de Otompan, Calpolalpan y Teotihuacan respondieron lanzando piedras, dardos, lanzas y flechas. Conforme se fueron acercando se encontraron con un ejército implacable y casi indestructible, pues por más que les lanzaban proyectiles, ellos parecían no ser heridos. Por primera vez comprendían eso que tanto habían escuchado sobre los trajes de metal que los protegían. Cuando el combate fue cuerpo a cuerpo, vieron cómo los extranjeros cortaban con sus largos cuchillos de plata brazos y cuellos con gran facilidad. También sufrieron dolorosas patadas de los venados gigantes. En vano intentaron derribar a esos animales, abrazándose de sus patas y sus cuellos. Al único que lograron derribar fue el del tecutli Malinche, quien apurado corrió a otro venado gigante, lo montó y atacó a los soldados enemigos con su largo cuchillo de plata.

La batalla se prolongó alrededor de cinco horas. Cuando ya casi todos los tlashcaltecas, hueshotzincas y totonacos habían muerto, el tecutli Malinche y tres de sus hombres, montados en sus venados gigantes, corrieron a todo galope —derribando a todos los soldados que se les interponían en su camino— hacia el comandante de las tropas, que llevaba un gran penacho, un escudo de oro y plata, una bandera y una insignia en la espalda, como una red de oro, que sobresalía de su cabeza. Uno de los hombres de Malinche llegó hasta el capitán y le cortó la cabeza, con lo cual, obedeciendo a las costumbres locales, la batalla se daba por terminada. El ejército perdedor tenía dos opciones: entregarse o abandonar el campo. En este caso escaparon lo más pronto posible dejando a los heridos. Sobrevivieron muy pocos soldados aliados y alrededor de cuatrocientos cuarenta extranjeros y veinte venados gigantes.

El peor error de los soldados locales fue intentar capturarlos vivos para luego sacrificarlos en sus templos. La inexperiencia en este tipo de batallas, una vez más, hizo que el ejército de Malinche lograra derrotarlos, a pesar de que los superaran en número.

29

RECIBÍ LA NOTICIA de la derrota en Otompan con enojo, principalmente porque había mandado un ejército de refuerzo, y éste se regresó a Meshíco Tenochtítlan antes de llegar.

—Mataron al capitán —me dijeron preocupados y atemorizados.

—¡Eso no los justifica! —respondí enfurecido.

Se quedaron en silencio un rato.

—Seguimos el protocolo, mi señor.

—¡No! ¡No! —grité—. ¡No sigan el protocolo! ¡Si matan al capitán, ustedes siguen luchando, si matan a mil soldados, ustedes siguen luchando! Las guerras con estos hombres no son iguales. Ellos no vienen a capturar esclavos, ellos no se rendirán si matan a su capitán, ellos no quieren sacrificarlos, ellos vienen a matarlos, vienen a robarnos todo.

—Creí que venían por oro y plata.

—¡Mentira! Motecuzoma les dio todo el oro que pidieron
y no les fue suficiente. Robaron todas las joyas de nuestros
tlatoque y ni con eso saciaron su codicia.

—Le ruego nos perdone —se arrodillaron y pusieron sus
frentes en el piso.

—¡No hagan eso!

Desde que fui nombrado huey tlatoani ordené que no
mostraran esa sumisión que Motecuzoma había impuesto en
su gobierno, aún así, muchos seguían haciéndolo. La humilla-
ción seguía impregnada en el pueblo meshíca. Entendía perfectamente las razones de mi hermano, al decir en alguna ocasión
que «si el pueblo puede ver a su gobernante por todas partes,
hablarle, tocarlo y decirle lo que le venga en gana, incluso
insultarlo, es simplemente uno más. Pero si es inalcanzable y
desconocido físicamente, se vuelve temido y reverenciado»,
pero en mis circunstancias no era nada conveniente. Teníamos al enemigo encima y darme esos lujos era un peligro para
mí. Necesitaba que la gente me reconociera y no me faltaran
al respeto en las calles como había ocurrido días atrás.

—¿Qué más me pueden decir sobre Malinche y su gente?
¿Qué hicieron?

—Celebraron —respondió uno de los espías—. Luego
siguieron su camino rumbo a Tlashcalan. Fueron atacados
por habitantes de los pueblos cercanos pero sin daños mayores, pues eran pocos y únicamente les lanzaban piedras desde
lejos sin acercarse lo suficiente. Pasaron las siguientes noches
en los pueblos cercanos, comiendo lo que cazaban y finalmente
llegaron a Shaltelolco, donde fueron recibidos por Citlalquiau-
tzin, quien les dio un gran banquete a nombre de los señores
de Tlashcalan. Al día siguiente continuaron su trayecto hasta

Hueyotlipán, donde ya no pudimos entrar por ser territorio tlashcalteca.

—¿Intentaron entrar de alguna manera?

—Sí, enviamos a dos soldados disfrazados, pero fueron reconocidos y arrestados. En este momento, Tlashcalan está harto vigilada.

—Busquen la forma de entrar.

Se quedaron en silencio, esperando.

—Ya se pueden retirar...

Enseguida uno de los pipiltin me avisó que los embajadores estaban de regreso. Les había encargado que fueran a todos los pueblos subyugados y les prometieran exenciones de tributo a cambio de que auxiliaran con sus tropas a Meshíco Tenochtítlan. A los pueblos independientes debían entregarles obsequios y ofrecerles alianzas.

—Mi señor —dijo el primero—, venimos a avisarle que hemos cumplido con su mandato... —hizo una pausa y se agachó avergonzado—. No pudimos convencer a los señores de algunos pueblos...

—¿Pueblos vasallos o independientes?

—Ambos... —no se atrevió a levantar la cara.

—¿Qué les dijeron?

—Lo que usted nos instruyó: les informamos de la destrucción que hicieron los extranjeros en nuestra ciudad y dentro de Las casas viejas, de las casas y los templos que quemaron, los dioses que derrumbaron, las mujeres que violaron, los niños que degollaron, y de la matanza en las fiestas del Toshcatl y la noche de la huida. Asimismo les advertimos que si no nos ayudaban, muy pronto serían víctimas de Malinche y su gente.

—¿Y qué les respondieron?

—Los pueblos vasallos dijeron que estaban bien informados de que Malinche traía un mensaje de su tlatoani Carlos V y que venían a acabar con la tiranía de los tenoshcas. Los pueblos independientes manifestaron que ellos no nos necesitaban y que podrían pelear contra los extranjeros. Solamente unos cuantos le mandan decir que están dispuestos a enviar lo que usted solicite.

En ese momento enfurecí, les grité que eran unos incompetentes y les ordené a todos que salieran de la sala. Permanecí en soledad por casi medio día. Hasta ese momento comprendí a Motecuzoma que, en los últimos años de su gobierno, solía pasar días en soledad. Y cuando llegaron las primeras noticias de la llegada de los extranjeros a las costas totonacas, incrementó su reclusión. Pensar requiere de mucha soledad. La soledad se vuelve inútil si no se piensa.

Pensé mucho. Pensé en nuestro presente y nuestro pasado como sociedad, como gobierno, como religión, como guerreros. El pueblo meshíca fue excesivamente injusto, intolerante, abusivo, represivo. La ofensa a un meshíca en tierras foráneas era el agravio de todo Tenochtítlan. Bastaba cualquier excusa (la muerte de un meshíca, el insulto a algún recaudador de impuestos, la negación del pago de tributos, la prohibición de entrada a algún pueblo) para que el tlatoani en turno enviara un ejército a castigarlos. Pero si las tropas tenoshcas entraban a un pueblo y abusaban de sus mujeres o robaban animales, plumas, joyas o mujeres, nadie los castigaba. Ahora, todos esos pueblos que por años habían mostrado sumisión adoptaban la desobediencia y el orgullo. ¿O era, acaso, su dignidad? Nos estábamos quedando solos.

Transcurridos más de sesenta días desde la salida de los extranjeros, las calles se encontraban limpias y sin cadáveres. Había obreros reconstruyendo los templos y edificios más importantes de la ciudad. Asimismo, habíamos reinstaurado el tianquiztli de Tlatilulco, la pesca, las cosechas, las labores públicas y religiosas y el comercio en la ciudad. El ánimo en la población era distinto, a pesar del duelo. Había rostros diferentes. Los niños volvieron a las calles y las mujeres adornaron sus casas, como antes, con flores. Los ancianos se sentaban afuera de sus casas y platicaban con los vecinos. Muchos se confiaron e interpretaron eso como un florecimiento, creyeron que con la salida de los extranjeros todo había terminado. Las guerras transforman a los pueblos: algunos para bien y otros para mal, todo depende de la forma en que interpreten su derrota o su victoria. Los meshícas se confiaron. Tantas victorias los cegaron. Creyeron que ésta era igual a las anteriores. No obstante, yo estaba consciente de que negarles el placer de la victoria también era negarles la posibilidad de un mejor porvenir. Si les mostraba mis temores ellos se hundirían en el fracaso. Las debilidades de un líder también se vuelven las debilidades de su pueblo.

Estaba a punto de llegar a Las casas viejas cuando una de mis concubinas me interceptó. Había una gran pena en su rostro así como mucho apuro.

—Mi señor —me tomó de la mano derecha y se arrodilló—. Le ruego que me ayude —un río de lágrimas se desbordó.

—¿Qué sucede?

—Mi hijo se está muriendo… —lloró desconsolada.

—Tranquilízate —le ayudé a que se levantara—. ¿Qué tiene?

—Está muy enfermo…

—Vamos —dije y caminé con ella a Las casas nuevas.

Al llegar nos dirigimos a una de las habitaciones donde se encontraba el menor de mis hijos, un joven de diecisiete años. Los demás ya eran adultos y tenían hijos.

—Mi señor, mire, mire, mire a Huitzilihuitl le salieron estos granos en todo el cuerpo...

Me acerqué y observé su piel saturada de esas erupciones con un hundimiento en el centro muy similar al de un ombligo.

—¿Qué es esto? —pregunté.

—No sé, le salieron de repente —lloraba desconsolada—. Nada se las cura.

—¿Desde cuándo?

—Hace cuatro días.

—¿Ya lo atendió algún chamán?

—Sí.

—Daré la orden para que venga otro —me di media vuelta y salí de la habitación.

—¿Eso es todo? —me alcanzó en el pasillo.

Me detuve en ese momento y esperé a que ella hablara de nuevo.

—Su hijo se está muriendo y usted se va así, nada más. ¿Tan poco le importa la vida de Huitzilihuitl? Tiene tantos hijos que perder a uno no importa.

Me di media vuelta y la miré a los ojos.

—En otras circunstancias habría permanecido toda la noche junto a él, pero tengo demasiados asuntos pendientes. Él no es el único que está muriendo. Muchos más perdieron la vida la noche del Toshcatl, y en las batallas contra los barbudos. El lago se pintó de rojo, los cadáveres flotaron podridos en el agua por días. Las mujeres lloraron día y noche en busca de sus hijos. Se nos vino una hambruna devastadora. Y tú aseguras que la vida de mi hijo no me interesa. Cuando mis antecesores fueron electos tuvieron el tiempo suficiente para celebrar e incluso preparar una guerra florida para demostrar su valentía y destreza en el campo de batalla. Yo tengo una verdadera guerra frente a mí.

—Perdóneme —se arrodilló ante mí y me tomó la mano.

Fue entonces que me percaté de que ella tenía en el rostro y brazos las mismas erupciones en la piel.

Llegó a mi memoria la ocasión en que le expresé a Motecuzoma mi desacuerdo con el precepto de que nadie debía mirar al huey tlatoani directo a los ojos y peor aún intentar tocarlo. Él respondió en un tono bromista: «Eso qué importa, por lo menos evitaré que me contagien alguna enfermedad».

Solté la mano de la mujer con mucha discreción.

—¿Tú también tienes los mismos síntomas?

—¡Sí! —balbuceó.

—Ve a esa habitación, enciérrate con tu hijo, no hables ni toques a los vecinos ni familiares —le dije rápidamente.

—Pero...

—¡Es una orden! —le grité—. ¡Obedece!

—Sí —agachó la cabeza y se fue llorando atormentada.

Me dirigí a la casa del chamán. Lo encontré lavando con orina la herida en la cabeza a un hombre. Una mujer le estaba ayudando. Luego le puso matlaxíhuitl, para detener la hemorragia y baba de maguey para la cicatrización.

—Veo que ya se siente mejor —dijo el chamán al mirarme de reojo por unos segundos. Luego dirigió su atención a su paciente.

—¿Qué es esto? —pregunté al asomarme a un pequeño pocillo en el cual hervía un líquido.

—Se llama huitztli y sirve para aliviar el dolor y el salpullido que produce la picadura de una araña venenosa.

—¿Y esto otro?

—Eso es una raíz molida, llamada cucucpatli. Se aplica después de reacomodar los huesos dislocados.

—¿Y para las ronchas?

—Ya terminamos —le dijo al paciente y luego se dirigió a la mujer que le había ayudado todo ese tiempo—. Mañana nada más le lava con agua y le pone la baba de maguey para la cicatrización.

El chamán se puso de pie y caminó hacia mí muy seriamente.

—Acompáñeme —dijo y me guió a paso lento, sin hablar, al fondo de su casa, luego llegamos a una salida que daba a la parte trasera. Caminamos hasta el final del patio lleno de plantas. Se detuvo frente a mí y luego desvió su mirada hacia unas hortalizas—. ¿Qué tipo de ronchas?

—Una mujer llegó a mí hace un instante rogándome que le ayudase. Toda ella estaba llena de ronchas. Eran abultamientos, con un hundimiento en el centro que les hace parecer ombligos.

El chamán no se mostró preocupado. Miraba hacia abajo al mismo tiempo que ayudaba un insecto a subir a la hoja de una planta.

—Sé de lo que me está hablando.

—¿Podría ir a ver a esa mujer?

—No —respondió tajante—. No sé qué enfermedad es ni cómo curarla. Ya hay más de sesenta casos en la ciudad, entre ellos un chamán que se contagió.

—Imaginé que sería contagioso. ¿Cómo los está tratando?

—Le pedí a los enfermos y familiares que se aíslen. Les he estado enviando algunas medicinas, esperando que alguna surta efecto. Un mensajero se las deja cerca de sus casas, luego ellos salen en las noches cuando no hay nadie y las toman, incluyendo sus alimentos.

—¿Qué otros síntomas tienen?

—Entre los primeros doce y diecisiete días no se presentan síntomas, incluso los infectados se sienten bien. Durante este lapso, las personas no son contagiosas. Pero después sienten fiebre, malestar, vómitos, dolor de cabeza y cuerpo, entre dos y tres días. Los días siguientes aparecen manchas rojas en la lengua y boca, las cuales se convierten días después en llagas que se abren y esparcen un líquido en boca y garganta. Cuando eso sucede comienzan a salir las erupciones en cara, brazos, piernas, pies y manos, en un lapso de veinticuatro horas. Baja la fiebre y el paciente empieza a sentirse mejor. Tres días más tarde las erupciones se transforman en abultamientos, los cuales al cuarto día se llenan de un líquido espeso y opaco. Entonces aparece ese hundimiento en el centro. Sube la fiebre, luego se convierten en pústulas y finalmente en costras.

—¿Cuántas personas han muerto de esto?

—Hasta el momento cuatro —el chamán guardó silencio.

—¿Y los otros pacientes, cómo están?

—Algunos de ellos en muy mal estado.

En ese momento bajé la mirada y me crucé de brazos. El chamán me observó con atención y preguntó:

—¿Sucede algo?

—Uno de mis hijos está enfermo.

—¿Por qué no me dijo antes? —preguntó con rabia y dio varios pasos hacia atrás—. Yo trato con enfermos todos los días. Usted trata con soldados todos los días. ¿Entiende eso? ¿Sabe que vamos a contagiar a miles de meshícas?

—Lo sé, lo sé y me siento muy preocupado y avergonzado por no haber tomado las precauciones necesarias, pero ella llegó así, abruptamente y me tomó del brazo y me rogó que la ayudara. Lo que menos imaginé fue que ella estuviese enferma y mi hijo también. Ya luego me explicó lo que estaba sucediendo y me llevó a verlo. El problema es que están en Las casas nuevas, con todas las concubinas y...

—No —me interrumpió el chamán—. El problema es que no sabemos cuánta gente ya está infectada y andan por todas partes. Como le dije hace un momento, las primeras dos semanas no hay síntomas.

Aquella noche tuve mucha dificultad para conciliar el sueño. Y cuando por fin me quedé dormido, soñé que todo el pueblo estaba contagiado. La gente se rascaba brazos, caras y piernas con desesperación. Los únicos que no estaban infectados éramos Malinche y yo. De pronto nos encontrábamos en medio de la calzada de Tlacopan. Alrededor de nosotros se arrastraban centenares de hombres y mujeres desnudos con sus cuerpos llenos de ronchas de las cuales se chorreaba pus y sangre. «Ayúdenos, por piedad», decían. Sus rostros estaban desfigurados por esas pústulas. En el lago, teñido de rojo, flotaban miles de cadáveres podridos. Malinche los contemplaba con placer. Detrás de él, yo podía ver la ciudad incendiándose. Había una gigantesca nube de humo sobre la cima del Coatépetl. Era de día pero el cielo estaba colmado de nubes tan grises que parecían una extensión del humo que exhalaba la ciudad. Entonces Malinche se quitó el casco de metal y me miró de frente: «Se terminó, Cuitláhuac.» Miré en varias direcciones y no encontré más que cadáveres flotando en el agua roja, y moribundos arrastrándose hacia mí. Algunos de ellos caían al agua y se hundían como rocas. El desamparo jamás dolió

tanto. «Se acabó, Cuitláhuac», Malinche se quitó su chaleco
de metal y lo arrojó al lago. «No», respondí y noté que en mi
mano derecha tenía un macahuitl. «No queda nadie más que tú
y yo», dijo, sacó su largo cuchillo de metal y con la pierna derecha empujó a unos niños que se arrastraban hacia él. «Ayúdenos, ayúdenos», insistían. Malinche degolló a una mujer que
se puso de rodillas frente a él. La cabeza cayó sobre la calzada
y la mujer se apresuró a buscarla. Entonces todos los cadáveres que flotaban sobre el lago se movieron, y como si la profun-
didad del lago fuese mínima, se pusieron de pie y comenzaron
a caminar sin destino. El agua les llegaba a las pantorrillas.
Alcé el macahuitl y caminé hacia Malinche quien sin mucho
esfuerzo lo detuvo con su largo cuchillo de plata. Intenté
darle un golpe a la altura del abdomen pero también logró
detenerlo. Lancé otro golpe hacia la cara, luego a su pecho, sus
hombros, su vientre, sus piernas: todos los detuvo o esquivó
con destreza. Sonrió. Malinche no se veía preocupado.
Yo sudaba. Me faltaba la respiración. Caminó hacia mí,
levantó su pie lentamente y lo puso sobre mi pecho. No
sé por qué no me moví o por qué no lo impedí. Ahí era un
buen momento para cortarle la pierna, pero no hice nada. En
cambio, él sí, me empujó sin hacer el más mínimo esfuerzo.
Caí de espaldas sobre varios hombres y mujeres que ahí se
arrastraban. «Ya se terminó, Cuitláhuac. ¿Ves eso? —señaló
la ciudad en llamas—, ya no hay más Temixtitan.» Noté que
ya no tenía el macahuitl en la mano. No recuerdo que se me
haya caído. Simplemente desapareció de la misma forma en
que apareció. Me incorporé y noté que todos los cadáveres
que caminaban sobre el lago se iban alejando, al igual que
las personas que se había arrastrado alrededor de nosotros.
Malinche y yo nos habíamos quedado solos en la calzada de

Tlacopan. En ese momento sentí mucha comezón en la espalda. Observé mis brazos y piernas y los descubrí llenos de ronchas. «Se acabó, Cuitláhuac», Malinche dejó caer su largo cuchillo de plata y caminó hacia mí. Pensé que me iba a patear pero se siguió rumbo a Tlacopan. «Se acabó, Cuitláhuac, se acabó», continuó diciendo hasta que su voz se volvió inaudible.

30

MALINCHE Y SU GENTE llegaron a Hueyotlipán, donde Mashishcatzin, Shicotencatl Huehue (el viejo), Tlehuesholotzin, Citlalpopocatzin y gran cantidad de principales de Tlashcalan y Hueshotzinco les llevaron alimentos y otros regalos valiosos.

—Mi señor —dijo Mashishcatzin—, estamos enterados de todas las tragedias por las que han tenido que pasar, pero nosotros le ofrecimos a Juan Páez[13] cien mil guerreros para que los auxiliaran pero él dijo que ustedes eran demasiados y que no los necesitaban.

Malinche disimuló su enojo.

—También enviamos tropas a Otompan —continuó Mashishcatzin— pero nuestros soldados llegaron demasiado tarde: la batalla había terminado, así que decidieron volver a Tlashcalan.

---

13 Juan Páez había permanecido en Tlaxcala al mando de ochenta hombres desde antes de que Cortés y sus hombres llegaran por primera vez a México Tenochtitlan.

—Gracias —Malinche evitó los reclamos—. Sé que vosotros siempre habéis estado dispuestos a dar vuestras vidas por nosotros.

—Confíe en que estaremos con ustedes hasta el fin de nuestras vidas. Acabaremos con la tiranía de los meshícas.

—¡Sí! —respondió jubiloso—. ¡Acabaremos con aquellos tiranos! ¡Traeremos justicia a esta tierra!

—¡No más abusos! —respondieron muchos al mismo tiempo.

Todos celebraron en ese momento con gritos alegres.

—Sabemos que vienen cansados —dijo Shicotencatl Huehue—, por eso deben descansar. Y cuando estén listos podremos irnos a Tlashcalan.

Días después partieron a su destino final, a cuatro leguas de distancia (22 kilómetros). Iban escoltados por un ejército tlashcalteca y cientos de cargadores que llevaban a los heridos en hamacas. Aún no entraban a la Tlashcalan cuando miles de personas salieron a recibirlos. Los ánimos cambiaron cuando descubrieron que la mayoría de los soldados de aquella tierra habían muerto. Cientos de mujeres caminaban entre los soldados que iban llegando y les preguntaban por sus hijos, sus esposos, sus sobrinos, sus nietos. Hubo llanto y lamentos por todas partes. El ambiente era tristeza total. Pero nadie culpó a Malinche de aquella tragedia.

—¡Mataremos a todos los meshícas! —gritó un tlashcalteca.

—¡Sí, debemos acabar con todos ellos!

La gente enardeció, alzaron sus puños y gritaron al unísono.

—¡Que mueran los meshícas!

Malinche y su gente apoyaron aquella gritería. Siguieron caminando hacia el interior de la ciudad en la cual miles de personas se añadieron a la bulla: «¡Que mueran los meshícas!»

La gente se acercaba a ellos para tocarlos y pedirles que acabaran con sus enemigos. Por ello el recorrido fue muy lento. Al llegar al palacio de Mashishcatzin fueron recibidos por todos los pipiltin, donde se les ofreció un banquete. Más tarde se llevó a cabo una celebración con música y danzas, en la que participaron todos los habitantes.

Mientras todos platicaban, danzaban y bebían, Shicotencatl Ashayacatzin (hijo) se acercó a Malinche, por un lado, sin mirarlo de frente. Ambos observaban detenidamente la celebración.

—Me dio mucha alegría saber que los meshícas los derrotaron.

La niña Malintzin tradujo en ese momento. Malinche volteó hacia Shicotencatl Ashayacatzin sin decir una palabra.

—No piense que estoy a favor de los meshícas. Por el contrario. Pero conozco a mis enemigos. Y por ello confío más en ellos que en ustedes.

Malinche le dio la espalda a Shicotencatl Ashayacatzin y se alejó con la niña Malintzin a un lado.

—No es necesario que vaya a informarle a mi padre. Él sabe cuánto desconfío de ustedes.

Al caer la noche, a Malinche se le llevó a descansar al palacio de Mashishcatzin mientras que al resto de sus hombres se les alojó en las casas principales y las de otras familias importantes.

A la mañana siguiente la celebración de los tlashcaltecas continuó. Malinche aprovechó aquella distracción para reunir a todos sus hombres. Ahí, frente a todos le reclamó a Juan Páez.

—¡Vos sois un imbécil! —gritó—. ¡Cobarde! ¡Traidor! —lo golpeó—. ¡Dejasteis morir a cientos de nuestros hermanos! ¡No merecéis pertenecer a mis tropas! ¡Largaos de esta ciudad! ¡Si os vuelvo a ver, ordenaré que os ahorquen!

—¿Qué?

—¡Habéis escuchado bien!

—¿A dónde queréis que vaya?

—¡No me importa!

El hombre salió de Tlashcalan y nunca más se volvió a saber de él.

Esa misma tarde, mientras comían, Malinche, sentado y rodeado de sus hombres de confianza, se puso de pie, argumentando que iría a orinar, y tras dar apenas cuatro pasos, se desmayó. Pronto acudieron más de una docena de hombres a ayudarlo. Se armó un alboroto pues los extranjeros creyeron que los tlashcaltecas lo habían envenenado. Uno de los barbudos, que era médico, se acercó y revisó a Malinche. Más tarde aseguró que estaba vivo y que no había sido envenenado.

Traía una herida muy grave en la cabeza que no se había atendido desde la batalla de Otompan. Se canceló la celebración y fue atendido por los chamanes quienes le extirparon fragmentos de hueso proveniente del arma que lo había herido. De igual forma intentaron sacarle trozos de pedernal de una flecha que se le habían quedado incrustados en la mano, pero les fue imposible. Nunca más pudo utilizar dos dedos de la mano izquierda. Aunque los chamanes no dieron muchas esperanzas, Malinche se recuperó.

Días después llegaron a Tlashcalan seis embajadores de Meshíco Tenochtítlan. Traían regalos (mantas finas, plumas, sal, oro y plata) para la nobleza. Fueron bien recibidos —como dictaba el protocolo— por los cuatro señores principales de Tlashcalan: Mashishcatzin, tecutli de Ocotelolco; Shicotencatl Huehue de Tizatlán; Tlehuesholotzin de Tepeticpac y Citlalpopocatzin de Quiahuiztlán.

—Traemos un mensaje en nombre de nuestro huey tlatoani Cuitláhuac.

—Habla.

—Sabemos que Meshíco Tenochtítlan y Tlashcalan han estado en enemistad por muchísimos años y creemos que por ello ha llegado el momento de hacer las paces.

—¿Por qué tendríamos que hacer las paces?

—Tenemos muchas cosas en común: religión, leyes, costumbres, lengua.

—Eso a ustedes jamás les interesó. Siempre atacaron a todos los pueblos que se negaban a vivir bajo el yugo tenoshca.

—Venimos a advertirles del gran peligro que corren al mantener a los extranjeros en sus tierras. Ellos no vienen a ayudarlos. Vienen a robarles. Si ustedes se confían, ellos los mataran a todos ustedes como hicieron en Meshíco Tenochtítlan. Destruirán sus templos, quemarán a sus dioses, violarán s sus mujeres, los obligarán a que adoren a sus dioses, les cambiarán sus leyes y costumbres. No quedará nada de su linaje.

—Agradecemos su interés —finalizó Mashishcatzin—. Les hemos preparado un banquete y unas habitaciones en el palacio para que descansen. Mientras tanto los pipiltin tlashcalteca tendremos una reunión y mañana les daremos una respuesta.

—Opino que hagamos una alianza con los tenoshcas —dijo Shicotencatl Ashayacatzin en cuanto comenzó la reunión—. Es momento de hacer las paces con nuestros peores enemigos. Podemos hacer grandes cosas juntos. Los extranjeros nos traicionarán como lo hicieron en Tenochtítlan. Ustedes saben que secuestraron al huey tlatoani Motecuzoma y lo asesinaron.

—Malinche dice que él murió de una pedrada —respondió Citlalpopocatzin.

—¿Ustedes le creen? —dijo el mozo.

—Tampoco les creemos a los meshícas —respondió Tlehues-holotzin.

—Yo no confío en los tenoshcas —agregó Mashishcatzin—. Después de tantos años, por fin quieren hacer las paces. Justo ahora que todos sus vasallos se han revelado.

—No cumpliría su palabra.

—¿Qué daño nos pueden hacer? —expresó Tlehuesholo-tzin sin preocupación—. Son menos de quinientos.

—Está de por medio nuestro honor —dijo Citlalpopoca-tzin—. Les hemos ofrecido nuestra lealtad. No podemos ofre-cer y quitar sin una justa razón.

—Sería una cobardía matar a unos cuantos hombres, heri-dos y cansados. Ya vieron ustedes cómo estuvo Malinche al borde de la muerte las últimas noches. Apenas podía abrir los ojos —expresó Shicotencatl Huehue (el viejo)—. Me niego a aceptar cualquier alianza con los tenoshcas.

—¡Nos van a traicionar! —gritó Shicotencatl Ashayaca-tzin—. ¿No se dan cuenta? ¡Nos van a matar a todos!

—¡Cállate! —gritó Mashishcatzin enfurecido y le dio un golpe en la cara. Shicotencatl Ashayacatzin cayó de espaldas al piso.

Se dio por terminada la reunión y Shicotencatl Ashayacatzin salió enfurecido del palacio. Afuera se encontraban Malinche y sus hombres, esperando la resolución de los miembros de la nobleza. Todos se percataron del enojo del príncipe tlash-calteca. Malinche miró de reojo a dos de sus hombres y éstos asintieron y caminaron discretamente detrás del joven. Poco después salieron los cuatro señores principales de Tlashcalan y se sorprendieron al ver a Malinche de pie.

—Tecutli Malinche —dijo Tlehuesholotzin—. Qué rápido se recuperó.

La niña Malintzin tradujo.

—Todo gracias a sus excelentes médicos.

Por un instante se miraron sin saber qué decir.

—¿Qué les dijeron a los embajadores meshícas? —preguntó Malinche.

—¿Cuáles embajadores?

—Los que salieron de aquí hace una hora.

Los señores tlashcaltecas se muestran desconcertados.

—Vinieron a ofrecernos una alianza —responde Mashishcatzin—, pero la rechazamos.

—¿Cómo sé que no me están mintiendo?

—La prueba está en que Shicotencatl Ashayacatzin acaba de salir enojado porque rechazamos la propuesta de los meshícas.

—No les creo.

—Tendrá que confiar en nuestra palabra. Somos hombres de honor y cumplimos lo que decimos.

Malinche dirigió la mirada a sus hombres en espera de alguna opinión.

—Ustedes seguirán siendo nuestros huéspedes y recibirán el mejor trato. Asimismo, tendrán a su disposición todo nuestro ejército.

No había otra opción para Malinche y sus hombres, más que aceptar y fingir que creían en lo que los señores tlashcaltecas les ofrecían.

—Disculpen mi desconfianza —dijo Malinche agachando la cabeza—. No debí… —hizo una pausa a propósito.

—Les ayudaremos a combatir a los meshícas, pero tenemos algunas condiciones —intervino seriamente Shicotencatl Huehue—. Exigimos que, en cuanto Meshíco Tenochtítlan quede vencido, ustedes nos entreguen la ciudad de Chololan, la mitad de todas las riquezas que se obtengan, y que Tlash-calan quede exento de impuestos por siempre, sin importar quién sea el nuevo tlatoani de Tenochtítlan.

—Así será —respondió Malinche con humildad—. Os lo prometo.

Los señores tlashcaltecas se mostraron satisfechos y se dispusieron a retirarse, pero Malinche preguntó justo cuando ya se habían dado media vuelta:

—¿Qué hay del príncipe Shicotencatl?

Los cuatro se miraron entre sí inmediatamente y perma-necieron en silencio.

—No se preocupe por él —dijo su padre—. Me encargaré de castigarlo.

—Si usted me permite, yo podría solucionarlo.

—No... —respondió Shicotencatl Huehue.

—¡Hágalo! —interrumpió Mashishcatzin.

Los otros señores tlashcaltecas lo miraron con confusión. Malinche se mantuvo serio a pesar de que tuvo deseos de sonreír.

Los días siguientes le llegaron informes a Malinche de que una cantidad considerable de sus hombres perdidos en la noche de la huida, se extraviaron y anduvieron vagando por muchos pueblos, donde fueron atacados y apresados. También, en esos días Shicotencatl Ashayacatzin se acercó a Malinche, convencido por sus familiares, y se disculpó por su actitud y ofreció ayudarlos con su guerra contra los meshícas.

Veinte días más tarde, cuando todos los soldados se habían recuperado de sus heridas, Malinche y los señores tlashcalte-cas se reunieron para decidir cuál rumbo tomar en sus ataques.

—Propongo que rodeemos a los mejicas en canoas y los ataquemos de noche —dijo Malinche.

—Eso es muy arriesgado —respondió Shicotencatl Huehue—. Una canoa no es un buen lugar para pelear. En cuanto nos acerquemos, ellos nos recibirán con piedras, lanzas y flechas. O lo que podría ser peor: que nos esperen sumergidos en el agua y nos ataquen de pronto.

—¿Qué es lo que usted sugiere?

—Que ataquen las provincias alrededor.

—¿Todas? No vamos a acabar nunca.

—No. Únicamente las más grandes, como Tepeyacac.[14]

—¡Esos traidores! —Malinche apretó los puños—. ¡Prometieron vasallaje al emperador Carlos V!

—Así iremos debilitando al enemigo —continuó Shicotencatl Huehue—. No olvide que tienen muchos pueblos vasallos y que en este momento están buscando alianzas con todos, incluyendo a los purépechas.

—¿Y esos quiénes son?

—Viven en Michoacán.

—¿Dónde está eso?

—Se encuentra al poniente, bastante retirado, pero tienen un ejército muy poderoso, tanto que los meshícas jamás los han logrado vencer.

14 Existieron dos lugares llamados «Tepeyacac». El más famoso hoy en día se encuentra el cerro del Tepeyac, antes de la conquista, un poblado pequeño debido a la falta de espacio, ubicado a la orilla del lago de Texcoco, con un santuario dedicado a la diosa Tonantzin y un lugar de paso entre México Tenochtitlan y las poblaciones en el lado norte. El otro Tepeyacac, del cual se trata en este capítulo, era el señorío de Tepeyacac, ubicado en el actual estado de Puebla y conocido actualmente como Tepeaca. Para diferenciar estos dos lugares los españoles llamaron «Tepeaquilla» al cerro del Tepeyac y «Tepeaca» al señorío de Tepeyacac, donde Hernán Cortés fundó en julio de 1520 la villa de Segura de la Frontera.

—Entonces vayamos contra Tepeaca.

Terminada la conversación Malinche se dirigió a sus hombres para anunciarles que pronto atacarían Tepeyacac. Una gran mayoría le respondió que no estaban dispuestos a continuar con esa guerra, que les parecía muy peligroso y que lo mejor sería volver a Cuba. Malinche dio un largo discurso al respecto. Les prometió que los dejaría volver en cuanto conquistaran aquella ciudad. De igual forma les habló sobre el valor que debían demostrar a su reino y sobre el alto costo que se pagaba por la cobardía y la traición. Aquello tenía tintes de amenaza. Finalmente les anunció que en los días siguientes llegarían refuerzos de las costas totonacas. Todos accedieron.

Días después un tlashcalteca llegó corriendo ante Malinche para avisarle que estaban por entrar más hombres como él. Malinche se alegró y llamó a sus compañeros. En medio de un gran júbilo salieron para recibir a los refuerzos. Los tlashcaltecas también los acompañaron. Poco a poco el festejo se transformó en silencio y confusión. Permanecieron por un largo rato mirando al horizonte.

—¡Ahí vienen! —gritó alguien con emoción.

Todos los demás celebraron al ver un grupo de siete personas oscilando de un lado a otro a tropezones.

—Deben estar cansados y hambrientos —dijo Malinche mirando al llano y luego se dirigió a uno de sus capitanes—. Id con todos los caballos y ayudad a los que vengan más cansados.

Apenas se preparaban para salir cuando el grupo de siete hombres llegó. Todos estaban enfermos y desnutridos.

—En este momento irá la caballería para auxiliar a los rezagados.

—¿Cuáles rezagados?

—El ejército que se quedó atrás.

—Allá no hay ningún ejército. Sólo vinimos nosotros.

Malinche se quedó sin habla por un largo instante. Sus hombres se hicieron para atrás discretamente, previendo un ataque de ira.

—Siete hombres —dijo mirándolos de arriba abajo. Tenía la mano en el puño de su largo cuchillo de plata. Negó con la cabeza agachada—. Siete hombres —de pronto comenzó a reír al mismo tiempo que se dio media vuelta y caminó de regreso a la ciudad.

Llegado el día acordado, marcharon acompañados por tropas tlashcaltecas, hueshotzincas y cholultecas. Eran aproximadamente cuatrocientos cincuenta extranjeros, sin sus trompetas de fuego, pues se les había acabado la pólvora. Se anunció la salida con los huehuetl, los teponaztli, las caracolas y gritos de alegría, como si se tratase de una fiesta. El comandante principal del ejército tlashcalteca se llamaba Tianquiztlatoatzin. También iban Mashishcatzin, Tlehuesholotzin, Citlalpopocatzin y Shicotencatl Ashayacatzin, en representación de su padre, quien por su avanzada edad ya no podía acompañarlos.

Tras un recorrido lento de dos días, llegaron a Tzompantzinco, un pueblo cercano a Tepeyacac, donde pasaron la noche. Desde ahí, Malinche envió a unos mensajeros a los señores principales de aquella ciudad para exigirles su rendición y la expulsión de los meshícas que se hallasen en su comarca. Asimismo les advertía que si no aceptaban la rendición, los declararían rebeldes, los atacarían y los esclavizarían. La respuesta fue negativa. Entonces Malinche envió a los mensajeros por segunda vez, pero con una carta escrita en castellano, lo cual dejó sorprendidos a los señores principales, pues no encontraron una respuesta lógica a dicha acción. Se negaron una vez más. Aún así, Malinche envió a los mensajeros por tercera ocasión, obteniendo la misma respuesta.

Entonces marcharon hacia Zacatepec, un llano repleto de maizales muy altos, lo cual hacía muy difícil la visión. Fueron atacados por sorpresa y los soldados tlashcaltecas por ir al frente y por ser mayoría sostuvieron la batalla, que se prolongó más de medio día, derrotando a los meshícas y tepanecas. Al caer la noche se alojaron en unas edificaciones cercanas. Más tarde llegaron poco a poco algunos tlashcaltecas con prisioneros. Más tarde cazaron algunos perros nativos, llamados techichi y se los comieron, sin embargo no fue suficiente para alimentar al ejército tlashcalteca.

Tres días fueron atacados por los enemigos. Al cuarto día, simplemente no llegó nadie. Entonces los extranjeros y sus aliados aprovecharon el momento y huyeron del lugar. Llegaron a Quecholac y Acatzinco, pequeños poblados que por falta de ejército, no opusieron mucha resistencia.

Su entrada a Tepeyacac fue aún más sencilla, pues los señores principales se habían marchado a Tenochtítlan. La gente evitó la violencia y se arrodillaron ante los extranjeros. Malinche, quien se encontraba montado en su venado gigante, dirigió su mirada satisfactoria a sus hombres y ordenó que tomaran la ciudad.

Los pobladores de aquella ciudad conocieron el infierno del que tanto hablaban los extranjeros en sus sermones religiosos. Malinche declaró a todos esclavos y ordenó que a cada uno de los habitantes se le marcara con hierro candente en la mejilla la letra G de guerra. «Si no damos grande y cruel castigo en ellos, nunca se enmendarán», dijo Malinche. Luego dividió a los esclavos: una quinta parte fue declarada propiedad del emperador Carlos V y el resto lo repartió entre sus hombres y los señores principales de Tlashcalan.

Los días siguientes emprendieron una persecución en todos los poblados vecinos, quemando casas y templos y capturando esclavos, algo que no habían hecho hasta el momento los extranjeros. Ya cuando los tenían prisioneros, los torturaban con la amenaza de que les quemarían la cara con el acero ardiente si no confesaban quiénes eran sus informantes y cuáles eran los planes del huey tlatoani Cuitláhuac. Aunque nadie confesó, pues no tenían idea, todos fueron marcados en la mejilla con la letra G. Muchos recibieron torturas más crueles: les cortaron las narices, brazos, piernas y pies. A otros les sacaban los ojos. A otros los mandaba azotar hasta que perdieran el conocimiento. Muchos amanecieron ahorcados en árboles. Cientos de habitantes decidieron huir de sus pueblos antes de que llegaran los extranjeros y los tlashcaltecas. Otros mataban a sus hijos e hijas para evitarles la desgracia de ser torturados por Malinche y sus hombres.

Miles fueron encerrados desnudos en un patio cercado, del que nadie podía escapar. Entonces, para divertirse, los hombres de Malinche lanzaban flechas y lanzas —mientras los nativos corrían de un lado a otro, tratando de esquivarlas—, hasta matarlos. En uno de esos pueblos que invadieron, tras capturar a todos los habitantes, Malinche ordenó que separaran a los hombres más fuertes y preparados para la guerra, entonces, según él, para prevenir una rebelión, mandó que los mataran a todos. Fueron degollados o penetrados por los largos cuchillos de plata frente a sus esposas, madres, hijas, abuelos, hermanos, amigos. En otro pueblo, derribó la imagen de Quetzalcóatl desde la cima del teocali, lo cual provocó la furia de los habitantes. En respuesta, Malinche ordenó al ejército tlashcalteca que no los capturaran, sino que los mataran en combate. Murieron más de diez mil. En esos días, los extranjeros y sus aliados tlashcaltecas, asesinaron aproximadamente a más de ciento cincuenta mil personas.

31

A LA MAÑANA SIGUIENTE de haber visitado al chamán, lo primero que hice fue, con gran desesperación, revisarme manos y pies. Me tranquilicé al comprobar que aún no tenía aquellas pústulas. «Es muy probable que usted ya esté infectado», dijo el chamán, y aquella frase se me quedó en la mente toda la noche y todos los días siguientes. Mi sentencia de muerte estaba escrita, y el chamán y yo éramos los únicos que la conocíamos.

—¿Cómo puede estar tan seguro? —insistí.

—¿Sus concubinas viven en Las casas nuevas con usted? —preguntó.

—Sí —respondí eludiendo su mirada.

—En una o dos semanas sabremos si se contagió o no. Mientras tanto, será mejor que no vaya a Las casas nuevas.

A partir de esa noche dormí en la que había sido mi casa antes de ser jurado huey tlatoani, y que hasta el momento se había mantenido deshabitada. La primera noche no le avisé a nadie que dormiría ahí. Aunque en realidad no puedo decir que dormí. Después de aquella pesadilla, me mantuve despierto casi toda la noche. Fue casi al amanecer cuando logré dormir un poco más. Estuve repitiendo y analizando las palabras del chamán:

—Entre los primeros doce y diecisiete días no se presentan síntomas —dijo—, incluso los infectados se sienten bien. Durante este lapso, las personas no son contagiosas. Pero después sienten fiebre, malestar, vómitos, dolor de cabeza y cuerpo, entre dos y tres días. Los días siguientes aparecen manchas rojas en la lengua y boca.

Concluí que si no sentía los primeros malestares, aún tenía entre una y dos semanas para no contagiar a nadie, si es que estaba infectado. Tenía tantos pendientes y tan poco tiempo.

Semanas antes, los pipiltin volvieron a insistir que era tiempo de que me casara, principalmente por mi edad. Lo habían exigido desde que fui jurado huey tlatoani, pero se había pospuesto primero por la situación en la que nos encontrábamos y luego porque no se había elegido aún a la mujer con la que debía casarme. Cuando Tecuichpo —de once años— volvió a Tenochtítlan con el resto de las concubinas y mujeres de la nobleza que habían escapado de las manos de los barbudos, tomamos la decisión de que me casaría con ella. Sin embargo tenía que hacerse de acuerdo a la costumbre: se consultó a los agoreros, y éstos consideraron que el día del nacimiento Tecuichpo y el mío eran compatibles para que nos casáramos, lo cual pronosticaba felicidad. Por medio de las solicitadoras —un grupo de ancianas— se llevaron unos presentes a su madre, quien los rechazó, por costumbre, aunque era ventajoso, ya que si aceptaban desde el principio era mal visto. Días después llevaron más regalos y le preguntaron a Tecuichpo si estaba de acuerdo. Días más tarde ellas enviaron a otro grupo de mujeres para anunciar, lo que ya era sabido, Tecuichpo, su madre y sus abuelos maternos habían aceptado.

Luego supe que cuando Tecuichpo se enteró de la propuesta de matrimonio se mostró muy triste, lo cual comprendí, pues había sido testigo y víctima de tantos abusos sexuales. Finalmente llegamos a una fecha, que coincidió con el día posterior al que había hablado con el chamán.

Debido a las circunstancias en las que nos encontrábamos, ordené que la celebración se llevara a cabo en privado. Esto extrañó e incomodó a muchos, ya que la boda de un huey tlatoani era motivo de un gran mitote. En esta ocasión los únicos invitados fueron los familiares de la novia y los míos, que eran casi los mismos. Aún así se reunieron más de quinientas personas, razón para mantenerme preocupado todo el tiempo. Cada vez que alguien se acercaba a hablar conmigo o para felicitarme, me preguntaba si estaba contagiado de esa enfermedad desconocida.

Llegado el momento de la ceremonia, el sacerdote nos pidió que nos sentáramos alrededor de la fogata. Luego ató una extremidad del huipilli —camisa de la mujer— con una punta del tilmatli —manta del marido—. Cuando nos desataron, Tecuichpo dio siete vueltas alrededor del fuego, después ambos ofrecimos copal a los dioses, nos dimos de comer uno al otro y finalmente danzamos. Al llegar la noche, ella y yo nos encerramos cuatro días y oramos a los dioses. La última noche estaba reservada para la consumación de nuestro matrimonio, para que al día siguiente —luego de lavarnos con sumo recato, con agua que el sacerdote nos proporcionaría y vestirnos con ropas nuevas: ella usando plumas blancas en la cabeza y plumas rojas en los pies y manos— llevar a los dioses cañas, esteras, comida y la sábana en que debía ser consumado el matrimonio, para llevar la prueba de la virginidad de la mujer.

Pero nada de eso sucedió. Ni ella ni yo estábamos con ánimos para el coito. La preocupación de la nueva enfermedad me tenía completamente preocupado. Y ella no era capaz siquiera de sonreír. Le pregunté qué le sucedía y se rehusó a hablar. Finalmente cuando me puse de pie —lo cual hice sólo para estirarme, pues teníamos varias horas acostados sin hacer nada—, ella comenzó a llorar.

—¡No! ¡Se lo ruego, hoy no! —sus manos temblaban sin control y su rostro estaba empapado de lágrimas—. ¡No me toque! ¡Hoy no!

—No te preocupes —le di la espalda.

Pensé en su sufrimiento y en lo que sucedería al día siguiente. Estaba seguro de que a ella no le preocuparía lo que dijeran los demás por la falta de prueba de su virginidad en la sábana. Pero yo sí. Sabía que los pipiltin exigirían que se llevara a cabo un matrimonio con otra mujer. Además, su dignidad quedaría mancillada por el resto de su vida. La única forma en que se podría casar de nuevo sería si yo moría. E inevitablemente pensé en mi muerte, una vez más. Me pregunté cuánto tiempo me quedaría de vida. Me di media vuelta, caminé hacia el petate, y saqué mi cuchillo de pedernal.

—Levántate —dije.

Tecuichpo se quedó boquiabierta.

—No te voy a hacer nada —dije con tranquilidad—. Necesitamos ensuciar esta sábana con sangre.

Ella se quitó arrastrándose con las nalgas en el piso y la espalda hacia la pared. Entonces me subí el pie derecho en el petate y con el cuchillo me corté en la entrepierna, donde nadie notaría la herida, y dejé que escurrieran unas cuantas gotas de sangre. Tecuichpo sonrió por primera vez.

—Duerme, mañana tendrás que mentir ante todos.

—Hay muchas mujeres que saben que...

—Ninguna de ellas dirá una palabra, te lo aseguro —dije y me acosté en el piso.

A la mañana siguiente cumplimos con el protocolo y todos los pipiltin se mostraron satisfechos. Yo no podía dejar de pensar en la enfermedad de las pústulas y a todos los que se acercaban a mí los observaba detenidamente. Buscaba manchas en sus lenguas o ronchas en caras, brazos y piernas. En ese momento recordé que Malinche y sus hombres le habían regalado a Motecuzoma un espejo que reflejaba los rostros como agua pura y tranquila; así que me dirigí a Las casas viejas y busqué con desesperación ese objeto. No lo encontré. Pregunté a los encargados de la limpieza y todos aseguraron que no sabían de qué hablaba. Sabía que me estaban mintiendo.

—Si no me dicen quién se llevó ese objeto ordenaré que los arresten a todos —grité enfurecido.

Ninguno se atrevió a confesar. Entonces salí y llamé a uno de los capitanes que se encontraba en el patio.

—Yo vi que alguien se llevó ese objeto —dijo uno de ellos.

Apenas me dio su nombre y dirección, salí a buscarlo en compañía de cuatro soldados. Entramos sin avisar. El hombre estaba durmiendo.

—¡Entrégame los objetos que te robaste de Las casas viejas! —lo levanté jalándolo del cabello.

—¡No sé de qué me habla! —dijo sin saber aún quién era yo.

Le di un fuerte golpe en la cara.

—¡Está ahí! —señaló una caja de madera en la esquina de su habitación—. ¡Ya no me golpee!

Recuperé el objeto reflejante, me miré en él y saqué la lengua. No tenía nada, aún. Los soldados me observaron atónitos.

—¡Arréstenlo! —les ordené.

Al salir una veintena de hombres y mujeres enclenques me rogó por alimento.

—¡Mi señor, ayúdenos! ¡No tenemos comida!

—¡Por piedad!

Detenerme a hablar con ellos era una pérdida de tiempo. No podía prometerles algo que no teníamos. Llevábamos semanas tratando de conseguir alimento con nuestros vecinos, pero lo que habíamos conseguido hasta el momento era insuficiente.

Seguí derecho sin responderles. Muchos de ellos expresaron su molestia.

—¡Tlatoani traidor!

—¡Mientras el tlatoani festeja su matrimonio, su pueblo muere de hambre!

Enfurecido, di media vuelta y les respondí.

—¡Al que vuelva a gritar un solo insulto lo mandaré encarcelar!

Todos guardaron silencio. A partir de ese día mi actitud ante todos cambió por completo. Por primera vez dejó de importarme lo que los demás pensaran de mí. Finalmente comprendí a mi hermano Motecuzoma y su actitud al final de sus días. Nos pasamos la vida tratando de complacer a los demás y nos olvidamos de cumplir con nosotros mismos. Llevar a cabo aquel matrimonio con Tecuichpo, era una de esas tantas cosas que había hecho a lo largo de mi vida sólo para complacer a los demás, únicamente para cumplir con el protocolo. Por esas formalidades mentí, acepté, bajé la cabeza, callé y dije lo que no pensaba. Así son las costumbres en Meshíco Tenochtítlan.

Pensé en todos los problemas que me habría evitado si hubiese actuado como en realidad debía. Quise cumplir con el protocolo meshíca y recibí traiciones. Motecuzoma los mandó matar en cuanto fue jurado tlatoani y obtuvo sumisión y respeto. ¿Es que a caso la población no valora la libertad de expresión? ¿Funciona mejor en ellos la represión? ¿Los hace felices el autoritarismo?

Dos días después tomé una decisión: ordené que arrestaran a uno de los hijos de Motecuzoma, acusado por muchos miembros de la nobleza, de dar información a Malinche. Entonces lo mandé apresar y luego lo envié a la piedra de los sacrificios. De igual forma hice que arrestaran a Tlillancalqui, Opochtli y Cuitlalpitoc, de quienes también había escuchado que pretendían traicionarme.

—¿Es ésta la manera del tlatoani de hacer justicia? —reclamó Tlillancalqui a quien dos soldados detenían de los brazos.

—Es la manera de evitar traiciones —les dije, me di la vuelta y ordené que los mataran.

—¿Cómo? —preguntó el capitán.

—Así —tomé un macahuitl, caminé hacia Tlillancalqui y le rebané la garganta.

Si iba a morir debía dejarle el camino libre a Cuauhtémoctzin, con el menor número de problemas internos. Quería solucionar, antes de mi muerte, todos los conflictos que teníamos: las alianzas con todos los pueblos alrededor, la falta de alimento y armamento, la reconstrucción de la ciudad, la organización del ejército y, por supuesto, el exterminio de los invasores. Aún no tenía idea de cuánto tiempo me quedaba de vida, y peor aún, ni siquiera sabía si estaba infectado, pero no podía confiarme. Tenía que ser pesimista, era la única forma de pensar correctamente. Siendo optimista, sólo pospondría decenas de tareas pendientes. Además, corríamos el riesgo de que en cualquier momento llegaran los extranjeros con sus aliados los tlashcaltecas. No. Yo no podía darme el privilegio de ser optimista. En funciones de gobierno sí debía mostrar todo el optimismo posible aunque me estuviese derrumbando por dentro.

Ahora que sé que pronto voy a morir no me arrepiento de las decisiones que tomé. Me apresuré y no fallé. Cuánto me hubiese gustado haberme equivocado, estar sano a estas alturas, sin ninguna de estas pústulas horrendas y dolorosas. Qué importa que se hubiesen burlado de mí, el tlatoani temeroso a la muerte, asustado por una enfermedad que no conocía, qué importa. Pero mi realidad es ésta. Estoy aquí, derrumbado en este petate, hablando contigo, tlacuilo, mi confesor, el único que conoce todos mis temores y de los pocos con los que he cruzado palabra desde hace tantas semanas, para evitar contagiar a más personas...

¿De qué te ríes, viejo chimuelo? No me hagas reír, que me duele todo el cuerpo.

¿Te ríes de mi cara?

Ah, ya entendí. Te ríes porque no te veo a la cara. Sí, es eso. Trato de no hacerlo porque me dan asco esas pústulas que han invadido tu rostro y porque me recuerda al mío.

Tenía el tiempo encima. Sabía que no podía esperar más. Transcurrió una semana desde que había visto al chamán. Todas las mañanas, antes de salir de mi habitación, me revisaba la lengua, con el objeto que los extranjeros le regalaron a Motecuzoma. Las manchas en mi lengua serían la señal de que ya era contagioso y que no podría hablar con nadie más.

Tenía que apresurarme. Así que ese día, te pedí que buscaras a Cuauhtémoctzin. Ni siquiera tú tenías idea de lo que iba hablar con él.

En cuanto lo vi entrar a la sala principal le pedí que se mantuviera lo más lejos posible, lo cual provocó en él algo de desconfianza. Seguía siendo el mismo joven fuerte, saludable y entusiasta. Estábamos completamente solos. Se escuchaba fuertemente el eco de nuestras voces y nuestros pasos.

—Joven Cuauhtémoctzin —dije con mucha tristeza y temor—, te he mandado llamar porque... —me quedé en silencio por un instante—. Hace poco más de una semana, me enteré de que se ha propagado una enfermedad en la ciudad isla. El chamán que me informó dice que se trata de un mal muy contagioso, cuyos síntomas principales son unas pústulas en toda la piel, desde la cara hasta los pies. No sabe qué es ni cómo curarla. Lo que sí es cierto es que un número considerable de habitantes se ha contagiado, entre ellos, uno de mis hijos, lo cual pronostica que yo también me he contagiado. También me dijo que uno de los primeros síntomas son unas manchas en la lengua y que antes de esto el paciente aún no es infeccioso. Por lo tanto no debes preocuparte. De cualquier manera creo que será más seguro que me mantenga alejado de todos ustedes. ¿Me entiendes?

—Sí —respondió y se agachó.

No pude ver su rostro, pero entendí que estaba preocupado.

—He decidido que a partir de hoy permaneceré encerrado, para evitar contagios.

Cuauhtémoctzin alzó la cabeza y me miró asombrado.

—Sé que teníamos programada una expedición con las tropas pero no puedo arriesgar a todos nuestros soldados, ni a ti. Asimismo te ordeno que asignes a un chamán para que examine a cada uno de los soldados. Y los que tengan algún síntoma de fiebre, vómito, dolor de cabeza, manchas en la lengua o pústulas en la piel los envíes a su casa y los obligues a permanecer ahí hasta nuevo aviso.

—Pero...

—No podemos tomar ningún riesgo. Es mejor que falten soldados a que uno de ellos contamine a tus tropas.

—Así lo haré.

—A partir de hoy todo quedará bajo tu mando. Yo no saldré de aquí hasta estar completamente seguro de que no he sido contagiado, lo cual puede tardar de tres o cuatro semanas. En este lapso tú serás responsable de todo lo que suceda allá afuera. Es probable que muera muy pronto. Mientras tanto, me encargaré de que te lleguen mis mensajes, sin que haya contacto alguno. Será la única forma de comunicarnos. Necesito que envíes la mayor cantidad de embajadores a todos los pueblos alrededor y les solicites, a mi nombre, tropas, alimento y armamento. Diles que quedarán exentos de tributo.

—¿A todos?

—A todos. No tenemos más opciones. Malinche y sus hombres llegaron a Tlashcalan y con su apoyo atacaron sin misericordia el señorío de Tepeyacac, donde han cometido cientos de atrocidades jamás vistas en estas tierras.

Cuauhtémoctzin agachó la cabeza.

—Te pido que envíes una embajada con muchos regalos a Michoacán y les solicites una alianza.

—¿A Michoacán?

—Sí. Debemos ofrecerles las mejores condiciones.

—Pero...

—Obedece...

—Así lo haré.

—Dejo todo en tus manos. Espero verte de nuevo.

Cuauhtémoctzin se quedó estupefacto.

—No regresarás a esta casa a menos de que yo te lo ordene.

Cinco días más tarde tuve mucha fiebre, malestar, vómitos y dolor de cabeza y cuerpo. No pude contenerme y lloré. Lloré desesperadamente. La soledad y la certeza de que pronto moriría me derrumbaron por completo por tres días. Al cuarto día, al ver mi reflejo en ese objeto que Malinche le regaló a Motecuzoma, vi esas manchas en mi lengua. Le pedí al mensajero que le avisara al chamán que ya tenía los síntomas. La respuesta fue que el chamán también los tenía.

Desde entonces me encerré en esta habitación a la espera de una cura o la muerte. Sufrí día y noche imaginando mi destino. Los mensajeros me hablaban desde la calle para evitar el contagio. Me informaron sobre los acontecimientos. Desde esta habitación me enteré de que Malinche y sus aliados habían atacado Cuauhquecholan, ciudad donde los esperaba un ejército meshíca. Habían matado a la mitad de nuestros soldados y esclavizado a muchos otros, los cuales fueron marcados en la mejilla con metal ardiente. Los sobrevivientes huyeron hacia Itzocan, donde se hallaban más soldados meshícas. Una semana más tarde se rindieron cobardemente los señores principales de Ocuiteco.

Fue en esos días en los que insististe en entrar a esta habitación, tlacuilo. Ordené que te prohibieran el paso y aún así, te metiste, argumentando que tu labor era permanecer con el huey tlatoani hasta el último día de tu vida.

Desde entonces hemos estado solos, aquí, en esta habitación fría. Eres un gran hombre, Ehecatzin. No creas que he olvidado la noche en que me salvaste la vida. ¿Cómo olvidarlo?, si fue cuando perdiste casi toda tu dentadura. Fue tan fuerte el golpe que recibiste que estuviste inconsciente por casi nueve días. El chamán te pronosticaba una vida longeva y nadie le creyó, excepto yo. Aunque no lo creas, viejo chimuelo, siempre supe que despertarías. Y ahí estuve, a un lado de tu petate, cuidándote, como tú has cuidado de mí en todos estos días.

Juntos sufrimos la aparición de las llagas y sus aberturas en la boca y garganta, las erupciones en cara, brazos, piernas, pies y manos. Luego nos engañamos al sentirnos mejor, creímos que ya habíamos superado la enfermedad. Pero luego vino lo peor: las erupciones se transformaron en abultamientos, y se llenaron de ese líquido espeso y opaco y aparecieron esos hundimientos en el centro de cada abultamiento.

En esos días interminables no nos quedó más que esperar a que el tiempo transcurriera, tlacuilo. Cuántas cosas platicamos. Jamás conversé tanto con alguien. Bien sabes cuánta tristeza me ha provocado todo esto. Esta impotencia de no poder salir y luchar contra los barbudos. Siento mucha rabia.

Tú viste lo feliz que me sentí cuando llegó la noticias de que habíamos logrado conseguir alimento para abastecer a todo el pueblo, y cómo me puse el día que me informaron que Malinche y sus aliados atacaron Itzocan —ciudad situada en las faldas de un cerro—, donde teníamos seis mil soldados. De nada sirvió el río hondo que rodeaba la ciudad ni la muralla. Los extranjeros lograron entrar, a pesar de que se habían retirado los puentes. Nuestros soldados huyeron, saltando la muralla y nadando por el río. Malinche y sus hombres incendiaron los cien teocalis de Itzocan. Tres días más tarde volvió el cobarde y pusilánime tecutli de Itzocan a rogarle perdón a Malinche. Lo que más me enoja es que se sintieron protegidos por los meshícas cuando nosotros éramos los buenos, pero en cuanto fueron derrotados, acudieron ante Malinche y le dijeron que los habían atacado porque nosotros los obligábamos. De igual forma, en los próximos veinte días, llegaron los señores principales de más de cincuenta pueblos vecinos a ofrecer vasallaje y a solicitar protección. Malinche había logrado su primer objetivo: atemorizar a todos los pueblos. Tras alcanzar el control total de aquella zona, Malinche decidió volver al señorío de Tepeyacac, al cual, me informaron, había ordenado cambiarle el nombre.

Ahora, el carpintero de Malinche y cientos de obreros tlashcaltecas están construyendo trece casas flotantes en el lago de Teshcuco. Y ayer me informaron que la embajada que envié a Michoacán para solicitar una alianza regresó con malas noticias: el tecutli de los purépechas murió —por la enfermedad pustulosa, que los chamanes llamaron Hueyzahuatl— y no dijo a nadie si aceptaba la alianza.

Justo cuando ya habíamos reconstruido la ciudad, habíamos organizado nuestras tropas, habíamos hecho alianzas con algunos pueblos (en un principio reacios), cuando habíamos logrado satisfacer las necesidades alimenticias de toda la isla y habíamos construido miles de flechas, escudos, lanzas, arcos, macahuitles, justo cuando estábamos listos para acabar con los barbudos y sus aliados tlashcaltecas, justo cuando estábamos tan cerca de obtener la victoria, se esparció por toda la tierra esa enfermedad pustulosa.

Hasta el momento se ha infectado una cuarta parte de la población tenoshca. Entre los infectados están: muchos pipiltin, capitanes del ejército, sacerdotes de Tenochtítlan y los señores principales de Tlayllotlacan, Chalco, Tacualtitlán, Tenanco, Amecameca, Itzcahuacán, Opochhuacán y Ehecatepec.

Desde que murieron los primeros cuatro infectados, todo se volvió oscuro. Nos vimos obligados a prohibirles el regreso

a las tropas que estaban atacando a Malinche cerca del señorío de Tepeyacac, para evitar más contagios. Pronto la ciudad
quedó solitaria. Ya nadie quiere salir de sus casas. No hay
gente barriendo los templos, ni alumnos en el Calmecac y los
Telpochcali, ni obreros reconstruyendo la ciudad, ni trabajando la tierra, ni cosechando, ni vendiendo en el tianquiztli,
ni pescando en el lago. Si alguien va a sus casas no los reciben ni salen a negarse. ¿Será éste el fin de los tenoshcas? Oh,
tlacuilo, perdona. No debería ponerme así. El llanto no solu-
ciona nada.

...

Tlacuilo...

...

¿Ya te dormiste?...

...

En fin...
Mañana seguimos platicando...
Si despertamos...

A. G. C.

México, mayo de 2014

Epílogo

HAY QUIENES ASEGURAN que Cuitláhuac murió el 25 de noviembre de 1520, pero no hay forma de corroborarlo. Pudo ser antes o después.

Algunos historiadores aseguran que en 1520 había en Mesoamérica alrededor de veinticinco millones de habitantes. Otros mencionan cifras menores. No existe una cantidad exacta sobre los muertos de viruela ni los muertos en combate.

En 1545, Mesoamérica fue víctima de otra epidemia —en esa ocasión de sarampión—, de la cual tampoco existen cifras sobre los muertos. Lo que sí se sabe es que para 1550 sólo quedaban entre tres y cuatro millones de indígenas vivos.

Nota de la autora

En el náhuatl prehispánico no existían los sonidos correspondientes a las letras B, D, F, J, Ñ, R, V, LL y X.

Los sonidos que más han generado confusión son los de la «Ll», que en palabras como «calpulli, Tollan, calli» no se pronunciaba como suena en la palabra «llanto», sino como en la palabra «lento»; y el de la «x», la cual en todo momento se pronunciaba sh, como «shampoo», en inglés.

Escritura	Pronunciación actual	Pronunciación original
México	Méjico	Meshíco
Texcoco	Tekscoco	Teshcuco
Xocoyotzin	Jocoyotzin	Shocoyotzin

Las palabras «México» y «Xocoyotzin» no eran pronunciadas con el sonido de la «J», ni «Texcoco» con el sonido de la «x» ya que éstos no existía en el náhuatl.

¿Por qué estas palabras se escriben con «x» si no existía en el vocabulario náhuatl? A la llegada de los españoles a
América aún no existía un reglamento de gramática, y cada
quien escribía como entendía o consideraba acertado. La
ortografía difería en el uso de algunas letras como: «f» en
lugar de «h», como es el caso de «fecho»; «v» en lugar de
«u», «avnque»; «n» en lugar de «m»: «tanbién»; «g» en
lugar de «j», «mugeres»; «b» en lugar de «u»: «çibdad»;
«ll» en lugar de «l»: «mill»; «y» en lugar de «i»: «ygle-
sia»; «q» en lugar de «c»: «qual»; y «x» en lugar de «j»:
«traxo, abaxo, caxa»: «x» en lugar de «s»: «máxcara». Los
españoles le dieron escritura al náhuatl en castellano, lo que
explica que muchas palabras tengan una «x» o una «LL». Al
no existir en el castellano antiguo el sonido sh, los españoles utilizaron en su escritura una «x» a forma de comodín.

Debe señalarse que las pronunciaciones que se proponen
son meramente conjeturales, y que puede haber variacio-
nes, ya que a lo largo de casi quinientos años la fonética se
ha transformado y no existe forma de saber con exactitud su
sonido original.

CUITLÁHUAC, ENTRE LA VIRUELA Y LA PÓLVORA

TLATOQUE EN ORDEN CRONOLÓGICO

Tenoch, «Tuna de piedra», fundador de Tenochtitlan. Nació aproximadamente en 1299. Gobernó aproximadamente entre 1325 y 1363

Acamapichtli, «El que empuña la caña» o «Puño cerrado con caña». Primer tlatoani. Hijo de Opochtli, un principal mexica y Atotoztli, hija de Náuhyotl, tlatoani de Culhuacan. Nació aproximadamente en 1355. Gobernó aproximadamente entre 1375 y 1395.

Huitzilíhuitl, «Pluma de colibrí». Segundo tlatoani e hijo de Acamapichtli y una de sus concubinas. Nació aproximadamente en 1375. Gobernó aproximadamente entre 1396 y 1417.

Chimalpopoca, «Escudo humeante». Tercer tlatoani e hijo de Huitzilíhuitl y Miahuehxichtzin, hija de Tezozómoc, señor de Azcapotzalco. Nació aproximadamente en 1405. Gobernó aproximadamente entre 1417 y 1426.

Izcóatl, «Serpiente de obsidiana». Cuarto tlatoani e hijo de Acamapichtli y una esclava tepaneca. Nació aproximadamente en 1380. Gobernó entre 1427 y 1440.

Motecuzoma Ilhuicamina, «El que se muestra enojado, Flechador del cielo». Quinto tlatoani e hijo de Huitzilíhuitl y Miahuaxíhuatl, princesa de Cuauhnáhuac. Nació aproximadamente en 1390. Gobernó entre 1440 y 1469.

Axayácatl, «El de la máscara de agua». Sexto tlatoani. Nieto de Motecuzoma Ilhuicamina, cuya hija, Atotoztli se casó con Tezozómoc, hijo de Izcóatl. Ambos padres de Axayácatl, Tízoc y Ahuízotl. Nació aproximadamente en 1450. Gobernó entre 1469 y 1481.

Tízoc, «El que hace sacrificio». Séptimo tlatoani. Nieto de
Motecuzoma Ilhuicamina, cuya hija Atotoztli se casó
con Tezozómoc, hijo de Izcóatl. Ambos padres de Axayácatl, Tízoc y Ahuízotl. Nació aproximadamente en 1436.
Gobernó entre 1481 y 1486.

Ahuízotl, «El espinoso del agua». Octavo tlatoani. Nieto de
Motecuzoma Ilhuicamina, cuya hija Atotoztli se casó
con Tezozómoc, hijo de Izcóatl. Ambos padres de Axayácatl, Tízoc y Ahuízotl. Gobernó entre 1486 y 1502.

Motecuzoma Xocoyotzin, «El que se muestra enojado, el
joven». Noveno tlatoani. Hijo de Axayácatl y la hija
del señor de Iztapalapan, también llamado Cuitláhuac.
Nació aproximadamente en 1467. Gobernó de 1502 al
29 de junio de 1520.

Cuitláhuac, «Excremento divino». Décimo tlatoani e hijo
de Axayácatl y la hija del señor de Iztapalapan, también
llamado Cuitláhuac. Nació aproximadamente en 1469.
Gobernó de septiembre 7 a noviembre 25 de 1520.

Cuauhtémoc, «Águila que desciende» o, más correctamente,
«Sol que desciende», pues los aztecas asociaban al águila
con el Sol, en especial la nobleza. Onceavo tlatoani. Hijo
de Ahuízotl y Tilacápatl, hija de Moquihuixtli, el último
señor de Tlatelolco antes de ser conquistados por los
mexicas. Nació aproximadamente en 1500. Gobernó de
enero 25 de 1520 a agosto 13 de 1521.

Bibliografía

Acosta, José de, *Historia natural y moral de las Indias,* edición de José Alcina Franch, Dastin, sin lugar ni fecha de edición.

Anales de Tlatelolco, CONACULTA, México, 1948.

Anónimo de Tlatelolco, Ms., (1528), edición facsimilar de E. Mengin, Copenhagen, 1945, fol. 38.

Alva Ixtlilxóchitl, Fernando de, *Obras Históricas,* tomo I: *Relaciones;* tomo II: *Historia chichimeca,* publicadas y anotadas por Alfredo Chavero, México, 1891-1892. Reimpresión fotográfica con prólogo de José Ignacio Dávila Garibi, Editora Nacional, México, 1965, 2 vols.

Alvarado Tezozómoc, Hernando de, *Crónica mexicana,* anotada y con estudio cronológico de Manuel Orozco y Berra, Editorial Porrúa, México, 1987, reimpresión de la primera edición de 1878.

Barjau, Luis, *La conquista de la Malinche,* Instituto Nacional de Antropología e Historia / Planeta, México, 2009.

—, *Hernán Cortés y Quetzalcóatl,* El Tucán de Virginia / INAH / CONACULTA, México, 2011.

Benavente, fray Toribio Paredes de, *Relación de la Nueva España,* Universidad Nacional Autónoma de México, introducción de Nicolau d'Olwer, México, 1956.

Benítez, Fernando, *La ruta de Hernán Cortés,* Fondo de Cultura Económica, México, 1964.

Casas, Bartolomé de Las, *Los indios de México y Nueva España,* prólogo, apéndices y notas de Edmundo O'Gorman, Porrúa, México, 1966.

Chavero, Alfredo, *Resumen integral de México a través de los siglos,* tomo I, bajo la dirección de Vicente Riva Palacio, Compañía General de Ediciones, México, 1952.

—, *México a través de los siglos,* tomos I y II, Cumbre, México, 1988.

Chimalpain Cuauhtlehuanitzin, Domingo, *Las ocho relaciones y el memorial de Colhuacan,* CONACULTA, México, 1998.

Clavijero, Francisco Javier, *Historia antigua de México,* prólogo de Mariano Cuevas, Porrúa, México, 1964, de la primera edición de Colección de Escritores Mexicanos, México, 1945. Original de 1780.

C. Mann, Charles, *1491, Una nueva historia de las Américas antes de Colón,* Taurus, México, 2006.

Códice Borgia, los días y los dioses del, estudio y textos de Krystyna Magdalena Libura, Tecolote / Secretaría de Educación Pública, México, 2000.

Códice Florentino, "Textos nahuas de los informantes indígenas de Sahagún, en 1585", Dibble y Anderson: *Florentine codex,* Santa Fe, New Mexico, USA, 1950.

Códice Matritense de la Real Academia de la historia, textos en náhuatl de los indígenas informantes de Sahagún, edición facsimilar de Francisco del Paso y Troncoso, vol. VIII, Madrid, España, fototipia de Hauser y Menet, 1907.

Códice Ramírez, estudio cronológico de Manuel Orozco y Berra, Porrúa, México, 1987, de la primera edición de 1878.

Cortés, Hernán, *Cartas de relación,* Tomo, México, 2005.

Davies, Nigel, *Los antiguos reinos de México*, Fondo de Cultura Económica, México, 2004.

Díaz del Castillo, Bernal, *Historia verdadera de la conquista de la Nueva España*, Porrúa, México, 1955.

Durán, fray Diego, *Historia de las indias de Nueva España*, Porrúa, México, 1967.

Duverger, Christian, *Cortés, la biografía más reveladora*, Taurus, México, 2010.

Dyer, Nancy Joe. *Motolinia, fray Toribio de Benavente, Memoriales*, edición crítica, introducción, notas y apéndice de Nancy Joe Dyer, El Colegio de México, México, 1996.

Escalante Gonzalbo, Pablo, *Los Códices*, CONACULTA, México, 1997.

Fernández de Echeverría y Veytia, Mariano, *Historia antigua de México*, tomo II, Editorial del Valle de México, México, 1836.

Garibay, Ángel María, *Llave del náhuatl*, Porrúa, México, 1999, reimpresión de la primera edición de 1940.

—, *Panorama literario de los pueblos nahuas*, Porrúa, México, 2001, reimpresión de la primera edición de 1963.

—, *Poesía náhuatl*, tomo II, *Cantares mexicanos*, manuscrito de la Biblioteca Nacional de México, primera parte (contiene los folios 16-26, 31-36, y 7-15), Universidad Nacional Autónoma de México-Instituto de Investigaciones Históricas, México, 1965.

—, *Teogonía e historia de los mexicanos*, Porrúa, México, 1965.

Hill Boone, Elizabeth, *Relatos en rojo y negro, historias pictóricas de aztecas y mixtecos*, Fondo de Cultura Económica, México, 2010.

Icazbalceta García, Joaquín, *Documentos para la historia de México*, tomos I y II, Porrúa, México, 1971.

Krickeberg, Walter, *Las antiguas culturas mexicanas*, Fondo de Cultura Económica, México, 1961.

Longhena, María, *México antiguo, Grandes civilizaciones del pasado*, Folio, España, 2005.

León-Portilla, Miguel, *Aztecas-mexicas, desarrollo de una civilización originaria*, Algaba Ediciones, México, 2005.

—, *El reverso de la conquista*, Joaquín Mortiz, México, 2006.

—, *Historia documental de México*, tomo I, Universidad Nacional Autónoma de México, México, 1984.

—, *Los antiguos mexicanos a través de sus crónicas y cantares*, Fondo de Cultura Económica, México, 1961.

—, *Toltecáyotl, aspectos de la cultura náhuatl*, Fondo de Cultura Económica, México, 1980.

—, *Trece poetas del mundo azteca*, Universidad Nacional Autónoma de México, Instituto de Investigaciones, México, 1967.

—, *Visión de los vencidos, relación indígena de la conquista*, UNAM, Biblioteca del Estudiante Universitario, México, 1959.

López Austin, Alfredo y Luis Millones, *Dioses del norte, dioses del sur*, Era, , México, 2008.

—, y Leonardo López Luján, *Monte Sagrado, Templo Mayor*, Universidad Nacional Autónoma de México-Instituto de Investigaciones Antropológicas / INAH, México, 2009.

—, Miguel León-Portilla, Felipe Solís y Eduardo Matos Motecuzoma, *Dioses del México Antiguo*, DGE / Universidad Nacional Autónoma de México-Antiguo Colegio de San Ildefonso / CONACULTA / Gobierno del Distrito Federal, México, 1995.

López de Gómara, Francisco, *La conquista de México*, edición de José Luis Rojas, Dastin, sin lugar, 2001.

Martínez, José Luis, *Nezahualcóyotl, vida y obra*, Fondo de Cultura Económica, México, 1972.

—, *Hernán Cortés*, Universidad Nacional Autónoma de México / Fondo de Cultura Económica, México, 1990.

—, *América antigua*, Secretaría de Educación Pública, México, 1976

Mendieta, Jerónimo. *Historia eclesiástica indiana,* edición de Joaquín García Icazbalceta. 4 vols., Antigua Librería Robredo, México, 1870.

Miralles, Juan, *Hernán Cortés, inventor de México,* Tusquets, México, 2001.

Molina, Fray Alonso de, *Vocabulario en lengua castellana y mexicana, y mexicana y castellana,* Porrúa, México, 1970.

Montell, Jaime, *La conquista de México Tenochtitlan,* Miguel Ángel Porrúa, México, 2001.

Motolinia, Fray Toribio. *Historia de los indios de la Nueva España,* Porrúa, México, 2001.

Orozco y Berra, Manuel, *Historia antigua y de las culturas aborígenes de México,* tomos primero y segundo, Ediciones Fuente Cultural, México, 1880.

—, *La civilización azteca,* Secretaría de Educación Pública, 1988.

Piña Chan, Román, *Una visión del México prehispánico,* Universidad Nacional Autónoma de México-Instituto de Investigaciones Históricas, México, 1967.

Pomar, Juan Bautista, *Relación de Tezcoco,* 1582, en Joaquín García Icazbalceta, *Nueva colección de documentos para la historia de México,* México, 1891.

Revista Arqueología Mexicana, números 12, 19, 34, 39, 47, 49, 57, 59, 63, 74, 78, 94, 98, 99, 101, 102, 104, 111, 112, y ediciones especiales, números 31 y 40.

Romero Vargas Yturbide, Ignacio, *Los gobiernos socialistas de Anáhuac,* Sociedad Cultural In Tlilli In Tlapalli, México, 2000.

Solís, Antonio de, *Historia de la conquista de México,* tomos I y II, Editorial del Valle de México, México, 2002.

Sahagún, fray Bernardino de, *Historia general de las cosas de la Nueva España,* Porrúa, México, 1982.

Tapia, Andrés de, *Relación de la conquista de México,* Colofón / Gandhi, México, 2008.

Thomas, Hugh, *La conquista de México*, Planeta, México, 2000.

Tira de la peregrinación, para leer la, estudio y textos de Joaquín Galarza y Krystyna Magdalena Libura, Tecolote / Secretaría de Educación Pública, México, 1999.

Torquemada, fray Juan de, *Monarquía Indiana*, selección, introducción y notas de Miguel León-Portilla, Universidad Nacional Autónoma de México, México, 1964.

Cuitláhuac de Sofía Guadarrama Collado
se terminó de imprimir en noviembre de 2021
en los talleres de
Litográfica Ingramex S.A. de C.V.,
Centeno 162-1, Col. Granjas Esmeralda, C.P. 09810,
Ciudad de México.